中山出版
ZHONGSHAN　PUBLISHING
香山承文脉　好书读百年

客家魂

广东白企村人文图谱

The Soul of Hakka

——Chinese Baiqi Village Cultural Atlas

程明盛 著

SPM 南方传媒　广东人民出版社

·广州·

图书在版编目（CIP）数据

客家魂：广东白企村人文图谱 / 程明盛著.

广州：广东人民出版社, 2024. 8. -- ISBN 978-7-218
-17917-9

Ⅰ. I25

中国国家版本馆CIP数据核字第20249XC144号

KEJIA HUN: GUANGDONG BAIQI CUN RENWEN TUPU

客家魂：广东白企村人文图谱

程明盛 著

出 版 人：肖风华

责任编辑：吴嘉文
装帧设计：陈宝玉
责任技编：吴彦斌
封面题字：廖学军

统　　筹：广东人民出版社中山出版有限公司
执　　行：王　忠
地　　址：广东省中山市中山五路1号中山日报社13楼（邮政编码：528403）
电　　话：（0760）89882926　（0760）89882925

出版发行：广东人民出版社
地　　址：广东省广州市越秀区大沙头四马路10号（邮政编码：510199）
电　　话：（020）85716809（总编室）
传　　真：（020）83289585
网　　址：http://www.gdpph.com
印　　刷：广东信源文化科技有限公司
开　　本：787mm×1092mm　1/16
印　　张：17　　字　　数：212千
版　　次：2024年8月第1版
印　　次：2024年8月第1次印刷
定　　价：88.00元

如发现印装质量问题，影响阅读，请与出版社（0760-89882925）联系调换。

售书热线：0760 - 89882925

序：大湾区客家人的追"根"铸"魂"之旅

杨宏海

    客家人是中国古代历史上南迁汉族移民群体中的一支，是世界上分布范围最广、影响最深远的汉族民系之一。所谓"有太阳的地方就有中国人，有中国人的地方就有客家人"，说的就是客家人不断迁徙、落地生根、播迁四海。过去，有不少描写客家人的文学作品，如程贤章的《围龙》、谭元亨的《客家圣典》、安国强的《客家大迁徙》等，大都是以宏大视野去描写客家人波澜壮阔的人文变迁。最近看到一部纪实作品书稿《客家魂：广东白企村人文图谱》，以粤港澳大湾区一个只有2000多人的客家乡村为观照，去追溯客家人的前世今生与铸"魂"之旅，读来令人耳目一新。

    作者程明盛是中山日报社副总编辑，中山市首届十佳记者。他是湖北省孝感人，却对被誉为"东方犹太人"的客家人深感兴趣。作为一位从事新闻业的作家，程明盛曾创作出《大国空村》《出伶仃洋：崖口村人文镜像》等纪实文学作品。当他深度接触到中山市一个客家村庄——白企村时，产生了强烈的创作冲动，希望借助一个村去走近客家群体。于是，他以中山白企村为点，以客家族群为线，从个体出发，由点及面，以小见大，深度挖掘客家人的精神基因，经过一年多的调研与撰写，终于拿出了这部别开生面的作品。

一、以记者视角深入客家乡村田野调查与实地采访

白企村地处中山市五桂山区，世界八大候鸟迁徙线路之东亚—澳大利亚迁徙线上，拥有大自然的天然馈赠，风景秀美，三条发源于五桂山的河溪，灌溉沿途村庄后流入大海。其下辖23个自然村，是中山市自然村较多的行政村。该村开基祖大都在明、清时期，从河源、梅州等地辗转迁来，是典型的客家山区村。

作为一个新广东人（新客家人），在客家方言不通、资料匮乏的情况下，程明盛一开始遇到的困难可想而知。但是，他以真诚的态度、以记者的敏锐与锲而不舍的精神，赢得了白企人的信任。他常常采取聊天式调查、卧底式采访的形式，跟受访对象接触和交流，往往抛开笔记本，以一部手机替代录音机，进入现场前就打开录音。一天调查结束回到住处后，就及时整理录音、照片、视频和笔记，梳理进一步调查线索，安排接下来的工作，多数调查都在对方不知不觉中进行。

在深入调研与采访中，作者顺藤摸瓜收集资料，对白企村有了三个发现：其一是"红色之村"。白企村所在的五桂山区（包括白企村），是当年的抗日游击根据地，开国少将谢立全撰写的革命回忆录《珠江怒潮》，记录了当年被誉为"小延安"的五桂山区，这里留下众多抗日旧址和英雄故事。

其二是"华侨之村"。白企村是旅外乡亲和港澳台同胞远超过本地人口的山村。一代代白企人漂洋过海，走出了"秘鲁鞋王"黄仲儒、"夏威夷种植王"黄亮、"夏威夷快餐王"甘开松。其中户籍人口仅168人的灯笼村自然村，走出了三任秘鲁中华通惠总局主席。在澳门，还有一位以经营"客家凉茶铺"出名的白企人。

其三是"厨师之村"。白企村做过厨师的不下400人，每六个人就有一个厨师。余剑锋和余敬科是改革开放之初从白企村走出的第一批大

厨，三四十年里，他们从家乡白企村带出了上百位厨师，他们的徒弟又带出一批厨师，形成白企厨师群落，在珠三角乃至更大范围广有影响。

正是有了这种"发现"，令记者出身的程明盛与白企村结下不解之缘，深感白企村就像一本打开的客家书，精彩纷呈、常读常新，总也读不完，激励着他融入客家这个特殊群体，去寻找客家文化的根与魂。

二、从白企村看新老客商的文化传承

客商，是由深厚客家文化孕育的客家商人群体。"诚信为本、创新为要、家国为魂、四海为商"是公认的客商精神。长期以来，白企村人四海为家、开枝散叶，主要分布在美国、秘鲁等国家及我国港澳地区。他们较多通过宗亲关系或亲戚邻友介绍迁徙海外，在异国他乡长期的创业开拓中，立足商海打拼，逐步形成守望相助、抱团取暖、用人唯贤的经商之道。如"秘鲁鞋王"黄仲儒与"夏威夷种植王"黄亮本身就是族亲，而"夏威夷快餐王"甘开松与原乡华侨华人也关系密切，他们之间彼此常有来往，并相互帮助，因而成就了一个个商业成功的故事，体现出白企人新老客商的文化传承。

仅有2000多人的白企村，就有1/6的人口会厨艺。追溯他们的学艺路，便追出全村一代代厨师的传承，从中了解到一个村庄亲带亲、乡带乡的学艺路径。

余剑锋和余敬科这对叔伯兄弟，是改革开放后从白企村走出的第一批大厨，共同创办了深圳市阿锋餐饮管理有限公司。这两位中国烹饪大师带出白企厨师群落，创造性地传承了粤菜文化，经营出一条富民之道。与他们同时出道的还有1969年出生的余霭廉，他不仅成长为"珠海名厨"，还带出余旭源等家乡名厨。

白企村返乡创业大厨甘作舟，1999年从南朗理工学校毕业不久，便跟余敬科学厨艺，修成大厨，长期担任大酒楼鲍鱼房主管。甘作舟不忘反哺桑梓，携都市烹饪技艺回乡，帮助带旺当地客家村落餐饮。

"夏威夷种植王"黄亮，其父亲黄朝安于1884年去夏威夷农场做工。黄亮久经商海沉浮，终于为家族的兴旺发达打下基础，其家族后代现有500多人，其中在秘鲁超过300人，在港澳有100多人。黄亮及族人经过多年奋斗，成为成功的商人，不仅经营夏威夷瓦胡岛最大的湿地农场，还创办了当地具有地标性的房屋租赁公司"黄家村"。

"秘鲁鞋王"黄仲儒，其父亲早年从白企村去秘鲁。1952年黄仲儒15岁时，孤身去澳门投靠远亲，1957年又从澳门转去秘鲁，在父亲的杂货店打工，1964年创办了现在的鞋厂，到2023年已经59年了。工厂有一万多平方米厂房，800多员工，每天生产2000多双鞋。他在秘鲁开了38家连锁店，至2023年已87岁，仍然老当益壮。

在海外打拼的白企人，有一种可贵的品质，就是守望相助、抱团取暖，做到识才爱才、知人善任。如黄仲儒在秘鲁从事制鞋业，因1968年初秘鲁经济不景气，又发生一场政变，许多工厂倒闭，黄仲儒的鞋厂也到了破产边缘，为此他向黄亮求助借款。黄亮十分器重堂侄黄仲儒的才华，拟招揽他去夏威夷打理生意，当他看到堂侄黄仲儒并没有因挫折而灰心丧气，而是坚持要留在秘鲁重振产业，反而增添了对他的信心，当即应允借40万美元帮黄仲儒渡过难关、令他东山再起。

几年后，黄仲儒成为"秘鲁鞋王"。为扩大产业规模，他物色到同乡后辈、年轻的大学生陈金海，便三次抛出橄榄枝，诚邀还在大学读书的陈金海加盟公司。陈金海这位攻读会计和工商管理双学位的学生，终被黄仲儒求贤若渴的知遇之恩所感动，"士为知己者用"，以合股身份加盟，与黄仲儒合作，把公司做成秘鲁鞋业界的引领者。

"夏威夷快餐王"甘开松也是一个富有传奇色彩的人物。19岁那年，甘开松听从父亲召唤，奔赴美国夏威夷，不久被同乡邀请合股买下一家牛奶面包店。他们结合本地实际,将店子从卖牛奶、面包改成夏威夷烧烤,针对当地人的需求特点,融合了多国的饮食元素,经过多年经营,创造并注册了"慕苏比"午餐肉饭团。"慕苏比"用模具将饭压成长方体,加上酱料、放进午餐肉,用紫菜包起来,好吃又方便,很受客人欢迎,早在2005年,该公司就成为全美15家增长速度最快的快餐企业之一。

实践中甘开松认识到,连锁企业最重要的环节之一是管理人才,因此他特别注重在员工中发现人才,并实行激励机制。他发明一种"员工晋升合伙人"制度,不惜拿出股份作为吸引优秀员工的筹码,扶持他们开分店,帮他们担保,还借钱给他们,由此吸引来不少拥有高学历的青年才俊。他们被甘开松的创业激情和"员工晋升合伙人"制度所吸引,最终圆了创业梦与老板梦。

三、从白企村看海外新生代客商的经商之道与家国情怀

值得一提的是,据《客家魂》书稿介绍,在白企村海外华侨华人新生代中,绝大多数都延续了客家人崇文重教的传统,接受了良好的教育。但他们当中不少人接受高等教育后,喜欢选择"开店",即愿意放弃"金饭碗"去下海经商,从这些白企籍华侨华人新生代身上,分明看到海外客籍新生代不同的人生选择。

以血缘为纽带的宗族关系,是中华民族千百年来最稳定也是最具向心力的群聚关系。每逢清明前后,就有许多华侨华人和港澳台同胞返乡祭祖,或去当地华人公墓拜祭逝去的亲人。白企村的海外乡亲也不例外,而拜祭都会依照传统的风俗礼仪。黄亮的家族在夏威夷生活了100多年,已经融入当地,子孙后代很多人不懂中文,已经无法用中文记录家史,但他们还是恪守"慎终追远、不忘祖根"的古训,用英文来撰写家谱,以此追寻来时的路,寻找父辈祖辈的精神传承。而今,借助这本

英文的家谱，一个华人家族的历史，便清晰地展现在眼前。

在中山市博物馆，征集有一批海外华侨华人的历史资料，其中有30多件白企村灯笼坑的侨批，都是黄氏华侨在20世纪四五十年代从秘鲁利马写给家乡亲人的，其中谈及家庭生活、子女教育、村办学校及出洋谋生等，字里行间体现一代华侨华人深厚的家国情怀，读了令人感动。

1987年跟着胞兄黄伟强去秘鲁的白企村人黄献兴，1995年转去夏威夷发展，从餐饮做起，再转投种植业，现已拥有过百英亩菜地，是华人圈知名的蔬菜产销大户。他自幼就有一种不服输的劲头，在农庄里所有的活都亲力亲为，修车、开车、搞装修，什么都会。妻子甘红芳则热情大方，聪明能干，可谓出得厅堂，入得厨房，形成男主内、女主外的家庭格局，配合得天衣无缝。

尤其是他们的处事与经商之道，展示出一种客家人特有的智慧：如农场为了接送员工上下班，黄献兴专门买了一辆奔驰中巴车；农场的房子租给外人能收2000美元，他半价租给员工；台湾籍的业务骨干朱台宁，读大学时被聘来公司兼职，2022年大学毕业后正式入职公司，黄献兴送了一台小车作为毕业礼。对此，他们有自己的"经济账"：买一辆15座奔驰车花5.5万美元，月供表面上是农场在支付，其实是员工在供车，因为节省了员工分散居住而等车的时间，"再说，工人对人说老板买部奔驰车给我们坐，也有面子"。又如买车送给业务骨干，他认为"买得很有价值"。这种看似朴素的价值观背后所计算的人生账更高明。其实，帮人帮己，以心换心。就如送车给这位台湾籍的业务骨干，她感恩老板的关怀，亦全身心帮助公司打理业务，让黄献兴夫妇出门办事可放心，等于找到可以依靠的职业经理人。当被问到这种人生哲学是从哪里学到的，黄献兴笑笑说："小时候大哥就教导我'做人做事要算大账、不算小账'！"

四、从白企村看挖掘文化与生态资源，助力乡村振兴

综观《客家魂》全书，有几点印象尤为深刻。其一是语言简洁明快、朴实平易，人物与故事在娓娓道来之中，如小溪流水，腾着细波微浪，令人在不知不觉之中深受感染。其二是细节也是其中重要特色。如写白企村灯笼坑村民记忆最深的百年鸡心柿树，高高地立在院子里屋墙边，长满绿叶、像一个绿色卫士。柿子摘下后，先将陶缸烤热，再将柿子叠放在陶缸里，每层柿子中间垫一层榕树叶，装满后盖上陶缸，三五天后熟了，红彤彤的，主人先拿柿子拜月光，再分赠给乡邻亲友品尝……此种描绘，能勾起多少海外游子的不尽乡愁！其三还是在于一种"发现"，作者独具慧眼地发现了在大湾区背景下一个村庄的历史变迁与客家族群新的文化特质和闪光点，令人回味无穷。

近些年来，"一带一路"倡议和粤港澳大湾区战略的实施，给大湾区所在城市中山提供了重大机遇，同样也给客家人这一群体提供了重大机遇。可喜的是，包括《客家魂》作者在内的有识之士，已与白企人共同携手，努力挖掘白企村客家文化资源，探索"一带一路"倡议和粤港澳大湾区战略实施中，白企村文化振兴和生态发展的现实路径。

随着生态农业与文化旅游的开发，白企村举行了首届白企村客家板比赛，又举办了白企首届荔枝美食嘉年华，许多农庄大厨踊跃参加相关活动。此外，农耕体验基地、锦鲤养殖场、南药种植园等项目也逐步在白企村兴起，当地的中草药亦运到澳门开"客家凉茶铺"。年轻大学生、海归等知识精英已涉足白企村，开发这里丰沛的生态资源，幻化出一个自然天成的世外桃源。

几百年前，客家人从梅州、河源等地迁徙而来，落户中山白企村，后来又漂洋过海走向五洲四海，在世界各地留下足迹，开枝散叶。无论是扎根原乡，还是已成为华侨华人和港澳台同胞的白企人，他们都勇于

开拓，筚路蓝缕，不断丰富一个族群的迁徙史与心灵史，书写大湾区客家人的追"根"与铸"魂"之旅。

我在主持《滨海客家》一书的编撰中，将滨海客家的文化特征定义为"开拓、包容、重商、进取"。地处粤港澳大湾区城市的中山白企村，便具有滨海客家这样的一个典型特征。感谢作家程明盛挖掘出大湾区这么一个客家山村，呈现出众多精彩的人物，以此讲好新时代客家人寻"根"与铸"魂"的故事，以独特视角为客家文学版图增光添彩，功莫大焉！

（作者系中国作家协会会员，广东省政府省情专家库专家，深圳市客家文化交流协会会长，深圳大学客座教授、硕士生导师）

自序：一个客家村庄的家国史

中山市律师协会原会长黄东伟与太太甘倩华读过2021年出版的拙著《出伶仃洋：崖口村人文镜像》，热情地邀我喝早茶，聊起书中人物，许多人跟他们熟悉，有的还是转折亲。

他说起家族辗转迁徙，许多人漂洋过海，走出去的华侨华人和港澳台同胞比留在村里的人多得多，日寇侵略时同仇敌忾，改革开放后回馈家乡，而今不少人归隐田园。说到高兴处，大约受了触动，他像是自言自语："我们家族就能写本书。"

就这一句话，激活了我对一个村庄的遐想：这不就是一个村庄的家国史吗！

受好奇心驱使，我急切地跟着黄东伟夫妻走进他们的家乡村庄，一个隐在大山深处的村落——中山南朗白企村。

———

从博爱路转翠亨快线，到关塘出翠亨快线，转入山间小路，进入南贝路，我看着道路两边不断闪现的农庄和菜地，有些眼熟起来。

车到山沟尽头的灯笼坑自然村，看到一块大石横在中间，将两条道路岔开，"灯笼坑"三个红色大字闪现眼前。我脱口而出："这个地方我来过许多次。"

我清楚地记得，大石左边路段，一条农路穿过田野，通向几户人家，

20多年前，我家保姆就住在那里。我曾一次次周末送她返乡，将车开到屋前，印象里屋前有好大一丛竹子，常常想起宁可食无肉，不可居无竹。

记忆里，那条农路上长满青草，雨天不敢开过去。而今，看不到这么宽的农路，只看到一条水泥路，朝向对面山坡下的几幢房子，大概记忆中的农路拓宽并改成水泥路了。

保姆从韶关嫁来，比我年龄略大一点，我们叫她梅姐，孩子叫她梅姨。后来，梅姐家在大石右侧道路边新建了一幢小楼，老宅不再住了。

想到这些，许多温暖的记忆涌上来，感到亲切。

我通过黄东伟找到梅姐的电话号码，给她打过去，梅姐热情爽朗的声音透过手机传过来，一如20多年前的她。双方将孩子的情况问了个遍，回忆起许多细节。

当年，梅姐的孩子年龄也小，只比我的孩子大一点，梅姐偶尔带孩子来我家里玩，孩子帮着照顾我家孩子。梅姐的老公是个木匠，有时被梅姐叫上门来，帮着修理凳子和用具。印象最深的一次，梅姐老公来家量了微波炉的尺寸，随后做了一个木头架子送来，罩在微波炉上，上面可以摆放电饭煲。

孩子小时候，孩子妈妈柔弱，见不得孩子哭，往往孩子哭，她也哭。这时候，梅姐从太太身上揽过孩子，一边哄着孩子，一边安慰太太："让我来吧，你不要着急。"

想到这里，心里不觉有些内疚。梅姐离开我们家之后，我们帮着介绍过新的雇主，主雇相处融洽。后来渐渐不再联系，也就断了音讯。这些年我换了几次手机，连梅姐的手机号码也找不到了。

梅姐说，孩子已经工作了，老公不再上班，自己还在当地一个小区工作。

到这个时候，我确认，梅姐家是一个典型的客家家庭，给我留下了最初的客家印象。

二

1994年我从家乡湖北南下广东，乡音难改，一直说不好广东话。

很长一段时间里，我对广东广府、客家、潮汕三大族群没有探究，对他们的语言缺少敏感，在我眼里，在广东，除了外省人，都是广东人。

直到拙著《出伶仃洋：崖口村人文镜像》出版，广东省政府文史馆馆员、广东省作家协会副主席丘树宏看过后，欣然撰写书评《该给我们的村庄立传了》，希望我后续书写广东村庄时，交代村里人属于哪一个族群，描写他们的人口结构、语言、风俗习惯等。

之前对有"东方的古罗马城堡""汉晋坞堡的活化石"之誉的客家围屋留下深刻印象，一次次光临中山五桂山客家庄土楼食府，专程到世界客都梅州寻访百年客家围屋。我想知道，是怎样的生存环境，让这个族群如此聚族而居、紧密抱团，从建筑结构上表现出鲜明的防御机制。

接触客家人多了，便注意到，客家人聚居地，不管是镇还是村，都常用"陂"字命名，对这个多音字起过疑虑，到底该读作"bēi"还是"pí"？家乡湖北省城武汉有黄陂区，我刚工作时，黄陂隶属于我当时供职的孝感，同事中就有黄陂人。

向词典寻找答案，陂（bēi）有"池塘、水边、岸、山坡"之意。客家村庄名字里多见"陂、碑、坝"等，多跟山区水源有关。迁徙者寻到山区，寻找水源，找到可开垦地，往往筑坝蓄水，坝前立碑为界，经常以水坝和界碑所在方位命名，带着典型的山区特征，有客家村庄叫石陂头，也有客家村庄叫石陂尾。

到了白企村，我才惊讶地发现，这里也有村庄以"陂"命名，白企片区就有碑角头（原为陂角头）、碑头下（原为陂头下），大约因为"陂"字是多音字，容易弄混，就将"陂"改成了"碑"。

通过进一步了解，我知道白企村地处伟人故里南朗西部五桂山区，由三条几乎并排的山沟组成。2001 年 11 月，原白企、合里、贝里三个村合并为白企村。合并后，白企村下辖 28 个自然村。后来，其中五个自然村合并到附近自然村，目前剩下 23 个自然村，是中山自然村较多的行政村。

截至 2022 年底，中国共有 60.6 万个行政村（社区），平均一个行政村有三四个自然村，即白企村下辖自然村数量是全国平均数的数倍。

按照白企村 2023 年 4 月人口数据，全村共有 806 户 2581 人，平均每个自然村只有 35 户 112 人，是典型的客家山区村。

三

查阅白企人族谱，发现他们多从梅州五华、河源紫金县等地迁徙而来。

建村较早的白企元山自然村两宜甘公祠刻碑记载：

史自周王子叔带封于甘姓，郡渤海，吾宗之鼻祖为甘盘，原祖始于山西平阳地区及陕西，后代子孙南迁福建江西等地，计自国公延至甘仙一郎止。历经一百一十七世祖，缅维我祖勤劳王事，清操抚仕于外，甘仙一郎，生于江西赣州府泰新县，自洪武四年（一三七一年）而入粤，聚居五华篮断甘坑、紫金、琴江、中镇等地，历几百年，十有余世，等到因齿日繁，人多族众，居不一地，故散居于增城、龙门、东莞、新会、惠阳、中山等地开枝发叶，我十四世祖两宜公于康熙年间（一六六二至一七二二年）从紫金移居中山白企村元山仔，卜筑开基乐业，子孙繁衍，人多地瘠，为生活筹谋。故有十五世祖三房福良公派分邻村合里剑门牌，部分子孙奔往远洋秘鲁、美国等地营谋。

碑文显示白企元山自然村人自江西赣州入粤，到广东第一站是梅州五华，后来辗转河源紫金，继而迁居中山南朗。

一个族群的迁徙史，清晰地勾勒出客家人的性格特征，他们与安土重迁的许多族群不同，子孙繁衍、人多地瘠是他们不断迁徙的主要原因。从他们的迁徙路径来看，大多在偏僻山区辗转，不断寻找水源地，开荒拓土。相对于邻近族群而言，他们表现出迟到者的特征，往往是先来者将水源条件好、容易开垦的地占了，后到者只能向水源条件差、不好开垦的山区寻找有限的拓荒空间，形成一个个人地皆少的聚居村，为此不得不频繁迁徙。

解读客家人名称由来，一个"客"字，反映了他们与土著之间的关系，道出了他们迟到者的身份特点。对于土著来说，他们是外人，所以被叫作客家人。

宋代制作政府簿籍，使用了"客户"专称，客家一词乃民间通称。由此"客家"这一颠沛流离却始终自强不息的汉族民系，开始走上历史舞台。

相关资料显示，中国客家人人口众多，分布在世界各地，总数超过1亿人。据公开报道，全世界客家人数有1亿人左右和1.2亿人左右两种说法。

跟当地人说旧事，年长者往往感叹，过去在当地备受歧视，因为山区条件差，山民相对贫困。

客家学奠基人罗香林先生《客家研究导论》开篇即说："南部中国，有一种富有新兴气象、特殊精神、极其活跃有为的民系，一般人称他们'客家'，他们自己也称'客家'。他们是汉族里头一个系统分明的支派。"

罗香林在其作品《客家源流考》里说："客家先民原自中原迁居南方，迁居南方后，又尝再度迁移，总计大迁移五次，其他零星的迁入或自各地以服官或经商而迁至的，那就不能悉计。而其先世，则多居于黄河流域以南、长江流域以北，淮河流域以西，汉水流域以东等，即所谓中原旧地。其第一次的迁移，则以受五胡乱华所引起，此可从客人的家谱记录，而得其真实的消息。"

罗香林称中原先民经五次南迁而形成客家人，在其《客家研究导论》和《客家源流考》中具体分析了五次大迁移。

据 2020 年数据，海外华侨华人总数超过 6000 万人，分布在世界各地 198 个国家和地区。

俗语说，有海水的地方就有华人，有华人的地方就有客家人。

也许，透过白企人曾经居留的"世界客都"广东梅州，可以窥见客家人移居海外和港澳台的盛况。据《广东年鉴 2022》，梅州 2021 年末户籍人口 541.68 万人，常住人口 387.69 万人，其中城镇人口 203.07 万人。祖籍梅州的海外华人、华侨和港澳台同胞 700 多万人，遍布 80 多个国家和地区。

以梅州人为代表的客家人具有典型的迁徙特征，他们不断开荒拓土，向外发展，移居海外和港澳台的人数远超过留守者。白企客家人数据缺少更新，通过局部地区取样调查，可以想象移居海外和港澳台的情况。白企村灯笼坑自然村 2023 年有户籍人口 168 人，但以第一代移民及其家族成员估算灯笼坑籍乡亲，澳门有 300 多人，秘鲁有 300 多人，美国有 500 多人，连同中国香港、加拿大、巴拿马、厄瓜多尔等地散居者，总数超 1300 人。

以白企村户籍人口 2581 人、股民人口 2583 人计，灯笼坑自然村的华人华侨和港澳台同胞就达到户籍人口的一半，而灯笼坑户籍人口只占白企村户籍人口的 6.51%。

四

2015 年，《西行漫记》作者斯诺的后人谢里尔·比绍受邀参加纪念抗战胜利 70 周年阅兵式观礼。时任中山市政协主席丘树宏策划并牵线，谢里尔·比绍与《西行漫记》封面人物谢立全的儿子谢小朋首次见面，成就一段佳话，也揭开一段尘封的中山抗日史。

开国少将谢立全留下了革命回忆录《珠江怒潮》，记录了他从延安到广东开辟抗日游击根据地的经历。

1941 年 3 月间，谢立全受中共南（海）番（禺）中（山）顺（德）中心县委委派，到中山五桂山区调查研究，解决五桂山区能否打游击的问题。到了五桂山区合水口（今白企村合里片区），通过一位在当地任小学教员的地下党员介绍，他住到合水口里学校校长刘震球家里。这里民心齐极了，村民与日寇势不两立，《延安颂》响彻山沟，被他誉为"小延安"。中山调研之后，谢立全向中心县委汇报，五桂山区比番禺、顺德地区的地形条件还要好，这是开展敌后游击战争的好地方。中心县委作出决定，开辟五桂山区、建立抗日游击根据地，指派谢立全前往中山工作。

1943 年秋，五桂山抗日游击根据地日渐稳固，南番中顺游击队指挥部从禺南转移到五桂山。1944 年 1 月至 1945 年 1 月期间，中共先后成立了中山抗日义勇大队、中区纵队、广东人民抗日游击队珠江纵队。

而今，白企村留下了多处抗日旧址，包括：位于剑门村 15 号的中共南番中顺游击区指挥部暨中共南番中顺临时工作委员会机关旧址，位于瓦屋村 3 号的中山抗日游击大队暨抗日民主政权中山县行政督导处机关旧址，位于灯笼坑村 9 号的南番中顺游击区指挥部及逸仙大队部旧址，位于灯笼坑上贺村 3 号的中共中山四区区委油印室旧址，位于石门路 2 号的中山人民抗日义勇大队部活动旧址，位于树坑村 3 号的中区纵队交通总站旧址，位于贝里徐刘村民小组的中共中山本部县委旧址，以及位于碑角头村民小组的白企乡政务委员会活动旧址。

今天的白企村，当年曾发生了著名的三山虎血战，留下可歌可泣的英雄史诗。1945年5月8日深夜开始，日、伪、顽军共4000多人分兵扫荡五桂山抗日游击根据地及附近平原地区。珠江纵队第一支队猛虎中队奉命在三山虎山阻击从灯笼坑方向进攻根据地的1300多名日、伪军，掩护司令部和主力部队转移，留守的11名战士死伤10人。最终援军赶到，日、伪军放弃山头，撤出灯笼坑。

当地大塘自然村还留下"火烧蛟龙"的悲壮故事。1945年7月中旬，伪军围攻合水口乡，时任合水口乡武装自卫队队长凌子云带领蛟龙队员20多人抢登大塘山顶，岂料遭遇从白企石门路村进犯的一队日军。游击队员边打边撤，部分来不及突围的队员隐蔽在丛林中，日军不敢强攻，竟然放火烧山，10多名队员壮烈牺牲。

当年，谢立全等曾在剑门村15号居住，这里跟宣传抗日的主阵地合水口里学校相距仅几百米。

谢立全在书中说，1944年，全中山由点到面，从山区到平原，在联乡办事处的基础上，选举了抗日民主政权中山县行政督导处（相当于县一级的民主政权）。选举五桂山行政督导处的代表大会在合水口召开，这是中山人民有史以来第一次享受到当家作主的权利。

追溯当年抗日史，发现这个客家村庄里，抗日旧址多是侨房，侨房留守亲人舍生忘死投入抗日。以学校为阵地宣传抗日并组建抗日武装的校长刘震球，放弃美国产业，作别亲人回国，变卖家产投身抗日救亡，房子被日寇焚毁，有家不能归。

走读白企，我无意间踏进了一个族群的历史空间和现实世界，发现这是一个客家史、抗日史、侨史交织的珠三角村庄，因为地处孙中山故里，毗邻港澳，成为世人观察中国村庄的一个绝佳窗口，值得被历史记住。

2023年12月18日

目 录

客家人被誉为"东方犹太人"，他们多生于苦难，有行走天下、移民世界的传统，分布在世界各地的客家人过亿。

有太阳的地方就有华人，有华人的地方就有客家人。

一代代白企人漂洋过海，走出了"秘鲁鞋王"黄仲儒、"夏威夷种植王"黄亮、"夏威夷快餐王"甘开松。户籍人口仅 168 人的灯笼坑自然村，走出了三任秘鲁中华通惠总局主席，成就了一段小村传奇。

第一节　168人山村的华商传奇

"我们灯笼坑走出了三任秘鲁中华通惠总局主席，秘鲁中华通惠总局是清政府驻秘鲁公使、中山濠头人郑藻如创办的。"

灯笼坑籍中山市律师协会原会长黄东伟说这话时语气平静，我却吃了一惊，掂出这个小山村的分量。

对灯笼坑生出探究的愿望，我想知道这是一个怎样的村庄，如何能走出这么多享誉侨界的华商。

一

跟黄东伟商量，想跟着他走进灯笼坑，希望能偶遇海外归来的华侨华人，通过他们走近这个群体。他愉快地答应了，并告诉我村里一个侨领正好在村，村里还有不少海外乡亲。

兴奋和期盼悄然袭来，我跟着侨领，以他为媒，打开华侨华人的工作生活空间和情感世界。这正是我期待的，遂决定跟着黄东伟赴灯笼坑探访这位侨领。

2023年的一个周六，到了约定的时间，我从翠亨快线转南朗快线，在贝里出入口转入南贝路，经贺屋、徐刘、甘屋、黄屋自然村，抵达山沟尽头的灯笼坑自然村。

到灯笼坑拜访黄伟强先生前，我了解过这个小山村。它处在白企村贝里片山沟尽头，翻过山就是长江水库边的东区福获村，总面积1.55平方公里，仅有54户168人。如此小的一个自然村，却走出三任秘鲁中华通惠总局主席，多少有些不可思议。

秘鲁中华通惠总局是秘鲁最大的侨团，中国多年保持秘鲁第一大贸易伙伴地位。习近平主席2016年出席在秘鲁利马举行的亚太经合组织（APEC）第二十四次领导人非正式会议期间，在秘鲁国会发表题为《同舟共济、扬帆远航，共创中拉关系美好未来》的重要演讲，高度评价1886年成立的"中华通惠总局"，为促进中秘关系发展作出了积极贡献。

对于秘鲁中华通惠总局，因为创办者郑藻如的缘故，中山人并不陌生。当年郑藻如以清政府驻秘鲁公使身份创办该会。该会以"通商惠

白企灯笼坑自然村俯瞰图（白企村供图）

工、造福侨社"为宗旨，发展成为秘鲁历史最悠久、影响力最大的全国性侨团组织。

现任秘鲁中华通惠总局主席陈金海是中山沙溪人，该局自创办以来，不少中山乡亲出任主席。中山大涌镇南文人萧孝权先生曾连任该局三届主席，现任该局名誉主席。

迎接我们的老侨领是黄伟强先生，黄东伟称他堂兄。他俩在灯笼坑抗战史迹展馆前迎接我们。眼前的黄伟强，穿粉色衬衣和灰西装，头发、眉毛半白，一脸温厚，目光里有柔情，显得儒雅，不像是一个年届七旬的老人。见了面，他径直带我进了展馆，指着每一件展品，讲述这个村庄的抗日故事。

走到南番中顺游击区指挥部及逸仙大队部旧址照片前，他说房子主人黄长根是第一代到秘鲁的灯笼坑人，回村建了这幢200多平方米的排屋。黄长根的孙子黄小丹担任秘鲁中华通惠总局理事，2016年习近平主席出席在秘鲁利马举行的亚太经合组织（APEC）第二十四次领导人非正式会议期间接见华侨华人时，黄小丹参加了接见。

黄长根育有十个子女，散居在美国、秘鲁和中国。

1987年赴秘鲁的黄伟强，也曾任秘鲁中华通惠总局理事，并担任利马同升会馆主席。利马同升会馆又称利马客籍华侨会馆，1891年（光绪年间）建于利马湾打街174号，与利马唐人街仅一街之隔，后加入秘鲁中华通惠总局成为团体会员。

二

触碰到华侨华人的关键信息，话题不由自主转向灯笼坑籍侨领，尤其是三任秘鲁中华通惠总局主席。我请黄伟强先生带我们寻访三位秘鲁中华通惠总局主席旧居，分别是位于灯笼坑村34号的黄孟超旧居、位于灯笼坑村81号的黄仲儒旧居、位于灯笼坑村13号的黄华安旧居。

灯笼坑抗战史迹展旁的路边，两幢闲置的老屋久不住人，东侧的房子正是黄华安的老宅。黄伟强说，黄华安跟他同一年去秘鲁，黄伟强从番禺出发，黄华安从澳门出发。黄华安是个大厨，到秘鲁后从餐饮业起步。

同行的黄东伟说起村口的指路石，黄华安是这块石头的主人。那一年，时任秘鲁中华通惠总局主席黄华安回村，村里有人看中他家宅基地上这块大石头，说可以拿来当村雕。他欣然应允，并拿出 6000 元，请人将大石装运到路口，铲净石头表面，修饰一番，刻上村名。这块大石头便成了村庄标志，也将黄华安与灯笼坑紧紧联系到一起。

一幢三层碉楼立在路边，旁边长着一棵遮天蔽日的大树，一道斜坡通向一片民宅，铺着石阶。拾级而上，走过两幢房子，又一幢三层碉楼出现在眼前，黄色的外墙斑斑驳驳，这里正是灯笼坑籍首任秘鲁中华通惠总局主席黄孟超先生的旧居。

旧居久不住人，后面墙体沙土裸露出来，墙身约有 50 厘米厚，当地人叫它棕墙。黄伟强先生抚弄着墙体，说这种墙用糯米、石灰、黄土、砂土等拌在一起，用锤子锤实，因为造价较高，一般家庭当年用不起。

黄伟强先生说，1959 年，黄孟超与马伯元、缪华炳、高悼云等发起筹建利马中山会馆永久馆址，获得刘金良等大力支持及众多侨胞热情赞助。经过两年努力，馆址于 1962 年 1 月 6 日落成开幕。黄孟超出任首届主席，会员由祖籍中山的华侨华人组成。

黄孟超家碉楼前面邻居黄亮先生，曾享誉夏威夷种植界，有"夏威夷种植王"之誉，后来拓展了房地产生意，有大量房子出租，还有酒店。2018 年，黄亮先生 98 岁时去世。

而今，黄伟强先生的胞弟黄献兴成为夏威夷种植界新秀。

三

继续向里走，我来到灯笼坑籍曾任秘鲁中华通惠总局主席黄仲儒先生的旧居旁。这是一幢旧式两间平房，跟另一侧邻居共用一个院子，院墙外面一片菜地挡住了去路。

我们绕过前面屋子，转到黄仲儒先生老宅另一侧的院门外，径直走了进去，来到屋子前。

门口钉着两个门牌，新的门牌号码显示为"贝里灯笼坑村81号"，位于门框上方的旧门牌格外惹眼，用的是繁体字，一看就很有些年头，显示"中山县第四区白企贝头里乡第三〇八号"。后来在别的村看到同样的门牌，当地人都说不清门牌历史。

1925年为纪念孙中山先生，香山县改名为中山县。中国内地从1956年开始推行简体字，繁体门牌可以排除1925年前和1956年之后出现的可能。

向《中山市志》中山行政区划寻找答案，据载：宣统二年（1910年）设区、段，共九个区；民国25年（1936年）设区、乡，仍为九个区；1944年中共民主政权（行政督导处）管辖四个区；民国38年（1949年）设乡（镇）、保；1951年设区（镇）、乡；1953年调整区（镇）、乡。

比较之后发现，只有1936年行政区划调整对得上，当时全县设有九个区，下辖386个乡镇，当时的乡大约相当于今天的行政村（社区），许多乡比今天的行政村小。

正隔着金属门格栅向里张望，院门外走来邻居黄玉波，他从外面走来，见了我们，知道来意，转身回到屋里，取来钥匙，将门打开。

黄仲儒先生一家离开家乡后，老宅常年空置，只在返乡祭祖探亲时居住，便将房子托付给邻居，经常打扫一下，上炷香，每年给邻居一点茶资。

在家乡中山，黄仲儒先生是一个受人尊敬的人，不仅因为他经常反哺家乡，为家乡捐资修路，更因为他是鼎鼎有名的"秘鲁鞋王"，在秘鲁拥有日产2000多双鞋的工厂"卡里蒙"，还一年进口600多万双鞋，拥有38家鞋店。

黄伟强现场拨通黄仲儒先生的视频电话，黄仲儒正在太平洋边的别墅里跟家人团聚，那里距离他的工厂有120公里，开车需要一个半小时。黄仲儒说工厂开了59年，许多员工跟了自己

曾任秘鲁中华通惠总局理事、利马同升会馆主席的黄伟强拨通海外乡亲电话（明剑／摄）

三四十年，总管跟了自己57年，他安排2月18日周六请在厂里工作25年以上的50人吃饭。当年他用一年时间说服日本裔女职业经理人加盟，以高薪和红利激励留住她的心，女职业经理人从60岁干到78岁。

从黄仲儒先生的叙述中，听出了一个华商的经营之道，参透了一个族群的处世哲学，有点理解了，这个名不见经传的小山村蕴藏的中国精神。

黄伟强说，村里在海外的乡亲，只要有条件，每年都会想方设法回到家乡看看，有时一个人回来，有时一家人回来。

于是，有些期待，等这些华商归来，在他们的老宅，听他们说异乡故事，说游子乡情。我知道，故乡给了他们出发的动力，故乡也是他们心灵的归属。

第二节　秘鲁鞋王

　　早在 1992 年，黄仲儒先生就出任秘鲁中华通惠总局主席，他更为人知的身份是"秘鲁鞋王"。

　　在灯笼坑，我见到村里人跟黄仲儒先生打越洋电话。客家话听上去有些吃力，有一句话却听得明明白白，他问身边几个乡亲鞋码，通话者转而挨个问鞋码，报给对方。

　　黄仲儒说，计划 10 月回国，停留 20 天左右，见面礼是自己特制的软皮鞋。

　　这是他的人生骄傲，至 2023 年有 59 年制鞋历史，是他赢得"秘鲁鞋王"桂冠的人生资本，准备返乡探亲时带回来，穿在乡亲脚上。

"秘鲁鞋王"黄仲儒接受视频采访（明剑／摄）

―

　　跟中山侨刊社主编温国科交流，说起"秘鲁鞋王"黄仲儒先生，他回忆起 2018 年在灯笼坑采访返乡探亲的黄仲儒先生，二人交流持续了四个多小时。他翻开了黄仲儒先生的人生书页，看到"鞋王本色"。有一个细节他记忆犹新。采访中，黄仲儒看了他的脚，问道："你是穿 41 码吧？"温国科正在感叹黄仲儒慧眼识码，黄仲儒笑着伸出自己的脚说："你这双皮鞋不如我的柔软透气，比较硬，是塑胶底，因为没有加入牛皮。"

2023 年春，跟着中山籍侨领黄伟强先生寻访村里的侨领旧居。看过黄仲儒先生旧居，黄伟强一个电话打过去，黄仲儒夫妻惊喜的画面出现在屏幕前，他们正在太平洋边的别墅里跟家人团聚，好大的一家子人。

说起一家人漂洋过海的经历，黄仲儒三言两语就将家史说清楚了。

1921 年，父亲黄达章到秘鲁，到现在（2023 年）已 102 年了。

1936 年 5 月自己出生，小时候经常打仗，差点被打死。

1952 年 15 岁多时，自己孤身去澳门，投靠远亲。后来把奶奶和母亲安置到澳门。

1957 年 21 岁时，父亲从秘鲁来信要他过去。他从澳门转去秘鲁，给父亲打了两年工，没工钱。

1964 年，28 岁的他看上 16 岁的太太。他大她 12 岁，追了她两年，到现在结婚 56 年了。

1964 年 28 岁时，创办了现在的鞋厂，已经 59 年了，最老的员工跟了自己 57 年。

现在工厂有一万多平方米厂房，800 多名员工，每天生产 2000 多双鞋，每年进口 600 多万双鞋，在秘鲁开了 38 家连锁店。

我暗暗惊叹他的记忆和归纳能力。掐指算来，他到秘鲁 66 年了，到 2023 年 5 月满 87 岁，看上去精神矍铄，听起来声如洪钟，怎么都不像一个耄耋老者。他说工厂到自己位于太平洋边的别墅有 120 公里，开车一个半小时，经常自己开车往返。

想象一个 87 岁的老人，自己开车行走在高速路上，这是一个意志力不凡的人，心底的敬意油然而生。我很想知道，他有怎样超乎常人的品质。

按照秘鲁交通法，像黄仲儒先生这样年纪的老人，每隔两年要检查身体，要求耳不聋、眼睛视力正常、手脚灵活，才能继续驾驶机动车。

二

隔着手机屏幕跟黄仲儒先生视频交流，他很乐意分享他的创业经历，话匣子打开，我就变成一个安静的听众。

他说，秘鲁土地肥沃，农产、矿产丰富，秘鲁人很淳朴，对中国人很友善，叫中国人老乡，在秘鲁很容易赚到钱。说到这里，他补充一句："不少华人赚不到钱，只能说他们懒。"

秘鲁是一个地多人少的国家，国土面积 128.5 万平方公里，是中国的 13%，人口 3300 多万，不到中国的 2.4%。就是这样一个创业的沃土，留给黄仲儒的第一印象并不美好。

黄仲儒是一个有人生规划的人。他说，初到澳门，他并不急着找工作，而是留心观察，发现卖苦力的人工资都低，得学一门手艺。于是，他写信向远在秘鲁的父亲要钱学艺，收到钱后，报读了八个月珠算培训班。学成后，谋到了他到澳门的第一份工作，是一家知名米行的"账房先生"，这时离他到澳门已经一年了。

那一年，大洋彼岸的父亲召唤他，在他的想象里，那是个遍地黄金的地方。他想都没想，就辞去澳门的工作，安顿好奶奶和母亲，辗转去了秘鲁。

出发前，黄仲儒用多年积蓄，在澳门购置了房产，留下两万港元给奶奶和母亲做生活费。行李箱里装着自己喜爱的三套夏西装、两双皮鞋。他记得到达秘鲁首都利马的时间是 11 月 1 日。

原以为到了利马，父亲的店也差不多到了。不料，到父亲所在的巴拉芒加小镇还有三个多小时车程。一路上，看着城市的繁华逐渐远去，行走在乡下，身边的景致跟澳门形成强烈反差，心底的不安逐渐升上来。到了目的地，看到父亲的小店加上他只有三个人，顾客是矿工和制糖、酿酒、造纸的工人。

随后的日子，他每天凌晨 4 点就要起床劳作，为一批批工人准备咖啡、酒、包点、衬衫、鞋之类，一直忙到晚上 10 点。更让他难以接受的是，父亲不给他工钱，每个月只给他一美元理发费作为象征性工资。他告诉自己，必须挣脱父亲，自己走出去。父子约定，在店里干满两年。

后来的故事，黄仲儒走出了一条与老一代华侨不一样的路。在秘鲁，华侨多从事餐饮、贸易，他却选择了实业。

<h2 style="text-align:center">三</h2>

黄仲儒的实业之路是从打工开始的，先去了利马附近的卡亚俄，找到一间鞋店打工。

他说，到秘鲁后发现经营鞋业的利润很高，但看到大家穿的几乎都是硬邦邦的鞋子，不仅皮革粗糙、缺乏弹性，而且样式单一、不透气，远没有他在澳门穿的英国鞋、意大利鞋舒服。

"为什么不做软质皮鞋呢？"

他想做鞋，首先得了解鞋，他成了鞋店普通的销售员，工资很低，靠销售提成。他是店里最勤奋的人，永远笑对客人，不厌其烦。一有空闲就研究鞋材、鞋质，有意接触了一些鞋厂工人。很快，他成为店里的明星员工，赢得老板信任。

不久，老板新开分店，他主动请缨，承诺一年内如果没有盈利，不收一分钱工资，条件是按自己的要求装修店面，做进货、销售计划。成了新店经理，他用自己的理念经营新店，首先改变传统货源渠道，依据自己的观察，引进市场认可度高的皮鞋，限价销售，建立质优价廉的形象。更重要的是，他在店里倡导推销鞋子先推销自己的理念，站在顾客角度想问题，给顾客留下良好的第一印象，最大限度争取回头客。

很快，他负责的店成为明星店，门庭若市。短短三年时间，依靠提成，他赚到了一万多美元，这是他在秘鲁的第一桶金。

这一万多美元，当时足够买下 700 多平方米房子，让他过上优渥的生活，但他选择了创业。1964 年，黄仲儒跟朋友合作，盘下一家皮鞋作坊，拥有了自己的鞋厂，定位为生产软质皮鞋。他亲自挑选柔软优良的皮料，并聘请了优秀的做鞋师傅，从挑选材料、设计、制作到销售，所有事情亲力亲为。

只是，开局就让他遇到了难题，因为是新品牌，登门推销时一次次吃闭门羹。但他对自己的鞋子有信心，相信只要顾客试过他的鞋子，就可能产生好感。他挑选了几间规模大、生意好的外国人鞋店，带着招牌式的微笑和小礼物，一次次登门拜访。许多时候，他进到店里，并不带鞋样，送上小礼物就离开。黄仲儒的要求并不高，只要求店家摆两双样鞋。渐渐地，许多老板被黄仲儒的真诚感动，接纳了他的鞋。值得欣慰的是，这收到了意想不到的效果。

一年之后，皮鞋销量从刚开张时的一天 5 双发展到一天 180 双。第二年，他购买了专业机器，皮鞋的生产量达到每天 300 双。皮鞋订单量也从 5 打发展到 10 打、20 打，并且持续增长。

四

开厂四年后，黄仲儒遭遇了企业发展中最大的一次危机，差点倒下。

黄仲儒不止一次跟人说起过，他曾向远在美国夏威夷的堂叔黄亮借款 40 万美元。那时，40 万美元是一笔巨款。

那是 1968 年初，秘鲁经济不景气，又发生了一场政变，政府停摆，市民罢工罢市，经济一片混乱。许多工厂因承受不起这种沉重打击而倒闭，黄仲儒的鞋厂也不能幸免，鞋子大量积压，走到了破产的边缘。

　　紧要关头，黄亮知道了他的窘境，邀请他到美国发展。行前，黄仲儒为自己的企业算过账，要度过这场危机，需要 40 万美元。他打定主意，争取堂叔支持。

　　这里不得不说黄亮与黄仲儒的关系，黄仲儒的爷爷黄朝伟和黄亮的父亲黄朝安是亲兄弟，这样的血缘关系，让黄亮对黄仲儒的困境感同身受。那时，黄亮已经是夏威夷有名的华人种植大户，拥有大片耕地，在当地市场举足轻重。

　　黄亮十分器重这位堂侄的商业头脑，有意动员他到夏威夷，帮自己打理生意。黄仲儒专程飞赴夏威夷，危机之下，叔侄见面，不胜唏嘘。令黄亮意外的是，堂侄黄仲儒并没有灰心丧气，而是雄心勃勃，不希望半途而废，婉谢了堂叔的好意，这反而增添了黄亮对堂侄的信心。

　　那一次，黄仲儒携黄亮借给自己的 40 万美元飞回秘鲁，准时给员工发工资，稳住企业上下游，等待危机过去，直到社会和市场恢复正常。

　　有些出人意料的是，那场危机中，不少竞争对手倒下了，他的企业反而逆势扩张，产品档次实现跃升，企业规模不断扩大。

　　2014 年初，新华网记者深入黄仲儒的鞋厂，以《执着勤奋成就事业，诚实守信赢得赞誉》为题，报道秘鲁华人制鞋企业家黄仲儒，高度概括了他事业成功的秘诀。

　　我通过黄伟强跟曾任职国务院侨办的赖伟忠先生联系。赖伟忠先生1992 年随国务院侨办代表团访问秘鲁，他说，有幸参与并见证了代表团的活动，得到黄仲儒、黄伟强等爱国侨领的热情接待，参观了黄仲儒先生的鞋厂，黄仲儒不愧为"秘鲁鞋王"。

五

　　我跟黄仲儒视频电话交流，信号时好时坏，提出跟他加微信继续交流。他遗憾地告诉我，自己不会用微信交流，只会用微信打电话。通过黄伟强了解，知道黄仲儒的智能手机是在美国的女儿姗妮为他购置的，为的是方便他们之间电话联系。

后来见到返乡的甘红芳，她多次从夏威夷飞赴秘鲁探访黄仲儒，每次都参观他的鞋厂。她说，黄仲儒不熟悉智能手机，不会用电脑，但他会用人，知人善任，这是他事业成功的秘诀之一。他是当地华人中出色的实业家，是华侨华人的骄傲。

老员工多是他的企业的特色，这些员工跟着企业成长，表现的企业忠诚，是员工投给企业的一张张信任票，是企业和品牌成功的基础。20世纪80年代，公司推出了自己的鞋子品牌CALIMOD（卡里蒙），取西班牙语"品质"与"时尚"的合意。

说起卡里蒙品牌发展，黄仲儒说起自己的拍档陈金海，现任秘鲁中华通惠总局主席。

1977年，陈金海大学还没毕业，恰股东黄仲廉退股，黄仲儒就邀请陈金海入股公司，给他20%股份，暂不需要支付股金，而是用赚的钱买股份。受过高等教育的陈金海，给公司带来了全新的发展理念，将卡里蒙品牌做成了秘鲁鞋业的引领者。

黄仲儒也很感激日本籍职业经理人。18年前，他说服那位职业经理人加盟公司，担任总经理，不仅给出一年16个月的工资，还有年终分红，一年需要支付不少于25万美元薪金。他说，这位职业经理人以前在政府部门工作，能力出众，自己用了一年多时间才说服这位职业经理人辞去公职，至今，她已为公司服务了18年。

黄仲儒是一个执着的人，生活中的他也一样，认准的事情不言放弃。说起当年追求太太的经历，他说自己穷追不舍，用了两年，她终于被他感动。他们养育了二儿二女，已经有三个内孙、三个外孙。小时候没能接受多少教育的他，对孩子的教育倾注了大量心血，坚持自己接送孩子上学放学，除非遇到重要接待抽不开身。他还专门将大儿子送回国内，接受了一年的中文教育。

问他在家乡还有没有亲人，他给了一个否定的答复，说一个留守姐姐已经过世。

大洋对岸的黄仲儒迟迟不肯切断电话，跟村里的乡亲一遍遍念叨过去的事情，说小时候兵荒马乱，许多乡亲出洋谋生。有一样，乡亲们替他说了，他帮助许多乡亲圆了出洋梦，是乡亲眼里的贵人。

第三节　秘鲁鞋王的黄金搭档

2023 年 5 月 18 日，国际博物馆日，中山市博物馆迎来了一位特殊客人，他是现任秘鲁中华通惠总局主席陈金海，受世界华侨华人社团联谊大会邀请回国。他此行返乡主要目的是，探访位于博物馆内的秘鲁中华通惠总局创始人郑藻如的旧居和中山华侨历史博物馆。秘鲁中华通惠总局于 1886 年由清廷驻秘鲁公使郑藻如创办，是秘鲁历史最悠久、影响力最大的全国性侨团组织，陈金海 2023 年起担任秘鲁中华通惠总局主席，还是秘鲁中山隆镇隆善社主席。这样一位侨领，拥有怎样的事业成就，走过了怎样的人生轨迹？借着采访的间隙，我与陈金海进行了深度交流。

一

眼前的陈金海，上身穿一件白色 T 恤，下身穿一条牛仔裤，脚穿自己厂生产的软皮鞋，朴素得像个邻家大叔。见了面，他带点歉意说，自己说不好普通话，也写不好汉字，回乡后习惯用粤语交流。

原来，他 8 岁时到澳门上小学，一年后就迁往秘鲁，一直接受西班牙语教育，只在小学四年级时到华侨办的三民学校接受了一年中文教育。

秘鲁中华通惠总局主席陈金海与太太在中山华侨历史博物馆记录秘鲁中华通惠总局创办人郑藻如的信息（明剑／摄）

　　他的故事，得从父亲陈华标说起。1935 年，年轻的陈华标跟着乡亲到秘鲁闯荡，言语不通，又没有本钱，一年后才在乡亲帮助下在利马开了一家杂货店，这是当年许多华侨的营生。到了成家立业的年龄，陈华标返乡结婚生子，生下一女一儿。1951 年陈金海出生后，陈华标只身回到秘鲁，留下妻子照顾两个孩子和父母，直到八年后，才回乡接走妻子和孩子。

　　陈金海到了中学高年级，父亲因身体不好，不得不休息。父亲告诉陈金海，自己已没有能力帮他了。从此，陈金海开始了半工半读的生活。他描述那一段时间的作息安排，上午 8 点上班，下午 5 点去学校上课，直到晚上 10 点。

　　为了提前毕业，他将两年的课程一年学完。升学时，他以优异成绩被秘鲁天主教大学录取，攻读会计和工商管理双学士学位。20 世纪 70

年代，秘鲁大学生凤毛麟角，他升读大学那一年，升学率只有约8%。

成绩背后，除了他的努力，还得益于父亲对孩子教育的重视。他说，当年很多华侨不主张孩子多读书，希望他们早早帮着家里赚钱。但父亲一直鼓励他好好读书，一次次打消他中断学业的念头。

因家庭经济条件不足，他选择了秘鲁天主教大学八个收费等级中的最低等级，继续半工半读维持学业。

陈金海1977年读完会计，1980年读完工商管理，1990年读完高级管理，完成秘鲁PIURA大学（利马校区）PAD高级管理学院课程，拿到工商管理硕士学位，成为那个时代华侨华人中少有的研究生学历者。

二

陈金海还在秘鲁天主教大学求学阶段，朋友请他帮着打工是帮助他父亲的特殊方式。很长时间里，他在制鞋行业打工。

黄仲儒相中了他，三年三次邀请他加盟公司。最终，陈金海成为黄仲儒加冕"秘鲁鞋王"的黄金搭档。

第一次，黄仲儒的鞋厂成立新的贸易公司，请陈金海入股。他回家找到父亲，被父亲一口否决。

第二次，黄仲儒买下另一家公司，邀请陈金海入股，两人各占一半股份。父亲知道了，仍然要他以学业为重。

第三次，黄仲儒邀请陈金海接手股东黄仲廉的部分退股，黄仲廉是工厂三个股东之一，若陈金海接手后可获得公司20%股份。黄仲儒给陈金海开出的条件是，暂不需要支付股金，而是用赚的钱买股份，相当于预约合同。那时，陈金海已在另一家鞋厂兼职担任副总经理，老板是华人第二代，也是秘鲁天主教大学毕业的。这一次，陈金海很快作了决定，告诉黄仲儒先生，不要告诉他父亲。接下来他要做的是说服兼职的工厂老板。他找到那位老板，说出了自己的想法，老板面露难色说："让我想想。"一周后，老板告诉他："你去那边发展吧。"

1977年1月，大学还没毕业的陈金海进入黄仲儒的企业，接手黄仲廉部分股份。这一次，陈金海两年时间就用工资和分红付清了股金。他说："两个股东都想不到这么快。"

这两年里，公司盈利的关键一招是陈金海从课堂上学来的。1978年，秘鲁快速发展后遭遇通胀，货币贬值，他的阿根廷籍教授授课时引述阿根廷过去的教训，指点企业买材料和销售鞋子都用美元，规避本币风险，保障企业回报率。那一轮，不少同行经受不起本币贬值风险，他们的工厂反而逆势扩张。

多年后，股东黄光辉去世，黄仲儒和陈金海买下黄光辉股份，两个人各持有公司一半股份。

三

说起黄仲儒三顾茅庐求贤若渴，陈金海对这种知遇之恩心存感激。

1936年出生的黄仲儒是"30后"，1951年出生的陈金海是"50后"，双方年龄相差15岁。这样的年龄差，没有成为他们之间的鸿沟，却成为他们优势互补的契机，关键因素是黄仲儒慧眼识才、大胆赋权。

陈金海初入公司还是个未毕业的大学生，黄仲儒已经给了他充分的权责。陈金海说："三个股东没有区分职务，黄仲儒负责主材牛皮采买，黄光辉负责财务，别的全是我负责，包括主材外的其他材料采买，事实上我已管理整个公司。"

这样的信任和赋权，的确需要过人的胆识，也给陈金海提供了足够的用武之地。

陈金海开始用大学课堂上学到的知识，大刀阔斧地改造公司。首先终结与同行的价格战，转而瞄准高端客人，追求高品质，并进行成本控制。他为公司聘请了一个顾问，每个星期约请顾问交流，为企业指方向。

陈金海将大学课程"市场和品牌"知识用到公司，决定做秘鲁鞋业的第一品牌，瞄准当时秘鲁皮鞋太硬的弱点，定位软质皮鞋，引进意大利最先进的制鞋设备。公司的鞋底牛皮是整块切割的，再在中间挖空注入橡胶粘连，不是用胶水贴，牛皮和橡胶可以一体化。

公司20世纪80年代就推出品牌CALIMOD（卡里蒙），寓意品质、时尚。如今，卡里蒙是秘鲁市场引领者，拥有制革业、鞋类制造、连锁店和全国分销网络等完整业务链，旗下有800多名员工，38间店铺遍布秘鲁。

陈金海推出的一个广告在秘鲁深入人心。画面中，一只澳洲鸵鸟，其羽毛摸上去很软很顺滑；一只卡里蒙软皮鞋，用手抹一抹变成鸵鸟，鞋皮面如飘落的鸵鸟毛一样丝滑柔顺，不是用眼看，而是用手摸着感受。他说，现在许多秘鲁人还记得这个广告。

卡里蒙在秘鲁已成为家喻户晓的品牌。陈金海说："打的去我们公司，不知道地址的话，跟的士司机说牌子，司机就知道地方。"

跟陈金海交流，与之前跟黄仲儒先生交流一样，感觉他们身上有着共通的东西，就是善解人意，充满亲和力。在公司，陈金海信守一个公开承诺，员工的孩子学习和人生规划遇到困扰，他会留下一句："你周六带孩子来。"许多时候，他以朋友的姿态，给员工子弟充当人生导师。他的大儿子陈伟明从世界著名的哥伦比亚大学硕士毕业，留在美国联合利华公司工作两年后，黄仲儒说服陈伟明回到秘鲁，接手卡里蒙公司的经营管理。陈伟明纠结之后做了取舍。这样的人生抉择，给更多新生代上了生动的一课。

第四节　百年鸡心柿树

许多人的乡村记忆中，村里都有一棵大树，夏天树下纳凉，秋天树下摘果。

问侨村白企灯笼坑人，记忆最深的是哪棵树，多数人说是东北角村口那棵百年鸡心柿树。主人家说不清这棵树从哪里来，但几乎每个村里人都吃过这棵树的果实，无核、清甜、不涩，比别的柿子好吃。

在鸡心柿树对面的原贝里学校上过小学的黄东伟说，上学时曾跟同学到学校附近两百米左右的这棵树下读书，最盼望鸡心柿成熟的日子。

春天里，跟着鸡心柿主人黄伟强去老宅，远远看见这棵鸡心柿高高地立在院子里屋墙边，长满绿叶，像一个绿色卫士。鸡心柿下，听黄伟强讲述一家人与这棵树的情感纠葛，无意间踏进了一个家庭的历史。

一

"鸡心柿熟了！"

侄儿惊喜的声音通过手机传来时，黄伟强放下手中的活，第一时间赶到位于灯笼坑新村 19—21 号的老宅，张罗摘果催熟。

这是灯笼坑的节日，中秋节前后，鸡心柿熟了，黄伟强花 600 块钱，请人将树上的鸡心柿摘下来。刚摘下来的柿子是涩的，需要装进陶缸里催熟。先将陶缸烤热，再将柿子叠放在陶缸里，每层柿子中间垫一层榕树叶，装满后盖上陶缸，三五天后柿子熟了，红彤彤的。黄家人拿了柿子拜月光，村里后山的灯笼石是必拜的，柿子分赠给乡邻亲友品尝。

黄伟强说，更早的时候，自己舍不得吃鸡心柿，少数赠送亲友，绝大多数拿去市场卖了补贴家用。

"这棵柿子树是爷爷 100 多年前种下的，是灯笼坑唯一的鸡心柿树，不知道种子从哪里来。每年秋季柿子成熟，最多一年能收获 600 公斤柿子，一树柿子能值两头猪的钱。"

说这话时，黄伟强眼眶有些湿润，似乎勾起困厄时期的苦难生活记忆。他补充说，1990 年以前，鸡心柿七成拿去卖，三成与亲朋好友分享。

跟白企人说起 20 世纪 90 年代以前，他们多有相似的经历，自家自留地里种的蔬菜，院子里种的水果，自己舍不得吃，多担去城里沙岗墟等市场卖了帮补家用，有时还要借宿在城里亲戚朋友家。

院内三幢房子并排，房前是一口方塘。院墙外有一口大塘，树上鸟儿叽叽喳喳，山风迎面吹来，树叶哗哗作响，仿佛置身世外桃源。

走进正屋，客厅墙上并排挂着几张照片，有黄伟强父亲三兄弟的照片。

一家人漂洋过海之前，许多故事都跟黄伟强的叔叔黄光前有关。1929 年出生的黄光前，1944 年 15 岁时在家乡参加了抗日游击队，改名黄醒云，一年后跟着部队转移，杳无音讯，直到 19 年后的 1964 年才回家。黄伟强说，那些年，爷爷以为他死了。

黄光前转业到地方后，安排在位于番禺的珠江华侨农场工作，负责办事（总务）组，离休后回中山，前几年去世。

1965 年 9 月 10 日，13 岁的黄伟强随叔父黄醒云到了珠江华侨农场，在番禺继续学业，四年后初中未毕业就参军入伍，在广州军区某团当通信兵，1971 年退伍后安排到番禺电信部门工作，在这里结婚生子。

那些年，黄伟强的弟妹们向他们所在的番禺迁移，上学读书或者学习谋生的手艺。那时候，黄伟强的爷爷、父母恋山不涉水，留在灯笼坑不愿意迁移到珠江华侨农场生活，在番禺出生的年轻一代将番禺认同为第二个家乡。

二

著名社会学家费孝通在《乡土中国》里说：因为人口在增加，一块地上只要几代的繁殖，人口就到了饱和点；过剩的人口自得宣泄出外，负起锄头去另辟新地。可是老根是不常动的。这些宣泄出外的人，像是从老树上被风吹出去的种子，找到土地的生存了，又形成一个小小的"家族殖民地"，找不到土地的也就在各式各样的命运下被淘汰了，或是"发迹"了。

就像无数农村家庭的迁徙路径一样，乡村人口迁徙遵从亲酬定律、乡酬定律。在外发迹的人，以血缘和地缘定亲疏，帮助亲友、乡邻出外打拼，谋求新的生存发展空间。

家乡走出去的"夏威夷快餐王"甘开松（又名甘国钦）和"秘鲁鞋王"黄仲儒 1986 年回乡，黄伟强在番禺接待他们，成为一家人向外迁徙的开始。黄伟强说："他们是我一生中的两个贵人。"

甘开松、黄仲儒离开后，移民议题摆上黄伟强家日程，一家人决定向外走，追随在外乡亲。次年，黄伟强和弟弟黄献兴同时从番禺出发，目的地是秘鲁首都利马的唐人街。比他们更早离开家乡的是二弟黄伟军，1987 年前就去了澳门。

黄伟强父母和兄弟姐妹六人都去了秘鲁、美国和中国澳门，后来在秘鲁的家人陆续转往美国发展。最后一个出去的是 1958 年出生的黄惠莲，在六个兄弟姐妹中排行老三。黄惠莲年幼时落下终身残疾，那年父母上长江水库工地，将她托付给邻居母亲，不料邻居母亲没看住，小惠莲摔伤致残，脊柱弯曲，一直留在老家看祖屋，直到 2018 年才到美国团聚。

1987 年 10 月，黄伟强和弟弟黄献兴去秘鲁时，弟弟黄献兴还没结婚。同行的家人还有黄伟强的太太刘桂枝、时年 7 岁的儿子黄国平，并带上了连襟王光希和厨师以及五桂山五个人。

一家人离开时，正是鸡心柿成熟的时节，他们带着对家乡的眷恋出发。其时，留守的父母家人在鸡心柿树下相送。

到达目的地利马不久，黄伟强在黄仲儒的帮助下承顶了"美心"餐馆。餐馆有100多平方米，上面加了一层，做的是炒饭炒面。饭馆里除了自家人，还雇请了两个秘鲁人，王光希做主厨，弟弟黄献兴也在店里做厨师。黄伟强说，行前，王光希带了一本厨艺书去。黄伟强对着书本学，半年不到就跟着掌勺了。

半年后，黄伟强买了另一家店，有300多平方米，重新装修后，上层做住家，楼下做中餐厅，取名"相国餐厅"，随后将"美心"餐馆顶了出去。

到秘鲁不久，黄伟强就被推举为秘鲁中华通惠总局理事、利马同升会馆主席。

1993年，黄伟强得知家乡村庄计划开办石场，黄伟强与弟弟黄献兴回到家乡，办起振强石场，帮助村里修通了出村通道，跟中国港湾振华工程有限公司、中国海外建筑工程总公司等公司合作，石料供应填海工程、南丫岛发电厂和香港赤鱲角新机场跑道等项目。从此，他的事业重心回到国内，弟弟黄献兴回乡不久就转去了夏威夷发展。

三

2023年清明前夕，黄献兴、甘红芳夫妇放下夏威夷过百英亩农场的事务，不远万里回到家乡村庄，这是他们1994年离开家乡后第一次回来，近30年了。他们农场的蔬菜不能断供，一年364天送货，只有元旦那天女儿生日停供一天，也就无法返乡探亲。

黄献兴夫妻1994年去夏威夷后，转投种植业，目前主要在夏威夷经营农场，还经营餐饮和国际贸易，拥有黄氏绿叶产品有限公司和黄氏香草批发公司。农场主要产销蔬菜，菜心、上海青、葱、香菜、芥菜主要供应夏威夷州，薄荷、百里香、罗勒、迷迭香、茴香主要销往美国夏威夷之外的州，仅香草就年产销 150 万磅左右。

这次回乡，家里的百年鸡心柿树正枝繁叶茂。他们遵慈母命，于 4 月 2 日在老宅举办感恩宴，摆下 54 围宴席，邀 500 多人赴宴，其中，100 多人专程从港澳赶来相聚。

从 1987 年离家赴秘鲁算起，至 2023 年，黄献兴离开家乡到海外打拼 36 年了。

鸡心柿树下，他们搭起喜棚，请来舞狮队迎接宾客。他们现场烹制感恩宴，鸡煲翅、大红烧猪、盐焗鸡、盘龙海鳝、红烧乳鸽、罗氏虾伊面端上桌，乡音和着乡情，在农家小院和小山村弥漫开来。黄伟强与太太帮着忙前忙后，一家人把感恩挂在嘴边，一遍遍念叨感谢乡亲、感谢生活。

说起这次返乡，黄献兴夫妻想拜访的人很多。

他们想去台湾拜访员工朱台宁的家人。这位从大学一年级开始服务公司的年轻人，2022 年大学毕业后正式入职，以公司为家，已能独自打理公司，让他们此次返乡之旅顺利成行。

他们还想去福建拜访事业领路人祥哥，是祥哥教会了他们种菜，还把自己经营多年的近 10 英亩农场转让给他们。

1997 年，他们刚生下第二个儿子，租下祥哥农场对面 2 英亩草比人高的荒地，用几个月开垦出来，跟着祥哥学种菜，开始了他们的种菜生涯，祥哥是他们的启蒙老师。他们在角落一小块地方，用拖车平板盖了个小房子，装上轮子，可以拖走，成了移动的房子，后来买了房子才搬出去，那座房子现在还在。1999 年祥哥决定回国，将自己的 7.4 英亩农场转让给他们，加上原来的 2 英亩，他们的农场接近 10 英亩，开始了扩张之路。

他们说，在海外打拼这么多年，他们学会了感恩。在他们的农场里，厨师出身的黄献兴喜欢自己动手，烹制满桌美味佳肴，以家宴感谢亲朋好友和员工，三天一小宴，五天一大宴。其实，黄献兴是一个节俭的人，他说："我舍得吃，不舍得用。"

这是一个家宴上的华人家庭，家宴为媒，在乡情圈圆梦舌尖上的乡愁。而今重回家乡，他们以一场感恩宴与家乡和乡亲交流，无意间搭起一座心桥。

池塘边，鸡心柿树下，他们与亲朋好友相约。等到了中秋，鸡心柿成熟，有条件的话，重回村里，再尝百年鸡心柿。

感恩宴的欢聚过后，离别的日子越来越近，黄献兴夫妻要回夏威夷继续打理农场，黄伟强夫妻要去美国跟儿孙团聚。大洋另一边的儿孙在召唤，黄伟强夫妻的第三个孙子3岁了，第四个孙子2022年刚出生，行前，黄伟强先生还有些不舍，太太刘桂枝已经归心似箭。黄先生打趣说："（太太）年轻时跟老公亲，有儿子了跟儿子亲，有孙子了连儿子都不亲。"

站在百年鸡心柿树下，看黄伟强久久凝视，眼睛里有些柔情，我不觉想起台湾王童导演的电影《红柿子》，主人公"外婆"总会想起河南老家院子里那棵离家时正结满果实的大红柿子树。贯穿电影始终的火红柿子，隐喻主人公浓浓的乡愁。电视剧《亮剑》里，楚云飞即将撤退去宝岛时，只带走院子里大树下一抔泥土。13岁便离开故乡山东菏泽的台湾老兵高秉涵，返乡接受央视采访时，说起"来自故乡的泥土"，有在美国的菏泽乡亲回乡探亲，带了3公斤家乡泥土，绕道中国台湾分赠给菏泽乡亲，每家人只能分到一调羹家乡泥土。高秉涵将分到的泥土一半存进银行保险箱，一半七天分七次和着水喝下，以纾解思乡之苦。

远离家乡故园的人，对家的眷恋是共通的。于是盼着又一个中秋节，等百年鸡心柿熟了，看一个族群在鸡心柿树下的百年离散、抚今追昔。

第五节　华商人生账本

中山人似乎跟夏威夷种植业有缘。

比孙中山年长 12 岁的大哥孙眉，1872 年 17 岁时跟着舅父杨文纳，还有一众乡亲，漂洋过海到了遥远的夏威夷，后来到茂宜岛开荒垦地，高峰时在茂宜岛的农场有 6000 英亩，雇工 1000 多人，养牧牛马猪羊数万头，被称为"茂宜王"。为了支持孙中山的民主革命，他变卖农场，散尽家财，成为孙中山强大的经济后盾。

比孙眉晚 12 年到达夏威夷的白企灯笼坑人黄朝安，1884 年到夏威夷后以种地为生，不断积攒土地，他的儿子黄亮成为华人圈知名的"种植王"。黄亮与孙眉是邻村人，黄亮的家乡村庄白企和孙眉的家乡村庄翠亨只隔着一座山。

比黄朝安晚 103 年出洋谋生的白企灯笼坑人黄献兴，1987 年跟着胞兄黄伟强去秘鲁，1994 年转去夏威夷发展，从餐饮起家，转投种植业，拥有过百英亩菜地，是华人圈知名的蔬菜产销大户。

黄献兴、甘红芳在感恩宴上秀恩爱（夏升权／摄）

清明前，黄献兴携夫人甘红芳返乡祭祖，并设宴 54 围宴请亲友。筹办宴席的间隙，我与黄献兴、甘红芳夫妇有一场无心的对话，无意间窥见了一个华商的人生账本，解开了华商成功的商业密码。

一

在黄献兴返乡栖身的翠恩山庄聊天，说不上几句，他说"让我太太说吧"，就闪走了，他自谦"自己嘴笨，太太会多国语言"。

转而问甘红芳会哪些语言，怎么学的。甘红芳说，小时候在家乡上学讲普通话，婚前讲粤语，婚后讲客家话，到秘鲁读书学了西班牙语，到夏威夷 20 多年学会了英语，跟着农场占绝大多数的菲律宾籍员工朝夕相处学会了菲律宾语，学语言就是听和说。甘红芳说，跟人语言交流的活多是自己出面。

待黄献兴再次现身时，他带着中老年男人的羞涩，邀我们入席。进了大厅，两张大圆桌，二三十人，满桌美味佳肴，色香味胜过酒店。

原来，我们聊天的间隙，他转身去了厨房，杀鸡宰鱼，做了几道拿手好菜，白切鸡、盘鳝、蒸狮头鱼……同桌人说，朋友喜欢吃他做的菜。

见我不解，他解释道："朋友请我去饭馆，我说，不值得，也没我做得好，到我家来吃吧。以后就没有朋友请我去饭馆了，聚会就改在我家。"

随后，他打开手机屏幕，调出图库，满屏的美味佳肴扑面而来，烤鸭、烤鸡、盆菜……他说，这都是自己在家做的菜。他越说越兴奋，说逢年过节请朋友吃饭，新年请员工和家属吃饭，元旦为女儿开生日宴，都在农场里或家里，自己喜欢做菜，女儿也跟着自己喜欢上了做菜。

话题回到语言交流，甘红芳说先生英语不太好，但跟当地人没有语言交流障碍，常常见他跟人比比画画，事情处理完了邀请客人到家里吃饭，像神交已久的老朋友。

眼前这对性格、特长迥异的华人夫妇，丈夫沉稳内敛、待人真诚、令人信任，妻子热情大方、长于辞令、纵横捭阖，他们的组合，是命运的一次巧妙安排，形成男主内、女主外的家庭格局，配合得天衣无缝，家里家外被安排得井井有条。

甘红芳说起一件旧事，农场种植的供应美国夏威夷以外其他州的九层塔等品种，种子来自中国香港一家种子行。有一段时间，种子行的种子频频被拒，最后干脆被禁止进口到夏威夷。种子行不知道原因，申诉无门，眼巴巴看着美国客户流失。甘红芳的犟劲上来了，直接找到政府主管部门追问原因，跟政府部门的人辩论。三番五次之后，主管部门给出的原因是种子杂质多。找到了症结，甘红芳转告种子行，寻求解决办法。种子行及时清理种子杂质，重新打入夏威夷市场。后来，该种子行的种子占领夏威夷市场，种子行对甘红芳心生感激，让甘红芳的农场订购其种子不用预付款。

眼前的甘红芳看上去比先生年轻许多，我知道他们在秘鲁恋爱结婚，试着问他们恋爱细节。黄献兴说，他30岁时追求17岁的她，穷追不舍，她那时还不到当地的法定结婚年龄。一年后两人登记结婚，根据当地法律，需要登报公告，征求社会意见。幸运的是，登报一周没有人提出反对意见。

二

当晚宴罢，客人陆续散去，黄献兴夫妇送我们出门，话题未尽，就站在门口闲聊。山风吹来，穿着短袖的我感觉有些寒凉，却不忍离去。

说起曾经网络围观的"二舅"，看着看着就学会了木工手艺。黄献兴受了触动："我也会木工，村里曾任秘鲁中华通惠总局主席的黄华安也会做木工。"

在他的描述中，许多出洋谋生的华侨华人，因为谋生需要，都会一些手艺。他说起一件小事。一次到香港拜访朋友，进了家门，正要落座，朋友止住他："那张凳子不要坐，小心跌跤，凳子一条腿坏了，修不好。"黄献兴当即拎起凳子，看一眼坏了的地方，转而请主人拿一个扳手过来。主人找来扳手，聊天的工夫，黄献兴鼓捣一阵，告诉主人凳子修好了。主人露出不可思议的神色。

一旁的乡亲黄东伟说："他会一个人修一个小房子。"

甘倩华指着农庄的鸡舍说，那就是他一个人修起来的。

一座鸡舍，需要泥工、木工、水电工，以一己之力完成，有些不可思议。

我追问他："你会哪些手艺？"

黄献兴不谦虚了："你说说，你说出来的我都会。"

我试着说出几门手艺，环顾周围，看到自己的车，忽然想起有次返乡，唯一的车钥匙被反锁到车里了，需要找开锁匠，便问他会不会开锁。

他笑笑说："如果有工具，多数锁都可以打开。你这辆车若丢了钥匙，我很快就可以打开。"

一旁的太太甘红芳说起农场里的活，没有丈夫不会的。她说，农场有9种车，包括货车、播种车、犁田机，他不仅会开，还会修。

眼前这位其貌不扬却无所不能的华商勾起了我的好奇，追问他："这么多手艺，你怎么学的？"

甘红芳说："他喜欢做的事情就去看，就去想。"她说起农场里丈夫自己组装的播种机。美国大农场都用大播种机，但夏威夷是由火山喷发形成的岛屿，山多石头多，在火山石里开荒，将鹅卵石打碎，许多地是这样开垦出来的，大播种机用不上，需要适合的小农机。以前种菜，两个工人推着播种机下种，一个工人10美元一小时，人工费惊人。黄献兴突发奇想，找来 8 台播种机，在拖拉机里串到一起，调试好，播菜种时，拖拉机走过，8 行种子一次种下地，半小时完成两个工人一天的工作，等于 16 小时工作量，相当于 160 美元工钱。

黄献兴骨子里有一股不服输的劲头。他说入行前，自己是个种菜小白，就到别人的农场去看，心想，别人种的菜好卖，我要种到比他卖得多。他有一把收割蔬菜用的带柄短刀，不够手掌长，是买回来后截短改装的。收割的时候，右手抓住刀柄，将菜一条条割上来，有序排列在左胳膊上，一手正好 5 磅菜，然后一次叠放到菜箱里，6 手下去就是 30 磅菜，这样一箱菜误差不到 2 根。蔬菜装满箱后，人站上去摇一摇，整箱菜都不会断。

我对黄献兴心生敬佩，问他："最早什么时候表现出这种天赋？"

他有些不好意思，说小时候学习不好，会做不会写。

一旁的黄伟强说，去国外前，黄献兴在珠江华侨农场打工，别人挣几十块钱一个月的时候，他能挣 800 多块钱一个月。

一旁的乡亲甘倩华打趣："改天让他去你家里，让他看看，哪里不顺眼，他马上改。"

三

越说越投机，我知道可以听掏心窝子的话了。我试着探究他们夫妻的商业密码，问他们靠什么在短短 20 多年时间里将农场做到现在的规模。

甘红芳说起几件最初感到不解的事。

农场为了接送员工上下班，专门买了一辆奔驰中巴车；农场的房子租给外人能收 2000 美元，丈夫半价租给员工；从大一开始服务农场的台湾籍员工朱台宁，2022 年大学毕业后正式入职公司，丈夫送了一台小车作为毕业礼。

　　黄献兴听了，一一解读自己的经济账。他说，买一辆15座奔驰花了5.5万美元，月供表面上是农场在支付，其实是员工在供车。

　　我一下子理解不了这种逻辑，追问缘由。

　　他说农场员工居住比较分散，通勤时间比较长，每天上下班，须坐车到农场附近一家商场中转，等车的时间浪费了，于是他决定买车，而且选了昂贵的奔驰牌。他掰着指头算账，农场有20个工人，10个工人住在外面，开车接送可以提早半小时开工，20个人多工作半小时就是10小时，就是100美元工钱，一个月就是3000美元，这辆车月供只要700多美元。算过账，他问我："你说是不是员工在供车？"不等我回答，他像是自言自语："再说，工人对人说老板买部奔驰车给他们坐，也有面子。"

　　说起农场的房子，他说有10多个员工住在农场。农场一套房若租给外面的人，月租2000美元，租给员工只收1000美元，等于收了3000美元。

　　见我不解，他为我算账，说员工留在农场，一家三四个人帮农场工作，省了通勤时间，多了工作时间，一个人一个月帮农场多赚500美元，4个人就是2000美元，加上1000美元房租，加起来就是3000美元。

　　他接着说，把员工当家里人，员工家里有困难，能帮就帮，员工家里有人生病急用钱，就借给他们，然后逐月从工资里扣。问他为何这样为员工着想，他说自己最困难的时候，找周围的人借不到钱，想着有朝一日有能力了，要尽可能帮助身边的人，借钱时就预备着对方还不上。

　　甘红芳说，农场从来不拖欠客户的钱。农场销售渠道做起来了，开始转型，需要种植户合作，合作户的菜全部收购，他们不用愁卖。但初创的种植户往往找不到菜地，缺少技术和资金等。于是，帮他们找地，教他们种菜，帮他们解决创业资金，嘱咐他们不要欠债。到了月底结账，农场通知客户次月3日来取支票，有的客户一两个星期还不来收，他们就打电话去催，客户往往说，钱放在你们的银行账户好过放在我的银行账户。

2022年，从大一开始服务公司的台湾籍学生朱台宁，大学毕业后正式入职公司，黄献兴夫妇送给她的毕业礼物是一台新车。这辆车花了三万多美元，农场付了全款。黄献兴说："这辆车买得很有价值。"

在黄献兴夫妇眼里，朱台宁最让他们感动的是，她以公司为家。2023年1月朱台宁回台湾探亲，主动提出带上 iPad，每天追踪蔬菜流动，甘红芳将工作用的 iPad 交给她，于是，探亲期间，朱台宁天天跟单，跟在公司一样工作。正因为朱台宁熟悉了农场的全流程运作，夫妻俩放心地将农场交给她打理，才能放下农场事务，回国探亲访友。他们说，上一次回乡还是29年前，不敢返乡是因为农场天天供应客户，一天都不能断供，只有女儿元旦生日那天例外，获得客户理解。而今有了朱台宁帮手打理农场，他们找到了可以依靠的职业经理人。

我听黄献兴夫妇算人生账，被他们的价值观所折服，随即问了黄献兴一个问题："这些道理在哪里学的？"

他看着一旁的黄伟强，笑笑说："都是大哥教我待人处事方式。我小时候数学不好，不会算账，不肯继续读书，大哥教我以后出来做事做人，要算大账，不要算小账。这些年，我就把这些道理用在自己身上。"

第六节 "夏威夷快餐王"

我到白企元山自然村寻访，走过两宜甘公祠、白企学校，看到捐款的项目都有甘开松的名字，且排在前面，意味着捐款额高。1988年修缮两宜甘公祠的碑文记载，旅居夏威夷檀香山的甘开松捐款3000美元；1991年重修白企学校碑文记载，白企学校日久未修，倾圮为虑。李斌、甘玉坤等乡亲倡议重修，首得旅美侨亲甘开松及宜刚鞋厂梁源先生令慈梁黄英女士响应。甘开松捐款两万美元和两万港元。此外，甘开松 1996 年捐助两万美元铺设村路，1998 年捐一万美元建元山公园。

当地人说起甘开松，都知道他在夏威夷开快餐连锁店发家，把连锁店开到了美国本土和日本，许多乡亲跟着他开了快餐连锁店。

我迫切地想走近这位富有传奇色彩的人物。

甘开松（左）与搭档林志雄（程明盛／摄）

一

在元山自然村圆山农庄偶遇从夏威夷回来探亲的甘伟彬，是圆山农庄主人甘颂华的亲叔叔，甘伟彬老婆的爸爸甘火耀是甘开松的堂兄，甘伟彬与老婆称呼甘开松叔叔。甘伟彬也在夏威夷开过餐馆。

问起甘开松近况，他说甘开松现在 70 多岁了，还在美国本土奔波开店，人很淳朴善良，很乐意做慈善，家乡人有事他都尽可能提供帮助。

正要追问细节，他忽然接到电话，有人请他过去。他说声抱歉，转而建议我找灯笼坑黄伟强，说黄伟强跟甘开松是亲戚，黄伟强的亲姑婆黄蕹妹是甘开松的母亲，黄伟强叫甘开松表叔，黄伟强的两个儿子大学毕业后都跟着甘开松开连锁店。

甘伟彬一句话提醒了我，走访灯笼坑时跟黄伟强深度交流过，只是没有留意他跟甘开松有这么深的亲缘关系。

重新找到黄伟强，直奔主题。黄伟强说，表叔甘开松的父亲甘华炳早年到美国夏威夷、檀香山谋生，1948 年出生的甘开松，6 岁时跟着家人去澳门，家庭条件相对优越，过着衣食无忧的生活，有过一段无所事事的经历。

19 岁那年，甘开松听从父亲召唤，不甘荒废自我，从澳门奔赴美国夏威夷。

1972 年，24 岁的甘开松在夏威夷遇到小时候一起踢球的好友、从事地产生意的林志雄。林志雄正想为喜欢烹饪的母亲买一间小餐厅来经营，但又怕母亲一个人忙不过来，于是邀请甘开松入股。当时一家韩国父子开的牛奶面包店"L＆L"寻求转让，甘开松便把这间店铺盘了下来。

店铺沿用了"L＆L"的招牌，标注"1952 年创办"，正是"L＆L"创办的时间。"L＆L"的意思是"李和李"，"L"是韩国李姓父子的姓。

买下店铺后，考虑到这家店附近有两家医院，人流量较大，甘开松将店铺定位为服务本地居民，主打夏威夷风格美食，将店铺从卖牛奶、面包改成卖夏威夷式烧烤，针对夏威夷人口特点，融合了夏威夷、中国、韩国、日本、葡萄牙、菲律宾等国饮食元素，有点像日本铁板烧。

许多年了，"L＆L"的配方没怎么改变，保留夏威夷人记忆中的味道，目前在美国夏威夷、加利福尼亚、华盛顿、亚利桑那、得克萨斯、弗吉尼亚、佛罗里达等州和日本拥有220多家分店。早在2005年，"L＆L"就跻身美国权威饮食杂志评出的全美15家增长速度最快的快餐企业。

2022 年 8 月 8 日，"L＆L"注册了夏威夷午餐肉饭团"慕苏比"。选择 8 月 8 日这一天注册，因为"808"是夏威夷区号。"慕苏比"用模具将饭压成长方体，加上酱料，放进午餐肉，用紫菜包起来，是一款很受欢迎的工作和家庭简餐，既有客人堂食，也有客人打包带走。

二

2006 年，央视《华人世界》栏目以《甘开松和他的快餐店》为题，对甘开松"L & L"连锁品牌的成功模式进行了报道，剖析了"L & L"自创的员工晋升合伙人制度。

按照这个制度，公司与员工合办分店，给予员工 30%—40% 股份，每年收取营业额一定比例的管理费。甘开松的解释是，连锁企业最重要的环节之一就是管理人才，这是连锁店成功的至关重要因素。为了吸引人才，公司不惜拿出股份，作为吸引优秀员工的筹码，满足员工成为合伙人的梦想。

那次采访，黄伟强和家人一路陪同，成为见证者。2005 年 8 月与《海外中山人》摄制组一道采访的一位作者，在采访感言中记录了这样一幕：

正在三藩市探亲的秘鲁乡亲黄伟强专门由三藩市飞到夏威夷，带上旅居夏威夷的亲戚甘开松、黄献兴前来接机。我们抵达三藩市，他又带上旅居三藩市的弟弟黄献云、儿媳杨洁菁到机场迎接摄制组，还专程与弟弟驾车八小时，送我们到洛杉矶。当他们星夜赶回三藩市时，已是凌晨 5 时多。

正是那次采访，解开了甘开松"L & L"连锁品牌的成功密码，令甘开松的故事为人熟知。

"L & L"员工晋升合伙人制度沿用至今，并不断优化，尽管过去了这么多年，公司每年收取管理费只有营业额的 4%。这些年，不断有员工晋升合伙人，最终拥有自己的连锁店。这些员工大多白手起家，往往初来乍到，没有本钱，但有一股拼劲。甘开松在员工中发现人才，扶持他们开分店，帮他们担保，还借钱给他们，店铺做得好的话就整体转让给员工，经营差了就收回去，情愿自己亏本。

在"L&L"，晋升合伙人的既有亲朋好友，又有来自不同国度、不同地域的人，多是华裔，怀揣着梦想到美国，最终在"L&L"圆了创业梦和老板梦。

最令人意外的是，"L&L"的合伙人中出现了不少天之骄子，这些拥有高学历的青年才俊，被"L&L"的员工晋升合伙人制度吸引，加盟"L&L"，最终拥有自己的连锁店。

三

与甘开松在商界长袖善舞的形象不同，生活中的他低调、内敛。黄伟强说，印象里，甘开松没有在侨界组织中担任要职。

熟悉甘开松的甘红芳2022年7月到西雅图探访甘开松，住在甘开松家里，跟他做了长时间交流，感觉他是个了不得的人物，给很多人提供了就业创业机会。

甘红芳说，他不太管"L&L"公司办公室的事，隐身幕后，人们大多只知道他的合伙人。他的主要精力是开店，太太守在夏威夷，他在西雅图和三藩市之间走动。

看到年逾七旬的甘开松在各地跑来跑去，甘红芳曾劝他多休息，保重身体，但他似乎停不下来。

屈指算来，2023年甘开松已经是75岁的老人，早已不是呼风唤雨的年龄。然而，甘开松习惯自己物色人才，一旦发现优秀员工，会直接与员工交流，一席谈话，往往令对方豪情满怀。

从员工晋升合伙人的黄国力，最记得2018年的那次西雅图之行。拥有密歇根州立大学法学院学历的他，决定做"L&L"合伙人。叔公甘开松给他一个重要选择，让他去西雅图管理六家店，给他30%股份。这份人生大礼如此丰厚，令他受宠若惊，当时他人在加州，专程去了一趟西雅图，与甘开松深度交流。他最终决定暂时不去西雅图，而是留在加州发展，在加州新开一家"L&L"，融入自己的经营理念，靠自己的努力，经营出一家"L&L"样板店，优化连锁店管理体制机制。

在"L&L"合伙人眼里，甘开松是一个极富感染力的人，他用自己的人格魅力，以对员工的信任和爱激活了员工对客人的爱，赋予了这个品牌更多温情。

第七节　放下法学院梦想去开店

说起华侨华人，许多人感慨，越来越多新生代不会看、写、说中文，言谈间有些忧心。

借着调研在美华侨华人的机会，我试着接触新生代华侨华人，发现事实并不像想象的那样，许多华侨华人尽量让后代接受汉语教育，新生代延续了父辈、祖辈的创业精神。令人感动的是，看到不少天之骄子放弃铁饭碗去创业，典型的例子有，知名大学法学院毕业生去开店。熟悉美国高等教育的人都知道，就读法学院是许多优秀学子的人生理想，法学院毕业生开店颇像"北大才子卖猪肉"。

跟返乡的中山籍华人夫妻黄献兴、甘红芳交流，他们说起儿子黄国麟放下攻读华盛顿大学法学院的梦想去开餐饮店，我顿时瞪大了眼睛：这不是年轻人的选择。

始建于1861年的华盛顿大学，位于美国西海岸华盛顿州西雅图市，是一所公立研究型大学，2022—2023年度U.S. News世界大学排名第6位，QS世界大学排名第80位，软科世界大学学术排名第19位，泰晤士高等教育世界大学排名第26位。

法学院是许多学子孜孜以求的人生理想，似乎都难以跟餐饮店画上等号。

黄国麟还与胞弟黄国恒一道，在夏威夷代理台湾水果茶连锁品牌

"一芳"，开出夏威夷第一家"一芳"店，2023 年 8 月开第二家"一芳"店，计划 2024 年开第三家"一芳"店。

与黄国麟放下法学梦去开店如出一辙的是，他的叔伯兄弟黄国平，1993 年 13 岁时到夏威夷上六年级，在夏威夷大学毕业后，考上华盛顿大学没去读，先在亚利桑那州开了"L & L"分店，现在在加州圣何塞市苹果公司总部附近开了"L & L"分店，目前已经有三家店。黄国麟的另一个叔伯兄弟黄国力，从密歇根州立大学法学院毕业两年后，放弃公职去开"L & L"店。

一个家庭里，新生代受过高等教育后，无一例外，都选择了开店，这既让人看到了华裔家庭的商业传承，也让人看到一代华裔青年的人生追求。

于是，我很想走近这个群体，探究他们经历了怎样的职业抉择，走过了怎样的心路历程。

二

跟甘红芳谈起他们大儿子黄国麟选择开店的事情，这却是一个两代人价值观冲突的经典案例。

1995 年 1 月，黄献兴、甘红芳夫妇从秘鲁移居夏威夷时，带着一岁多的黄国麟。黄国麟在秘鲁出生，到夏威夷接受了完整的教育。黄国麟 5 岁开始，暑假就在农场帮着干活，黄国麟的理想是华盛顿大学法学院。

甘红芳说，两个儿子都在农场干过活，后来都不肯接手农场事务。

黄国麟从夏威夷大学商科毕业后，到夏威夷一家银行从事贷款审核。两年后，同事朋友均建议他经营家庭企业，没必要打工。黄国麟心动了，回家跟父母商量，想回来帮着做生意。

黄国麟回到农场第一天，妈妈给儿子立下规矩，到了农场，要遵守公司制度，跟员工一视同仁，母子开始出现分歧。

黄国麟帮着农场做了两年，还不能完全接手农场，萌生退意，决定报读梦想中的华盛顿大学法学院，给自己二次定位。

等候法学院录取结果时，叔公甘开松找到黄国麟，重复求贤若渴的故事，动员他加盟"L & L"，接管夏威夷火奴鲁鲁东部的一家店。黄国麟有些犹豫，到店里观察了一天，

甘红芳展示儿子黄国麟受访视频（程明盛／摄）

就做了决定。这一次，轮到父母担心了，儿子管不好农场，能管好一家店吗？

儿子接手店铺后，对父母的考验就开始了。甘红芳说，整整三个月，自己每天安排好农场工作后，就赶去店里，那段时间不知怎么熬过来的。接管店铺第一年，店里的账都是自己帮着管的。

令甘红芳欣慰的是，儿子管理店子的方式不错，这家店生意稳定，已经不需要儿子管理，委托给了员工打理，儿子的主要精力转向新店，还有批发生意。

交流中，甘红芳打开"夏威夷今日新闻"一个报道，是专访黄国麟的，说的就是他的选择。

黄国麟跟女主持人说起自己被"L & L 夏威夷烧烤店"主人甘开松的励志故事感染，希望拥有自己的店，成就创业梦想。他说自己从小吃

着这个品牌的产品长大，自己经营后感觉到，从小时候跟在父母身边工作，到拥有自己的特许经营店，既能教会同辈管理餐馆，也能服务周围百姓，找到了开店的价值，就像"L & L"品牌的主人甘开松一样，在帮助员工成功中得到了精神满足。

三

我有些感动，试着通过华人跟他们的后代建立联系，黄伟强将小儿子黄国力的微信推给了我。

聊不到几句，黄国力说，我们视频通话吧。年轻人的爽快超出了我的预期，于是，我们之间进行了一场隔着屏幕的直接交流。

黄国力 1989 年在秘鲁出生，3 岁时跟着返乡创业的父母回国，在国内接受义务教育阶段教育，以 644 分考取中山纪念中学高中，半年后自己选择了中港英文学校，高中毕业后升读亚利桑那大学，继而考入密歇根州立大学法学院，在律师事务所实习一年，进入法院工作一年半，然后毅然放弃公职，砸掉了铁饭碗，重走了堂弟黄国麟的老路。

他的选择导致他与父母之间产生了矛盾，母亲不希望他选择这一行，希望他继续从事律师职业，不然读那么多书浪费了，父亲则支持他开店。最终，母亲没有坚持自己的意见，让他想清楚后决定。

2018 年，黄国力决定自己开店，辞去公务员工作，先去了扬州籍华人钟先生开的"熊猫"快餐店工作，担任店长，用了三个月时间学习运营和管理方式。他说，没有直接去叔公的"L & L"店，是因为看到叔公的"L & L"连锁店虽然有规模，但管理存在漏洞，需要取长补短，完善体制机制。

"熊猫"之旅归来，叔公甘开松的邀请不期而至，邀请他去西雅图管理六家店，给他 30% 股份，不用他投资。这份信任如此珍贵，黄国力说有些受宠若惊，但担心经验不足，一下子管理不好六家店，辜负了叔公的信任。同时，他觉得叔公给的待遇太好，恩惠太大，自己无以为报，便婉谢了这份邀请，选择在自己所在的三藩市白手起家。

他找到一个繁华地段，相中一家中东菜系店，周边店子生意很好，唯独这家生意很差，他就接二连三进店吃饭，与店主攀谈，了解店子生意差的缘由，店主说累了，不想干。于是，他顺势提出："卖给我吧。"

这家店子，用 15 万美元接盘，10 万美元装修，共投入 25 万美元，2019 年 6 月开张。

说起这笔投资，叔伯兄弟占股两成，他向父母贷款八成，向夏威夷叔叔黄献兴借了三万美元。

此前，他参股了胞兄的一家店，后来又新开了一家店，目前拥有三家店。

他说，毕业后发现工作不是想象的那样。也许是自己从小受到家庭影响，商人家庭出身的他选择了从商，以后也可能重回律师行业，有一定基础后回到老本行。

回看几个华裔年轻人的人生抉择，他们背弃写字楼、脱下金装，跟眼下国内许多年轻人的选择不同，心里问，是年轻人变了，还是时代变了？

第八节　英文家谱

一

2023 年春，我寻访白企灯笼坑籍首任秘鲁中华通惠总局主席黄孟超旧居。同行的黄伟强指着黄孟超旧居前门一段残存的棕墙说，那是"夏威夷种植王"黄亮的房子残墙，旁边是黄亮侄子黄华金的房子。

当我听到"夏威夷种植王"，心头为之一振，急切地想知道，他的种植业有多大，经历了怎样的海外打拼，他的后代怎样了。

黄伟强告诉我，黄亮五年前 98 岁时去世，继承他农场的儿子也去世了，孙子孙女继续经营农场。他们有很多耕地，以前养大头虾，种植蔬菜等，一个主要品种是芋头叶，用来包夏威夷粽子——一种很普遍的夏威夷餐食。

我试着追问黄亮的种植养殖面积有多大，身边的人都说不上来，于是，通过黄伟强向远在夏威夷的乡亲求援。

3 月底，黄伟强告诉我，他的胞弟黄献兴和弟媳甘红芳从夏威夷回来了。我如约去了灯笼坑，在他们的家里见面，迫切地抛出心中的疑问。多少有些不如愿的是，黄亮家种植及养殖业最兴旺的时候已经过去很长时间了，很难说清具体的面积，只知道当年，冬天黄亮家封塘的话，夏威夷环岛缺少虾吃。后来，黄亮的生意转向房地产开发和酒店经

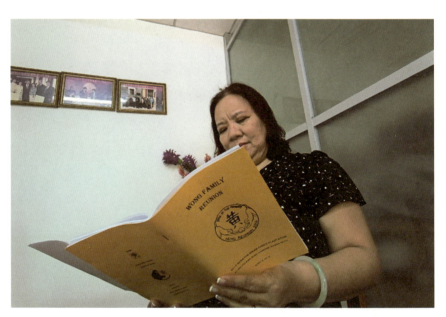

夏威夷种植大户甘红芳带回黄亮英文家谱（程明盛／摄）

营，在当地开发了黄家村，不少房子只租不卖。

黄亮父亲黄朝安早年赴夏威夷谋生，母亲姓陈，原籍白企村石门路自然村。黄亮父母生养了三子一女，老大黄锦、老二黄明、老三黄三锦（女）、老四黄亮，四个子女都很有成就。

他们带来一些确切的信息，黄亮生养了 10 个儿女，是典型的多子女家庭。后来才知道，黄亮太太的母亲和祖母各生了 10 个孩子，即三代女人都生了 10 个孩子。

在黄锦家的大合影里，50 个人聚在海边，几乎清一色中国面孔，或蹲，或坐，或站，几个孩子依偎在大人怀里。这是一个典型的中国家庭，秉承了中国人多子多福的传统，在美国繁衍出一个华裔家族。

黄献兴夫妇带回一份珍品，让我喜出望外。他们说，带回了黄家一本家谱，是 2016 年参加黄家聚会时获赠的，家谱放在城区亲戚家，亲戚家离我工作的地方不远。于是，我跟他们相约，方便时我去他们亲戚家看家谱，他们愉快地答应了。

到了周末，我跟他们联系，他们正要赶回灯笼坑。其时，他们正忙着准备 54 围感恩宴，实在忙不过来。知道我当天要去白企，甘红芳说："到灯笼坑来吧，我把家谱带在身上。"

我立即从家里出发，十多分钟时间，灯笼坑就到了。

在他们栖身的翠恩山庄，甘红芳从随身双肩包里翻出一本黄色封面的册子，中间一个大大的"黄"字，其他位置都是英文。翻开家谱，是用英文写成的，连名字都是英文，读起来有些吃力。

恍然惊觉，从他们的父亲黄朝安去夏威夷算起，他们家族在夏威夷生活了 100 多年，子孙后代很多人不懂中文，已经无法用中文记录家史。

甘红芳说，看过他们家两本家谱，都是黄家宴请亲友时赠送的，另一本是蓝色封面，比这一本更早，但回国时找不到蓝色家谱。甘红芳说，只跟黄亮的两个女儿一个儿子熟悉，聚会时，黄亮女儿说，有机会想跟她一起回灯笼坑寻根。

二

华人用英文写家谱，隐含的信息令人感慨万千。这个家庭经过 100多年繁衍，已经融入当地，但他们的后代还在追寻来时的路，寻找父辈祖辈的精神传承，这是植根在华人血脉里的根的意识。

对于一个家族来说，没有家谱就缺少家族历史记忆，就没有完整的家族传承。而今，借助这份家谱，一个华人家族的历史，经由后人的回忆，清晰地展现在面前。

家谱前言记录了黄姓历史渊源，跟之前看过的版本差不多。开篇记录的是黄锦、黄明、黄三锦、黄亮的父母。

他们的父亲黄朝安（1868—1934），比孙中山小两岁，是兄弟中最小的一个，1884 年 16 岁去夏威夷，比孙中山去夏威夷晚了八年，1934年 5 月 11 日去世，享年 66 岁。

他们的母亲陈氏（1872—1939），1872 年 5 月 23 日在中国出生，1939 年 11 月 21 日在夏威夷檀香山去世，享年 67 岁。

黄亮回忆说，家乡人从夏威夷把夏威夷出生证卖给了在中国的父亲。年轻的父亲决定冒险来夏威夷。他来火奴鲁鲁的时候基只穿了一件衬衫。父亲在卡皮奥拉妮公园地区的各个农场工作，成了一名季节工，工作不稳定，想寻找更好的机会。他决定前往怀帕胡，在稻田里找工作。父亲带着所有的东西，从卡皮奥拉妮向怀帕胡走去。父亲到达盐湖城后，他不得不放弃一些财产，然后继续前往怀帕胡，这是由于长途跋涉所造成的。父亲靠节省下来的钱，在迪林厄姆大道附近租地种稻谷。可是为了碾米，父亲不得不背着一袋袋的稻谷，步行到金街的碾米厂去，他没有其他交通工具。

后来，父亲听说达米恩庄园正在出租农田，便租了 5 英亩地种水稻，以此养育他的家庭，总算安顿下来。

父亲是一个勤劳的人。下班后他太累了，不想和我们说话。父亲吃完晚饭，喝了威士忌，就上床睡觉。

父亲离开了瓦胡岛，娶了来自中国的母亲，把她带回火奴鲁鲁生活并组建家庭。

母亲没有受过任何正规教育，是一个非常聪明的人，总是强调对儿子的教育。为了帮助儿子接受正规教育，她甚至向汤姆家借钱，把黄明送到罗拉尼学校。

然而，母亲并不愿意女儿接受教育，觉得女儿会结婚，当家庭主妇，丈夫会支持她们。黄三锦没有受过多少正规教育。如果有机会，黄三锦会成为一名教师。

虽然他们都是农民，但母亲经常告诫她的儿子，不要当农民，因为农业是一个艰难的行业，你得面朝黄土背朝天，看天吃饭。

三

黄亮的子女回忆了父母的故事。

父亲，浑身上下沾满泥巴，手里拿着铲子和锄头。有个人对他说："阿亮，我有一个孙女嫁给你做贤妻，你会娶她吗？"

这个人是他的邻居甘婆婆。父亲当时正在一户人家挖一个污水池。他之前见过我的母亲，也就是甘婆婆的孙女，但从未和她说过话。他应该是有意娶她的，因为她漂亮、勤劳、温柔。她的中文名字正是美人的意思。

但父亲却回答："我不知道是否有能力娶妻。"

父亲不像别的父亲——回中国娶亲，父亲和母亲是在夏威夷因媒妁之言缔结婚姻的。

婚礼上的母亲，就像一位中国公主。她的头上环绕着粉色的小玫瑰花，身穿一袭淡粉色中国礼服，锦缎上有花朵的暗纹与绳边。父亲则像风度翩翩的王子，穿着他那洁白无瑕的白西装。他们几乎对对方一无所知，在长椅上并肩坐下，看着照相机。

我猜想，母亲当时在思考着她的未来。她是家里的十个孩子之一，而她将来也会生十个孩子。巧合的是，她的祖母甘婆婆和她母亲同样也生了四女六男。

作为一个母亲，她对孩子的爱是无条件、无止境的。每个和她接触的人都能感受到她的关爱。

人们从来不会饿着走出她的厨房，当 Tammy 很晚下班回到家中，会听见婆婆的声音从灯光闪烁的旋梯传来："Tammy，烤箱里有留给你的食物。"

当我的兄弟们结婚并住进他们自己的房子后，母亲依旧数十年如一日地给他们做午餐。Leonard Jr. 说："她的厨艺了得，我们一想到她做的午餐就馋得直流口水。" 尽管知道她很辛苦，我还是询问她："是否可以继续为我们煮饭？" 她回答："何乐而不为呢。"

母亲一生都在父亲的香蕉农场里辛勤操劳。父亲因此强调："我的女儿不该继续在农场工作。"

然而，女儿还是选择与丈夫共同在他们自己的农场打拼。女儿形容走进田野的那天，走过木桥时，不料桥断成两半，她头着地，摔进泥坑，午饭也随之撒在河床上。她只能自己爬起来，继续回去工作，没有人在她身边帮助她。

母亲是众所周知的"绿手指"。Thelma 回忆，母亲得到一些剪下来的玫瑰花枝，还能够将它们扦插成活。后来，她终于能够在家里闲下来，看看脱口秀和肥皂剧。

我寻思，父亲对他的未来又是怎么看的？作为一个农民的儿子，他的人生起点很普通。他没有听从自己母亲的劝告，"如果你去做农民，你将面对风吹日晒。"

可父亲不仅是个农民，在妻子和子女的帮助下，成为成功的商人。他经营的农场，是瓦胡岛（夏威夷州人口最多、最热闹的岛屿，首府檀香山所在地）最大的湿地农场。他还创办了"黄家村"——一家房屋租赁公司，现成为卡哈陆吾（附近有海滩公园，是夏威夷最佳浮潜地之一）的地标。他时常夸口说，他有一套房子，当初买下来时只花了十美元，这真的太划算了！

四

黄亮的孩子 Mrytle Wong 回忆了一次家庭扫墓，拜祭最早到夏威夷打拼的祖父祖母。

一年一度的复活节期间，母亲都会向唐人街里的"权威人士"求签，何时是 4 月里的最佳周日，适宜我们举行年度扫墓活动。我们会去马诺阿华人公墓拜祭祖父黄朝安和祖母陈氏。

母亲会去唐人街购买食材、蜡烛、香以及红色或金色的纸片，做好"纸钱"，带上鞭炮，煮上一英吨食物，然后通知她的孩子们，以及爸爸家兄弟姐妹的孩子们，一起参加活动。她还会订购一整只烧猪，并发动我们一起叠纸钱。她会为准备食物花费数小时，我后来才明白她做这些事情的特殊意义。

我记得准备的食物中，有非常好吃的"蚝市"（蚝卷），其中包着切碎的蚝干、猪肉粒、鱼饼、马蹄、大葱、芫荽，外面裹着难以名状的、半透明的外皮，像是来自某种动物的肠衣，然后沾上蛋液和面包糠，将它炸得金黄酥脆，吃起来嘎吱嘎吱响。尤其是它刚做好的时候，好吃极了。

在这特定日子里，我们提着烧猪朝墓园出发。

具体仪式如下。四根蜡烛和较大的香会卷在特殊的纸内，一对放在墓碑前面，一对放在后面的基石（后土）上。三张红纸贴在墓碑顶部，然后在墓碑前的架子上，我们会放置四个小杯，里面分别装着茶和白酒，再放置四碗米饭，配上筷子和几碟菜，如生蚝卷、酿豆腐、杂碎、煮鸡蛋、煎鱼，并放置整只的烧猪。每边的墓碑石旁，都会有一份装着豆腐、鸡蛋、猪肉等食物的祭品，以及一杯茶与酒，每个祖辈都有一份。每个人抓来一些短小的香，然后把它们的底端插进土里，围绕两个墓。我们装满白酒和茶，然后把它们洒一点出来，象征着给祖先敬献茶酒，然后再将它们斟满。

涉及食物的仪式结束后，我们依次合掌祈福敬拜，站在墓碑前，三鞠躬。敬拜结束后，我们都会将一把金银色的纸钱，逐渐扔进燃烧的火堆里，直到它们化为灰烬，这寓意着我们给祖先送去钱财以及希望祖先给我们带来财富。接着，我们会捂住耳朵，因为成千的鞭炮将要点燃，爆发巨响，这样做可以驱赶邪灵，给我们带来好运。最后，仪式结束，我们都会坐下来，享受我们带来的美食和家人的陪伴。

读罢英文家谱，掩卷长思。在这个家谱难觅的时代，不会中文的华侨华人后代还在用英文记录家史，寻找来路，用自己的方式传承中华文明。

想起黄献兴、甘红芳夫妻描绘的黄亮家住所黄氏山庄，附近有张学良的墓地。一个家族几百人在异国他乡生活着，黄氏山庄带着鲜明的宗族色彩，一如黄家人开发的地产项目"黄家村"，烙上了深深的中国印记，告诉后人，自己是炎黄子孙。

第九节　两封侨批的历史追问

在 2023 年 5 月 18 日的国际博物馆日，现任秘鲁中华通惠总局主席陈金海来到中山市博物馆参观中山华侨历史博物馆，看到博物馆不久前征集到的灯笼坑籍黄子纶的侨批，盯着黄子纶写给弟媳刘氏和侄子黄焕生的长长书信，他脱口而出："我熟悉黄焕生。"

这份侨批从何而来，背后藏着怎样的人和事？

一

之前知道，中山市博物馆征集到的30多件白企村灯笼坑的侨批，都是秘鲁华侨华人的，主要发生在20世纪四五十年代，因为刚征集回来，还没有在官网公开，只能内部研究。

当天在中山华侨历史博物馆看到展出的两件灯笼坑侨批，都是在秘鲁利马经商的黄子纶从秘鲁利马寄出的，一件是黄子纶致信中山县的侄子黄焕生的信封，一件是黄子纶1948年5月28日写给弟媳刘氏及侄子黄焕生的长信。信封上手书："广东中山东镇榄边圩（墟）新昌什货号收下，仰交贝头里登笼坑村黄焕生先生展。秘鲁利马黄子纶付托。""灯

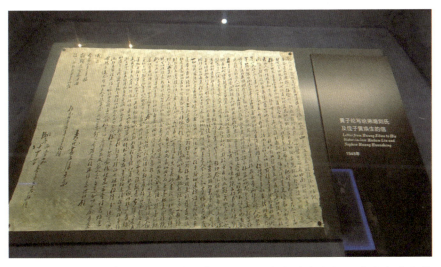

中山华侨历史博物馆征集到的黄子纶写给弟媳刘氏和侄子黄焕生的书信（程明盛／摄）

笼坑"的"灯"写成了"登"，可能是笔误。

我找到中山市博物馆研究人员寇海洋，查询信封背面，通过邮戳辨认，邮戳正面看不清，在背面看到，是1946年10月16日从秘鲁利马寄出的。

寇海洋查知，展厅展出的那封长信是1948年写的，内容暂没有一字一句识别，只是解读出大致内容，做了语音听读书信。寇海洋说，2023年做了一个课题研究秘鲁华侨书信，有石岐一个华侨家族和灯笼坑黄氏家族两个案例。

追问这批侨批的来源，寇海洋说是从江门市场上买回来的，对方从事旧货收购，馆方偶然得到这批侨批。馆内展出的信封跟那封长信不是一起的。收购的30多件侨批，有些只有信，有些只有信封，比较零散，藏家不懂，就打包买回来了。

当年，一封信从秘鲁寄到中山，顺利的话大约一个月到达。

二

我向灯笼坑自然村人了解黄子纶和黄焕生，他们对黄子纶知之甚少，对黄焕生略有所知。

抗战时期，黄子纶的父亲和弟弟不幸遇难，黄子纶为了照顾弟弟一家生活，多次向其弟媳刘氏及侄子黄焕生写信关心家庭生活、子女教育、村内学校及出洋谋生等。后来，黄焕生投奔伯父黄子纶，到利马打拼。

陈金海说，在利马见过黄焕生几次，不知道他的身世。

灯笼坑人黄东伟说，黄焕生几年前已去世，他太太龙桂兰还健在，已经90多岁了。黄焕生直系亲属没人在村了，可以找找他在澳门的侄子黄俊英。只是，黄俊英在澳门守着一间鞋铺，一天都舍不得关停，很少返乡。市博物馆跟黄俊英取得联系，相约等他回家时交流，了解侨批背后的人和事。

黄子纶的长信写在一张白纸上，用了那个时代自右向左、自上而下的书写方式，娟秀的行草透着功力，看得出来，黄子纶是个受过良好教育的人。读取黄子纶的长信，字里行间能读出一代华侨华人的家国情怀。

他关心侄子伟宗读书问题，正如信中所说，"为母为兄者，要随时教训小儿，读书更爱勤力，切不可懒惰"，"读书之法非在于聪明，全在于勤功而已"。

他两年里关心侄子焕生的婚事，提及白企范屋村范姓女子（未成），后是长江村龙姓女子，应该就是黄焕生后来的妻子龙桂兰。他在信中说："吾为焕生婚事费了两年之精神。今后任由汝各人主意。婚与不婚任他自作主意。"

他从秘鲁寄回一些衣物给侄子，"我寄有旧衣裳四包，有套西装，系半新旧，送俾焕生所用。新黑番靴两对，一对焕生用，一对伟宗用。"

同时，他在外关心村中学校建设，"本村朝宗兄所捐款项，俱系我等竭力所为。亦赖各兄弟侄之同心"，"村中学校久缺铜鼓喇叭，上两期我有信星环伯，着他置回，以壮声音，但未知有置立否？"

他还关心村内道路情况，"本村路道破坏……伯当接到之日负起大任，亦筹有秘银二千余元，待收齐当速寄回。以应各天修筑置物之用"。

三

市博物馆展出的信封显示，黄子纶的侨批委托位于榄边墟的新昌号转交。榄边跟灯笼坑隔着一段距离，当年交通不便，灯笼坑人要走出山沟，到榄边墟赶集。

向灯笼坑人了解新昌号，却是灯笼坑人黄有贵开的。黄东伟叫黄有贵四叔，黄有贵是曾担任秘鲁中华通惠总局主席黄华安的父亲。信中建议黄焕生，有什么事情可以找黄有贵商量。

信中提到的黄伟宗是黄俊英的父亲，"星环伯"黄星环是黄仲廉的父亲。黄仲廉曾与黄仲儒共三人合股开办鞋厂。黄仲廉退股时，邀请即将大学毕业的陈金海接手股东黄仲廉的部分退股，成就一段"秘鲁鞋王"佳话。

黄有贵的新昌号，后来公私合营，加入了南朗供销合作社。

黄有贵一直不曾出国，已经去世。当年黄仲儒申请到澳门时，赴澳申请一度被驳回，幸得黄有贵出面帮忙，终于成行。黄仲儒知恩图报，后来帮助黄有贵的儿子黄华安移民秘鲁，成就了一段产业佳话。而今，立在灯笼坑自然村口的那块石雕，就是黄华安捐助的。

识读侨批，因为年代久远，人和事生疏，需要相当耐心，抽丝剥茧。一旦梳理出侨批里的脉络，就穿越了一个时代，可以清晰地看见一个族群的生活画卷和心路历程，读懂字里行间的家国情怀。

2023 年 6 月 5 日，我联系寇海洋，他说，黄子纶的书信已经识读了二十多封。我有些期待，希望黄子纶的侨批早日公开。

☑ 村落风光
☑ 历史回眸
☑ 文化溯源
☑ 交流园地

扫码获取

第二章

小延安

Chapter 2　Small Yan'an

　　位于五桂山区的白企村，拥有中共南番中顺游击区指挥部暨中共南番中顺临时工作委员会机关旧址、中山抗日游击大队暨抗日民主政权中山县行政督导处机关旧址、南番中顺游击区指挥部及逸仙大队部旧址、中共中山四区区委油印室旧址、中山人民抗日义勇大队部活动旧址、中区纵队交通总站旧址、中共中山本部县委旧址、白企乡政务委员会活动旧址等，是典型的革命老区村，留下一部军民齐心抗战的英雄史诗。

第一节　"红军号手"的白企记忆

带着父亲谢立全革命回忆录《珠江怒潮》和《挺进粤中》寻到南朗白企的谢小朋，站在瓦屋村3号老房子前，接过房主特意赠送的杨桃，望着门口的老杨桃树，睹物思人，百感交集。

房主告诉谢小朋："你父亲也吃过这棵树上的杨桃！"

这是2017年春节发生的一幕，穿越70多年岁月，将开国少将谢立全与一个普通村庄的历史勾连起来，让人忆起一段血与火的抗战烽火岁月。

谢立全为人熟知，是因为斯诺《西行漫记》（又名《红星照耀中国》）封面照"红军号手"。一个英姿飒爽的抗日战士，头戴八角帽，腰间挎手枪，右手持军号，迎着朝阳吹响号角。照片有一个响亮的名字——抗战之声，由斯诺拍摄于宁夏吴忠市同心县豫旺镇，照片中的人物正是谢立全。

更早的2015年，纪念抗日战争胜利70周年，《西行漫记》作者斯诺的后人谢里尔·比绍受邀参加阅兵式观礼，谢里尔·比绍与《西行漫记》封面人物谢立全的儿子谢小朋首次见面，成就一段佳话，也揭开一

谢立全后人与斯诺后人（左）见面（陈志坚／摄）

段尘封的中山抗日史。

一

2017 年是谢立全诞辰 100 周年，当年 1 月 20 日，腊月二十三，谢立全的儿子谢小朋、女儿谢小明、侄孙女谢海兵一起驾车从南京家中出发，一路向南。1 月 27 日除夕日，行车 1500 公里后，一行人抵达广东境内。此后半月，一行人在广东过了一个不平凡的春节，他们马不停蹄，先后前往韶关、肇庆、云浮、阳江、佛山、江门、中山等七个城市，寻访老战士、看望当地群众、参观战争遗址。每到一处，谢小朋都会对照父亲谢立全所写的《珠江怒潮》和《挺进粤中》两本书，寻找当时的遗迹和人物。

那次中山行，谢小朋一行还去了阜沙镇牛角村，登门看望时年 89 岁的珠纵老战士冼荣仔。客人还没自我介绍，老人便一眼认出了他们是谢立全的后人。

阜沙牛角村和合水口乡（现在属于白企村），是谢立全踏足中山大地早期停留的地方，被他记录在《珠江怒潮》里的《寻流溯源》里：

一九四〇年冬，（中共南番中顺）中心县委曾派我到中山地区检查部队工作。一天早上，我化装成普通农民，和交通员梁棉同志一起划着小艇出发，直到傍晚才到达中山牛角沙，住在一位地下党员同志的家里。在这里会见了中山部队的负责人谭桂明、欧初、卫国尧和杨日韶等同志，他们向我介绍了中山地区和部队的情况。

一九四一年三月间，正是南方的雨季。在顺德泮浦战斗刚刚结束之后，中心县委便派我到中山五桂山区进行调查研究工作，解决五桂山区能否打游击这个问题。

我带着谭光耀同志首先到了中山二区，会见了杨子江和黄石生同志。

……

三天后，我们到了五桂山区的合水口，通过一位在当地任小学教员的地下党员的介绍，住在校长刘震球家里。

正因谢立全这次中山调研，中心县委作出了开辟五桂山抗日游击根据地的决定。

谢立全笔下的合水口乡，当年属于中山县第四区，位于今天白企村贝里、白企、合里三大片区中的合里片区，当时叫合水口乡。谢立全到"合水口乡"调研时居住的合水口里学校校长刘震球家，后来在大扫荡中被日寇烧毁，只留下一口老井。

1942 年初，中心县委派部队开赴五桂山，谢立全代表中心县委领导中山的军事斗争，剑门村 15 号是他最常住的地方，南番中顺游击区指挥部暨中共南番中顺临时工作委员会机关就设在这里。当年 5 月，谢立全在此主持成立了中山抗日游击大队，中山抗日游击大队暨抗日民主政权中山县行政督导处机关就在百步外的瓦屋村 3 号。

剑门村 15 号为两开间平房加连体两层碉楼，砖木结构，建筑面积约 150 平方米。该房屋主人是旅美华侨甘容光。甘容光妻儿住主屋，碉楼空置。1943 年，南番中顺游击区指挥部和临时工作委员会的领导林锵云、罗范群、谢立全、刘田夫以及省委委员黄康等曾在此碉楼居住。

瓦屋村 3 号是建于 1923 年的两层碉楼，砖木结构，面积约 60 平方米，为凌新逸、凌子云的父亲所建。院前那棵老杨桃树，当年陪伴了谢立全的烽火岁月。

二

当年"合水口"，今日白企合里片区，给谢立全留下了怎样的第一印象？

他在《珠江怒潮》里说，调研时到了"合水口"，看到一个"小延安"，在这里，听到《延安颂》等抗战歌曲响彻山谷，合水口里学校和旁边的禾场变成了抗日动员中心。

书中记录了一个细节。在刘震球家住下当天傍晚，雨后初晴，看到一群青年边走边唱："中山有个公仔队，优秀青年有三千。杀敌卫国保家乡，哪个不知是抗先。"歌里的"公仔队"，就是青年抗日先锋队。

谢立全笔下的合水口里学校位于今天的田心自然村，后来改成合里学校，原有校舍因台风侵袭不复存在，现有校舍于 1990 年重建，由旅外乡亲捐赠 98 万元建成。校门内院墙边的四棵英雄树，每到春天就迎风怒放，让人不由自主地忆起这里曾经的抗日烽火。

学校旁边的禾场上，立起"合里村老人活动中心"指示牌，楼上是中山抗日游击大队展览馆。

那次调研，谢立全发现，在五桂山区开展游击战争具有政治上的优势，地形条件比番禺、顺德地区还要好，力主开辟五桂山抗日游击根据地。

在谢立全给中心县委的分析汇报中，他说，中山五桂山区共有六百多个大小村庄，四万多人口，居民多系客籍人，过去世世代代受到平原地区官僚政客、恶霸地主的欺诈和歧视。他们为了保卫自己，常常与来自平原的恶势力发生械斗，因而养成勇于斗争的坚强性格，而且内部很团结。中山沦陷后，敌、伪、顽和土匪势力侵入山区，与少数客籍败类勾结一起，骑在人民头上作威作福，征收各种苛捐杂税，压得人民喘不过气来。广大群众与各方面敌人的矛盾十分尖锐。当时听说有不少山区居民把牛卖了，拿钱买了枪械；有些买不起枪械的，也设法搞来了粗陋的土制火枪。有的农民说："这年头，别指望牛大哥给你耕田了，还是靠枪杆子保住自己的生命财产吧！"

这些情况使他了解到山区居民遭受的痛苦，以及他们对保卫家园、解放自己的迫切要求。五桂山正像一座潜力无穷的活火山，一到适当时机，就会爆发。如果能派一支精干的武工队挺进山区，进行锄奸和肃清土匪，发动和组织群众，吸收大批客籍居民参加部队，积极开展统一战线工作，部队不仅能立足生根，而且可以为以后部队主力挺进山区创造有利条件。部队还可以在广大山区人民支援下，以山区为依托，开拓平原地区，开展轰轰烈烈的游击战争，把五桂山建成抗日游击根据地。

当时，整个中山县有日寇三千余人，除五百人驻石岐外，其余的分驻各区。五桂山周围几个区的伪军和地方势力比较薄弱，敌伪统治不太稳固。我们党在群众中有深远的影响，从"抗先"活动时期起，党在中山已经拥有了一批骨干，群众工作有一定的基础。广大群众虽受到敌、伪、顽和土匪势力的重重打击和镇压，但有着武装起来进行抵抗的共同要求，就像一堆浇上火油的干柴一样，只要一点燃，它就会熊熊地燃烧起来。

五桂山海拔五六百米，山岭重叠，山区南北超过 45 公里长、东西有 20 多公里宽。山虽不大，但周围有广阔的平原，南面与大海连成一片，回旋区广，是开展敌后游击战争的好地方。

中心县委根据谢立全的调查研究成果，研究决定开辟五桂山区，建立抗日游击根据地，指派谢立全前往中山工作。

三

《珠江怒潮》里记录的两件事，跟一对抗日姊妹花有关。一件事是，崖口伏击战中大腿受伤的指挥员萧强（后来写作"肖强"），撤回合水口后牺牲。他牺牲前解下钢笔和手表，请同志们代转给爱人谢月香。其时，他们新婚才三天。肖强牺牲后，合水口军民开了个隆重的追悼大会，五桂山区数百名革命群众参加。另一件事是，一次伏击战后，敌人又向五桂山区扫荡，疯狂焚烧了合水口一带民房。留在合水口开展群众工作的一位谢姓女干部被敌人捉住，被群众冒死解救。

书中称获救的女干部是谢月香，跟党史记载的"甘崧婶妙计退敌"情节如出一辙，但党史记载获救的是罗章有的妻子谢月珍。经考证，获救的是谢月珍，谢立全的记录有误。

谢月香和谢月珍是邻村翠亨石门一对亲姐妹，人称"大谢""小谢"，相差仅一岁，很容易弄混。

谢月珍在回忆文章《血泪的回忆——对日寇三光政策罪行的控诉》里，详尽记载了"死里逃生的一天"，回忆了这次遇险经历。1945 年 7 月下旬的一天，日寇突然来扫荡，住在筲箕环村甘崧婶家的她被捉住。敌人将她和甘崧婶及几个乡亲共六七个人死死捆绑起来，吊在窗户的铁枝上，逐个拉到厅堂审问，威逼他们说出游击队的去向。

那一次，甘崧婶家的房子被焚毁，但面对敌人的审问，任凭敌人用枪托打她的头，砸她的胸口，甘崧婶按照之前约定的口供，一口咬定谢月珍是自己的女儿。最后，一个被日寇拉去煮饭的七旬大娘，用菜刀割断绑着他们的绳子，将他们解救下来。

甘崧婶后来怎么样了？带着疑问，我专程去了筲箕环。寻到筲箕环村 4 号甘崧婶家，是房子被日寇焚毁后重建的一幢两间平房，堂屋里挂着甘崧婶和儿子、媳妇的照片，没有甘崧婶老公的照片。甘崧婶的孙子林玉明说，爷爷当年挑东西去邻村女儿家后不知所终，村里人都说是被日寇杀害了，一张照片都不曾留下。

甘崧婶的照片下面，家人写上了"写于壬戌年十月初三"，那是1982 年，大约跟甘崧婶去世的年份有关。

我对着谢立全书中的记载，重走抗日旧址，那些会说话的历史建筑鲜活起来，房子里的人和事清晰地呈现出来，让人看到一个民族的不屈与坚强。

他们应该被后世铭记！

第二节　归侨倾家荡产抗日救国

富商之家、归侨、办学鼓吹抗日、组建民兵集结队抗日、编入珠江纵队、散尽家财，他是归侨倾家荡产救亡图存的一个缩影。

捧读开国少将谢立全革命回忆录《珠江怒潮》，翻到中山调研篇章，我看他到五桂山区住进合水口里学校校长刘震球家里，看到一个"小延安"。我就想，让他认定五桂山区能够开辟抗日游击根据地的关键因素，少不了归侨刘震球。

在刘震球的邻村翠亨，有以学堂为鼓吹之地、以医术为入世之媒的中国民主革命先驱孙中山先生。

当年，日寇铁蹄践踏东北、觊觎华北，中华民族面临生死存亡，田汉（作词）、聂耳（作曲）的《义勇军进行曲》唱出"中华民族到了最危险的时候"，无数爱国志士汇入救亡图存的时代洪流。《义勇军进行曲》诞生的1935年，刘震球跟无数归侨一样，告别在美国经商的父母家人，毅然回国。

一

写在历史档案里的刘震球，又名刘智明，清

刘震球（刘丽文供图）

光绪三十二年（1906）9月19日出生，南朗合水口里村人。民国10年（1921）随父到美国经商。1935年回国，在家乡开办合水口里学校，任校长。抗日战争全面爆发后，热心抗日救亡工作，参加中共领导的地下革命组织工作。1940年底以"防匪保家"的旗号作掩护，成立"刘震球民兵集结队"，任队长。为取得合法地位，从国民党军队内领有"国民兵团特务大队第三中队"番号，名义上挂国民党军队招牌，实际上受中共地下组织领导，多次配合中山人民抗日游击队、义勇大队在南朗、崖口一带抗击敌伪军，取得粉碎日伪"十路围攻"的战斗胜利。1944年4月中旬，五桂山区抗日民主联乡办事处成立，刘震球当选为五桂山区抗日民主政务委员会主席。日伪军将其视为眼中钉，放火烧毁其家房屋。1944年9月，广东人民抗日游击队珠江纵队第一支队成立，"刘震球民兵集结队"被正式编入该支队，代号为"孔雀队"。

1945 年日军投降后，为保存革命力量，刘震球奉中共中山地下组织指示撤到香港，用父亲刘利寄来的钱，在香港开设雅丽理发店，以此作为游击队在香港的联络站，并为一部分撤到香港的游击队员解决生活费。

中华人民共和国成立后，刘震球任中山县人民政府交通科、民政科副科长，1963 年至 1966 年任中山县副县长、政协中山县第二届委员会副主席等职。

2022 年 9 月 28 日，中山市档案馆举办刘震球革命史料捐赠仪式，刘震球的孙女刘丽娟、刘丽文无偿捐赠刘震球同志 90 件革命史料，其中实物 9 件、照片 81 件，包括刘智明（刘震球）同志通行证等有价值的革命文物史料。

到刘震球家乡村庄——白企村田心自然村寻访，曾任合里乡党支书的刘国民带我来到刘震球老宅所在地，只找到刘震球家一口百年老井。他指着几幢新房说，当年这一片都是刘震球家房子，路口有一个院门，都被日寇扫荡时烧毁了，刘震球一直没有回村重建。当年刘震球家在当地有不少地，多变卖支持革命了，从富甲一方到上无片瓦。直到近年，刘震球的孙女才在原址建了一幢新房。

1936 年出生、1958 年入党的刘国民，因为战乱，中华人民共和国成立前没能入学就读。直到中华人民共和国成立后，已经十多岁的他才上小学，上的正是刘震球创办的学校。

二

身份暴露后，刘震球跟当年抗日志士一样，过上了有家归不得，直至无家可归的日子。他出生入死，将生死置之度外。

欧初、罗章有、甘子源等抗日先辈，在回忆文章中都深情回忆起"老虎窝"的艰苦岁月，那是开辟五桂山抗日游击根据地后，第一主力中队队长罗章有和指导员黄衍枢带领一支18人的先遣队创建的，位于翠亨村老虎坑，与当年合水口乡只隔着一座400多米高的箭竹山，有八条山路通往四周八个自然村。"老虎窝"是一条深谷，相传曾有老虎出没，当地群众轻易不敢到此。先遣队进驻后，搭草寮居住。后来，日伪发现了"老虎窝"，却因地势问题，始终找不到游击队的踪影，于是恼羞成怒，扫荡一次就放火烧一次。敌人退了，部队重回故地，再搭新棚，或挖山洞住。

甘子源这样回忆住在"老虎窝"山洞里的经历：

原来搭的棚已被日、伪军烧毁，武工队就挖山洞住，一个山洞住三四个人，洞内又黑，空气又湿闷，加上蚊子、蜈蚣、蚂蚁"三多"，最可恶的是蜈蚣，到处乱窜咬人，咬得人身上又红又肿。有一次我和黄旭同住一洞，睡到半夜，几条蜈蚣爬到两人身上，有一条钻到黄旭肋下，又不能动它，越动就越咬，只好任它乱爬，奇痒无比，直等它爬到手臂时才一手把它捏死。那一晚，两人都被蜈蚣咬伤，肿痛了好多天。

长时间住山洞令武工队员体质下降，发冷、生疥疮、生虱子等接踵而来，加上营养不良，"发鸡盲"（夜盲症）也来了。患了夜盲症，晚上行军看不见路，容易跌落深坑或滚下山去，有的在敌人追捕时被捕或牺牲。

知道黄旭之子黄跃进、刘震球孙女刘丽文等抗日后代曾深入"老虎窝"，重走父辈、祖辈走过的路，我找到他俩，借着周末重回现场。

从白企方向进出"老虎窝"的两条山路久不走人，已经找不到路迹。我们转到翠亨，从石门田心自然村一个路口进入，经过一个废弃的矿泉水厂，走过一段砂石路。这里因为当年开山采石，修了一段路往返石场。

再往前走，就是一条山间羊肠小道，路边不时出现黄花，让人想起当年战地黄花分外香。我们一直往前走，总也找不到尽头，见到断树倒卧在路中间，看得出来，这里少有人进出，难以找到人生活的痕迹。遥想当年，抗日志士就是在这样的山沟里搭棚挖洞，练兵习武，神出鬼没，用游击战袭击敌人，令日、伪闻风丧胆，五桂山抗日游击根据地成为扎进日、伪心脏的一把尖刀。

夜幕降临，找不到通往白企方向的山路，我们原路返回，想象当年一群热血青年，置身这种不具备基本生存条件的山沟里，支撑他们的是保家卫国的信念。

三

很想知道，生活中的刘震球是一个怎样的人。

跟当地人交流，我了解到在改革开放前后，许多人有驮着或挑着自家种的沙葛等土产到刘震球家借宿的经历。仁厚里 12 号之一，是村里人都知道的栖身地，这里距离当时位于太平路榕树头的沙岗墟仅三五百米。当年，从村里去刘震球家，要走过一段长长的沙石路进城，雨天泥泞难行，骑自行车去他家需要两小时。

改革开放后，当地最早的万元户家庭成员余木桂是刘震球家的常客。他说经常有十个八个人同时在刘震球家过夜，去的时候带着被子行李，就在厅里打地铺，沙葛和自行车放在门口，到了吃饭时间，刘震球就留他们在家里一起吃。

余木桂到刘震球家借宿的时间更多，每当沙葛收获了，他用载重自行车驮着三筐沙葛，两筐驮在自行车两边，一筐堆放在自行车后座，有 100 公斤重。养的鸭子上市时，他驮着鸭子进城借宿，夜晚鸭笼就放在刘震球家门口，早上起来，门口都是屎尿味，但刘震球一家人从来没有嫌弃，倒是跟乡亲有说不完的话。

在余木桂的描述中，刘震球家并不宽敞，只有 80 平方米左右，三室一厅，住着一家三代人，本来就很挤，乡亲来了，家里都转不开身。只是，刘震球家有个院子，门口比较宽敞，能够放下不少土产。

跟刘丽文谈起爷爷，她说爷爷是个书卷气十足的慈祥老人，在澳门读过书，会说英语，写的是繁体字，一再教育家人做人要正直、廉洁，从小养成节约的习惯，不跟人攀比，不给组织添麻烦。她的父母都在企业工作，没有分过房，一家三代一直住在这套房子里。记忆里奶奶没有外出工作过，就在家帮人带小孩收点钱帮补家用，在院子里养鸡养鸭，直到 1992 年才拆了旧房建起新房。

刘丽文知道曾祖父是个富商，在美国檀香山，她出生时，家里收到过曾祖父寄回来的奶粉，后来断了联系。她准确地记得爷爷去世的时间是 1982 年，比资料记载的时间早了两年。爷爷去世那年，她还是石岐五中（现启发中学）二年级学生。

合上刘震球的人生书页，回想这个富商之子，自从选择了返乡报国，就选择了一条克己奉公的路。在他的人生词典里没有高低尊卑，没有荣华富贵，他做了一个纯粹的人，留给家人和我们一份宝贵的精神财富。

第三节　灯笼坑亮剑

仅有 1.55 平方公里、54 户 168 人的白企灯笼坑自然村，拥有南番中顺游击区指挥部及逸仙大队部旧址和中共中山四区区委油印室旧址，1945 年 5 月 9 日发生过以少胜多的经典之战——三山虎血战。这里留下开国少将谢立全、谢斌的战斗足迹，南番中顺游击区指挥部副指挥兼参谋长谢斌，在这里亲自策划指挥了一场漂亮的伏击战，在灯笼坑历史上写下了浓墨重彩的一笔。

灯笼坑抗战史迹展模拟中共中山四区区委油印室内景（程明盛／摄）

一

　　到侨村灯笼坑寻访，村里人津津乐道的是村庄抗日史。他们首先带我来到村口的灯笼坑抗战史迹展馆。一座明黄色的大楼，在阳光下格外惹眼，顺着台阶上去，进入正门，"灯笼坑抗战史迹展"八个立体勾边红字，将人们引入那个激情燃烧的年代。一个自然村拥有这样的抗日展馆，印象里并不多见，藏着这个山村的骄傲。

　　迎接我的侨领黄伟强说出了在村里战斗过的一串耳熟能详的名字：林锵云、罗范群、刘田夫、谢立全、谢斌、欧初、连贯……

　　1955 年授衔时获授少将军衔的谢立全、谢斌，都曾在灯笼坑留下战斗足迹。谢立全因为斯诺《西行漫记》封面"红军号手"照为世人熟知，谢斌是 1940 年跟谢立全一起受党中央委派，到广东敌后的亲密战友。他们从延安出发，一路辗转，穿越一道道封锁线，半年多后到达广东敌后，开始新的敌后斗争生活。

谢立全在《珠江怒潮》开篇文章《到敌后去》里说，在延安启程前的一个晴朗下午，刘少奇同志在百忙中抽时间召见了他俩。其时，他们是延安抗日军政大学三分校二大队战友，谢立全是政委，谢斌是大队长。

南番中顺游击区指挥部及逸仙大队部旧址对面就是发生过三山虎血战的三山虎山。

1941 年 9 月，中共南番中顺中心县委作出"发展中山、经营番禺"的决定，决定开辟五桂山抗日游击根据地。

1943 年 2 月，为加强对各地游击队的领导，成立南番中顺游击区指挥部，指挥林锵云，政治委员罗范群，副指挥谢立全，副指挥兼参谋长谢斌，政治部主任刘向东（后改名刘田夫）。

1943 年夏，南番中顺游击区指挥部移师中山后，指挥林锵云、副指挥兼参谋长谢斌、逸仙大队政委谭桂明常住灯笼坑村 9 号。中共广东省临时委员会委员连贯来中山检查工作时，也多住此宅。指挥部还在灯笼坑村举办了多期军事干部训练班和妇女、青年、卫生员等学习班。

二

我跟着黄旭之子黄跃进、刘震球孙女刘丽文探访"灯笼坑村 9 号"。按照约定，黄玉波老人骑着电动车来到，为我们打开大门。

这座建筑两边与房主族人的住宅以兄弟墙相连，为客家排屋，混凝土加砖木结构，为中西合璧的两开间两层楼房，西式门楼山墙，后面接以中式屋顶，顶部山墙正面以灰雕花鸟图案装饰，并以罗马数字标记此宅的建筑年份，为 1930 年。正门为珠三角传统的角门、趟栊。一层的窗户为半圆券窗，窗楣上以灰雕装饰。二层的窗户则是传统的方形窗。

进到厅里，迎面案台上摆着几张照片，最抢眼的一张是"珠江纵队老战士黄秀文（黄彩娥）"，旁边的文字记录了她的生平。

黄秀文是旅秘（鲁）华侨商人黄长根（黄朝枢）长女，幼年随父回乡，初中毕业于澳门华英中学。抗日战争期间，她回到家乡中山南朗灯笼坑村，认识了共产党员、小学教师谢月香，积极参加抗日救亡活动，于1943年初到部队妇女训练班学习。经过考验，由谢月香介绍、欧初监誓，18岁的黄秀文加入中国共产党。她主要从事党的地下工作，活动于中山、斗门、番禺等地。中华人民共和国成立后，她被调入广州，在广东省高级人民法院等多个不同岗位工作。

之前看过谢月香与黄秀文的故事，解开了灯笼坑村9号成为南番中顺游击区指挥部及逸仙大队部旧址的谜团。

1942年中秋节，20岁的谢月香在灯笼坑遇到了17岁的黄秀文。战乱中，年龄相近的两个人有着共同的遭遇，在香港国民大学就读的谢月香辍学了，在澳门华英中学毕业的黄秀文也停学在家，对国家前途命运的担忧，让两颗年轻的心连在了一起。她们找到了共鸣，黄秀文热情地邀请谢月香到家里过节。

谢月香的真实身份是共产党员，以教师身份作掩护，当时在灯笼坑小学开展地下工作，向学生和村民宣传抗日救亡，还开办夜校，免费教村民识字，唤醒了一个村庄的抗日热情，灯笼坑村成了抗日游击队的红色据点。在谢月香帮助下，灯笼坑成立了妇女会，侨属刘九妹担任会长，黄秀文、黄英、黄木兰等四人加入了中国共产党。

1943年9月，中山成为珠江三角洲敌后斗争的中心，谢月香的担子更重了，灯笼坑的工作由其培养出来的黄秀文接替，黄秀文的家从此成为南番中顺游击区指挥部和逸仙大队部。灯笼坑六位青年参加了抗日游击队，其余大部分青年参加了民兵组织，其中三人在抗日战争和解放战争中壮烈牺牲。

三

跟村里人说起三山虎血战，他们都对这场教科书式的经典战例耳熟能详。这场以少胜多的战斗，猛虎队、民权队以24人之师抵御日、伪军1000多人的大扫荡，为司令部与支队机关转移赢得了宝贵时间。

那次战斗中，敌人发起第三次强攻，猛虎中队的弹药已消耗大半，急需补给。猛虎中队便兵分两路，一路由梁杏林率领12人向外突围请援，一路由小队长黄顺英率领10名战士向三山虎山头转移，继续阻击日、伪军。最后，黄顺英率领的小队仅他一人冲出重围，最终等来援军击退敌人。受重伤的班长甘子源，身上中弹，腹部被敌人的刺刀捅得肠子全流出来，重伤昏迷，战斗结束后被群众抢救出来。

后来，甘子源在回忆文章《三山虎血战》中，记录了重伤获救的细节：

最后，坚守在三山虎山头的只剩下小队长黄顺英、机枪手郑其和我三人。这时，弹药已全部用完。我们三人就尽力靠拢在一起，准备与敌人展开肉搏战。敌军见我阵地突然沉寂下来，也不敢贸然前进，害怕上当，便以更猛烈的火力向我们扫射。在一阵强烈的机枪声和手榴弹的爆炸声中，郑其同志也牺牲了，牺牲时仍紧抱着那挺杀敌无数的机枪。突然，我也中弹了，只觉得眼前一黑便昏死过去。

当我苏醒过来时，不远处传来敌军的脚步声。我已无法走动，只得忍痛起身把枪砸烂。那时敌军已走到面前，我乘其不备，把两截烂枪对准一个指挥官模样的日军扔过去，与敌人作最后拼搏。接着，一阵剧痛袭来，我又昏了过去。在朦胧中，我听到那个被砸伤的日军咆哮一声，拔出利剑，向着我的腹部捅了一刀。我感到一阵剧痛后，彻底不省人事。不知过了多久，我被一阵阵冰凉的山风吹醒，此时天色已黑下来。我伸手摸一下自己，发觉全身湿淋淋一片，衣服被血水浸透，蚂蚁在身上爬咬，痛苦极了。但我咬牙坚持下去，直至战斗结束后，群众用担架把我抢救出来。经过一段时间的治疗，我终于痊愈，重返前线，转战东江。

村里人说，冲出重围的小队长黄顺英是灯笼坑人，1941年8月参加中山抗日游击大队，黄顺英的亲弟弟黄国英（黄达文）也是抗日游击队员。

村民带着我去了黄国英家，与灯笼坑村9号隔着一片菜地，对面就是当年发生血战的三山虎山。

黄国英多年前已经去世，他的儿子黄育山讲述了伯父黄顺英当年脱险的细节。战斗到最后，弹药全部耗尽，战友都倒下了，日、伪军向黄顺英冲过来，黄顺英纵身一跃，从山后坡滚下去，在密林的遮掩下冲出重围。只是，脱险八个月后，黄顺英1946年1月在永丰作战中牺牲，牺牲前是中山特派室武工队小队长，牺牲时年仅22岁。

说这话时，黄育山从房间拿出广州军区政治部1998年签发的通知：

经查实，原四野十九兵团二十四师十六团作战参谋（副营级）黄达文同志，系一九四五年五月加入中国共产党。一九四三年，年仅十三岁参加革命，打击日寇，战斗在祖国大江南北作战勇敢，英勇杀敌。一九四七年八月，年仅十七岁，在两广总队第七师二十四团任先锋连连长，参加华东战场著名的震惊中外的淮海战役，并负伤两次。一九四九年三月参加百万大军渡江南下解放华南。但由于一九五零年四月在海口因工作错失被师政治部停止过组织生活。现查实当时处理过严，现应恢复黄达文同志党籍，如果他还在世的话，工资待遇应恢复正处级或副厅级待遇。特此通知，请将此通知告知其本人。

请珠海市委组织部办理。

黄育山说，父亲晚年生活在村里，常常忆起当年三山虎血战，说日、伪军从关塘方向袭来，战斗最先在村口打响，有战友英勇牺牲了。

第四节　两个旧址一线牵

18 岁的澳门华英中学毕业女生黄秀文，接替共产党员、小学教师谢月香在灯笼坑村的地下工作，把自家位于灯笼坑村 9 号的房子变成南番中顺游击区指挥部和逸仙大队部，将年仅 15 岁的弟弟黄国洪带进游击队，姐弟俩抗日期间双双加入中国共产党。

这在那个血雨腥风的抗日年代，在家长制盛行的旧中国，多少有些惊世骇俗。

我想走进这个红色家庭，只是，这个家庭常年大门紧闭，家庭成员多在国外和我国港澳地区，留在内地的黄秀文、黄国洪部分后人也在广州、佛山等地工作生活。

我试着通过村干部跟主人联系，第一个联系上的是黄长根的孙媳妇、黄国洪的儿媳妇黄铁梅。

——

黄铁梅为祭祖而来，相约到五桂山街道南桥村槟榔山自然村拜祭黄长根的岳父，特别提示，黄长根岳父家有 33 棵百年荔枝树。

我想跟着她同行，走进一个家庭的百年历史，提了一个不太合时宜的请求："方便外人参与吗？"

她跟对方联系了一下，爽快地答应了。跟她联系的是黄长根妻子古莲娣的侄女古慧仪。

第二天，我如约来到位于槟榔山村背的森林消防站，这里就在古氏宗祠后面。古氏宗祠是中区纵队成立暨珠江纵队司令部活动旧址，在中山抗战史上留下光辉的一页。

黄秀文的三个孩子廖棉、廖中、廖建也来到现场。

黄长根岳父的墓地位于森林消防站里面的山上，从消防站门口进去，穿过一片百年荔枝林树，荔枝树都标注了编号，被保护起来，树干上用红笔标注了序号，1号和32号都在门外。

院子中央标注13号的古荔枝树，砌了花坛围起来，显示树龄200年，编号为：4420000620400820。

古慧仪一家开着澳门车来到，最年长的刘玉莲坐着轮椅，她1924年出生，至2023年时，已经99岁，是古慧仪的母亲、黄长根妻子的弟媳。刘玉莲说，小时候这片荔枝林就有了，以前还有菠萝、苹果、梨子、橙子等水果林，都是祖辈种下的。追问种下这片荔枝林的祖辈都有谁，她说自己只记得祖父古腾芳，再往上就不记得了，当天祭拜的坟地就有古腾芳的金塔。

我一下子想起前方的古氏宗祠，正是古腾芳兄弟捐建的，抗战时期珠江纵队司令部就设在这里。

资料记载，1943年，南番中顺游击区指挥部、中区纵队司令部、广东人民抗日游击队珠江纵队司令部曾先后在古氏宗祠开展革命活动。1944年10月1日，中区纵队在此宣布成立。1945年1月15日，经中共中央批示，广东人民抗日游击队珠江纵队在中山公开宣布成立，珠江纵队司令部就设在古氏宗祠。

古氏宗祠是古腾芳兄弟于清代道光年间（1821—1850年）为纪念开村先祖古琪胜（即古其圣）而捐资兴建，至光绪癸未年（1883年）

重修。

联想起位于白企灯笼坑的黄长根旧居，忽然意识到，中山两个抗战旧址，因为一段姻缘紧紧联系到了一起，成就一段抗战佳话，背后是血脉相连的两个家族的凛然大义，国难当头时做出了一样的生死抉择。老人说，村口古华斌一家将自家楼房供给抗日游击队使用，被日军烧毁了，游击队就转到了古氏宗祠。

二

试着探究百年前的这场婚姻，两个家族的人都记不清准确时间，但都记得两位新人成亲时隔着一个太平洋，素未谋面。大婚时，经商有成的新郎黄长根身在秘鲁，新娘拜堂后登上开往秘鲁的船，三个月后才抵达秘鲁，黄长根到码头迎接。

他们在秘鲁生下女儿黄秀文和儿子黄国洪，不久就离开秘鲁回国。黄秀文出生日期是 1925 年 6 月 1 日，黄国洪出生日期是 1928 年 11 月 9 日，以此推算，黄长根与古莲娣大约 1924 年结婚，或者更早。

1962 年出生的灯笼坑人黄向勇说过黄长根的这段婚姻，说是自己的曾祖父黄朝英牵的线。

我之前在黄长根的祖屋看到，整理好的先辈信息贴在墙上，依据墙上信息拼接的家族谱系图显示，黄朝英跟黄长根是亲兄弟，他们的父亲叫黄元茂。

回到家乡后，黄长根又生养了七个孩子，其中一个夭折，还有一个与孙子一起生活，那是他跟秘鲁土著妻子生的孙子，取名黄润池。黄家人说，一段时间里，父辈不在家，黄润池在家里担着家长的重任。当年将屋子作为南番中顺游击区指挥部和逸仙大队部，是他做的家庭决定。

黄长根旧居建于 1930 年，那一年，黄国洪年仅 2 岁。这意味着，黄长根夫妻生下黄国洪后回国，在家乡盖了新房。

即使在抗战期间，黄长根夫妻也让孩子接受了良好的教育，两个孩子就此投身抗日救亡的时代洪流。

黄秀文 1842 年初中毕业于澳门华英中学，黄国洪 1937 年至 1942 年在澳门读中学。后来，黄国洪 1947 年至 1949 年在香港达德学院学习。黄国洪的档案里留下了这样的记载：一九四四年六月在中山五桂山区入党，介绍人刘南；主要生活来源靠侨汇。

黄铁梅保存的黄长根 1960 年 9 月 30 日在澳门镜湖医院去世的证明，显示死于肺结核，享年 77 岁。

当年，黄长根从秘鲁回来，在澳门置办了产业，子女也多被安排在澳门接受教育，这是黄秀文、黄国洪深明大义，投身抗日的原动力。

后来，黄长根的长孙黄润池和几个子女到海外和我国港澳地区打拼，散布在美国、秘鲁、我国港澳等地。

古莲娣在澳门生活了 20 多年，后来回到灯笼坑，1997 年在灯笼坑去世。

三

在白企灯笼坑，黄长根家族是一个公认的大家族。我试着通过生活在内地的黄长根家人，逐户统计家庭成员及分布情况，获得这样一份宝贵记录：

黄长根有三任妻子，育有十个儿女，其中一个孩子夭折。黄长根跟原配黄甘氏没有孩子。

黄长根的第二任妻子是秘鲁本地女士，长子名字不详，跟随父亲黄长根回国，与中山一女子婚后育有一子名黄润池。黄润池育有两女三男，并有了孙辈，现在均生活在美国、秘鲁和中国澳门，已知在美国约 37 人，在澳门 5 人。黄长根的长子在新婚妻子怀孕后回秘鲁谋生，之后再未到中国。黄润池从出生到现在，都没见过自己的父亲。虽然父亲不在身边，黄润池跟在祖父身边长大，娶妻生子，黄润池年纪比姑姑黄彩娴、黄彩玉还大。黄长根的长子回秘鲁与一本地女子结婚后，生下几个孩子，现在均已移居美国，人数和名字不详。

黄长根与第三位妻子古莲娣育养成四儿四女共八个孩子（另有一个孩子夭折），其中老二、老四、老五、老六是男子，八个孩子具体情况如下：

老大黄彩娥育有两女三男，除小儿子4人居住在美国外，其余15人居住在广州。

老二黄国洪育有三儿。黄国洪的大儿子黄小清生活在澳门，儿女在深圳；黄国洪的二儿子黄小丹家6人生活在秘鲁，黄国洪的小儿子黄小正家3人生活在佛山。

老三黄彩娴嫁去美国夏威夷，生有9个子女，均已结婚，不少于

黄长根妻子古莲娣的侄女古慧仪在家族百年荔枝园回忆历史（程明盛／摄）

29 人生活在美国，孙子人数不详。

老四黄国威原在增城工作，20 世纪 80 年代中移居夏威夷，育有三女两子，现在儿子媳妇、女儿女婿和孙辈共 29 人。

老五黄国汉居住在秘鲁，育有两女一子，现在儿子媳妇、女儿女婿共十人居住在秘鲁。

老六黄国枢生育有两子一女，一儿一女 5 人生活在美国，一子生活在秘鲁。

老七黄彩娴夫妻生活在夏威夷，未生育儿女。

老八黄彩玉家生活在三藩市，育有两个儿子，现在 10 人生活在三藩市。

粗略统计，黄长根现有后代超 150 人（不包含长子的二老婆生的孩子），其中 20 人在中国内地，5 人在中国澳门，15 人在秘鲁，其他的都在美国。

四

当天祭祖完毕，顺着石阶回到荔枝林，寻到园内一张石桌，将祭祖的烧猪剪开，两个家族十多个人现场分享美食。当天刘玉莲老人胃口很好，吃了几块猪肉，还要了一根排骨。两个家族的人畅想端午前后荔枝熟了再聚一次。之前，两个家族的相聚多在荔枝成熟时节进行。

更早的时候，黄长根孩子年年到舅舅家，没有少吃这里的荔枝，只是过去交通不便，从灯笼坑到槟榔山，要走六个小时。

之前，年逾七旬的古慧仪带着我看过老宅位置，紧贴着荔枝林，标注 10 号的百年荔枝树就在宅基地旁边。古慧仪说，老宅以前跟荔枝林仅隔着一条沟，春雨时节，山泉从后山流下来，家人就用山泉淘米洗菜。后来，族亲古学林用这块宅基地建了房，现在古学林的儿子住在这里。

古慧仪的童年是在这里度过的。1954 年，3 岁的她跟着家人从澳门回来，因为闭关，直到 1963 年才回到澳门，她在这里住了十年。

她家旧居已经不在了，这片荔枝林成了她的精神寄托。

正说着话，古慧仪指给我看荔枝林里的一片烧烤区，一棵荔枝树大部分枯萎了，枯枝被截断，剩下的枝叶稀稀落落。她说，希望在旁边补种一棵荔枝树，持续保护这片荔枝林。

中午，天下起一阵雨，古家人请我去村口权记农庄一起吃饭。

饭后，古慧仪提出去古氏宗祠走走。就这样，我撑着伞，我们一起往前走，古慧仪不时停下来，跟邻居打个招呼，告诉我一幢幢房子里的人和事。

在古氏宗祠，古慧仪在天井边站住，望着阁楼，一个木梯通向阁楼，工作人员用隔离条护住楼梯，不让人上去。

古慧仪指着阁楼说，祖宗牌位被收纳在阁楼上。

一步三回头，依依不舍走出宗祠，古慧仪带我来到宗祠后面，发现她家旧宅基地上的房子就在斜对面。跟着她走到门口，听到屋里有人聊天，她旋即转身离开，没有惊动屋主。

回想刚才祭祖的细节，一家人动手清理坟前杂草，细心地在坟前铺上报纸，摆上祭品，逐个上前焚香祭拜，结束后将坟前清理干净。分享烧猪时，年轻人动手，双手将食物和饮料送到长辈面前。

这是两个有教养的家族，遵循着尊老爱幼的传统。看着眼前 99 岁的老人刘玉莲，我找到了两个家族长寿的秘诀。

祭祖之后不久，夏蝉叫了，荔枝红了，又是一年荔熟时节，这片荔枝林的百年温馨重新上演。想起清明时两个家族的约定，我在想，两大家族会在荔枝林里重聚吗？

第五节　百步之内一家人

剑门村 15 号和瓦屋村 3 号，分属于两个相邻的自然村，剑门人以甘姓为主，瓦屋人以凌姓为主。

剑门村 15 号和瓦屋村 3 号相距仅百步之遥，是白企距离最近的两个抗日旧址，一个是位于剑门村 15 号的南番中顺游击区指挥部、中共南番中顺临时工作委员会机关旧址，一个是位于瓦屋村 3 号的中山抗日游击大队暨抗日民主政权中山县行政督导处机关旧址。

鲜为人知的是，这两处旧址的主人其实是一家人，瓦屋村 3 号和旁边的屋子是凌新逸和凌子云兄弟的家，剑门村 15 号是凌子云小女儿凌金凤的家。

两处重要抗战旧址跟一个家庭相关，由此，一个抗日之家的红色图谱清晰呈现出来。

瓦屋村 3 号与剑门村 15 号两个旧址就在百步之内（中山日报供图）

这两处旧址，因为 2017 年春节期间开国少将谢立全的儿子谢小朋一行寻访，再次被人忆起。这里曾经是五桂山抗日游击根据地的决策中心，许多重要的抗日人物和事件跟这两幢建筑有关，成为一段历史的重要见证。

尤为引人注目的是，1943 年，南番中顺游击区指挥部转移到中山县五桂山时，林锵云、罗范群、谢立全、刘田夫以及广东省委委员黄康等均居住于剑门村 15 号。

他们在这里多次研究作战部署，先后有三乡战斗，翠微战斗，前山战斗，南朗战斗，崖口伏击战，夜袭唐家，粉碎日、伪六路围攻等战斗的作战方案在此制定。1943 年，中共南番中顺临时工委在此领导所属县地方党组织，严格按照部队与地方党组织分开的原则，在五桂山敌后根据地积极发展党的组织，开展统一战线工作，组织群众支援部队，发动青年参军，先后举办了多期军政干部、青年、妇女、医护人员学习班。此外，还先后从中区各县地方党组织抽调一批干部和党员到指挥部机关和所属部队工作。

瓦屋村 3 号有"岳阳楼"之称，则与一段重要的历史联系到一起。

1941 年底，中共南番中顺中心县委作出发展中山、开辟五桂山抗日游击根据地的决定。1942 年春，中心县委先后派罗章有、欧初、卫国尧、谭桂明等人带队到五桂山区开辟抗日游击根据地。同年 5 月，中共南番中顺中心县委将五桂山的两个主力中队整编为中山抗日游击大队，该楼房成为中山抗日游击大队队部。1944 年 10 月，抗日民主政权中山县行政督导处成立，其办公地址设在这里，代号为"岳阳楼"。中山县行政督导处相当于县一级的行政机构，辖 4 个区、55 个乡民主政府和 162 个村庄，下设组织、民政、财经、宣传、文教五个组，分别处理日常行政事务，由此可以掂量出"岳阳楼"的分量。

二

寻到横迳新村（习惯称新村，又称合里新村），村里人笃定地说，瓦屋村 3 号主人跟横迳新村人拜同一个祖宗——润清公，早在库区移民前就迁到瓦屋，一起迁到瓦屋的有三户人，这一说法得到"瓦屋村 3 号"主人确认。

资料记载，瓦屋村 3 号建于 1923 年，坐西向东，建筑物占地面积约为 92 平方米。南侧建筑为砖木结构的一层楼房，硬山顶，青砖墙，内用木板隔成上下两层。北侧为高两层砖混结构楼房。建筑物和院落占地面积约为 209 平方米。屋内二楼地板为"木地板 + 木梁"结构。

追溯瓦屋村 3 号主人，跟奶奶和父母在这间屋子长大的凌德友说，小时候听奶奶说，屋子是到香港经商的爷爷凌新逸所建，凌新逸跟凌子云是亲兄弟。

凌德友的父亲凌扬金生于抗日战争胜利的 1945 年，一直住在瓦屋村 3 号。老人说，3 岁时父亲凌新逸去世。

1942 年初，欧初、卫国尧、谭桂明等人先后带队伍进驻合口水里，执行开辟五桂山抗日游击根据地任务时，凌子云与家人将瓦屋村 3 号腾出，用作中山抗日游击大队部。1944 年 10 月，中山县抗日民主政权督导处成立，该宅成为中山县行政督导处的办公地点，督导处主任叶向荣、副主任阮洪川、曾谷等都曾住此宅。

剑门村 15 号位于剑门自然村路口，为两开间平房加连体两层碉楼，砖木结构，建筑面积约 150 平方米。该房屋主人是旅美华侨甘容光。甘容光妻儿住主屋，碉楼空置。

甘金培、凌金凤就是甘容光的妻儿。凌子云的女儿凌金凤及其家人将空置的碉楼腾出来，作为南番中顺游击区指挥部、中共南番中顺临时工作委员会机关。

剑门村 15 号和瓦屋村 3 号成为抗日旧址，是这个家庭共同的骄傲。谁都知道，在那个救亡图存的年代，将自家房屋腾出来用于抗日指挥机构，就是最坚定的堡垒户，意味着随时面临日伪的报复。

三

我伫立在两个抗日旧址前，翻阅这个家庭的历史书页，知道这个家庭走出了凌子云、凌伯棠父子，一门出两杰。

凌子云大革命时期参加农会，日本侵华期间投身抗日救亡活动，任合水口里乡民主政权乡长、乡民武装自卫队队长。1942 年加入中国共产党，1944 年 8 月当选为抗日民主政权五桂山区政府副区长。解放战争时期坚守五桂山区，进行武装斗争，任武工队队长。1949 年 10 月任五桂山区人民迎接人民解放军南下工作委员会副主席。中华人民共和国成立后先后任中山县第二区人民政府副区长、珠江专员公署交通基建科长，后调到博罗、广州等地工作，任国营博罗农场、国营粤中农场副场长。1970 年离休。

我探访白企大塘自然村期间，听村里人说起"火烧蛟龙"事件，痛斥日寇的残暴，事件主角正是凌子云。1945 年 7 月中旬，伪军围攻合水口乡，时任合水口乡武装自卫队队长凌子云带领蛟龙队员 20 多人抢登大塘山顶，岂料遭遇从白企石门路村进犯的一队日军。游击队员边打边撤，部分来不及突围的队员隐蔽在丛林中，日军不敢强攻，竟然放火烧山，致十多名队员壮烈牺牲。

凌子云的儿子凌伯棠，追随父亲走上革命道路，1948 年 8 月参加革命工作，任中山县五桂山区合水口乡小学校长、乡团支部书记。1949 年 3 月，任粤赣湘边纵队中山独立团军政训练队班长。1983 年 3 月后，任中共广东省委常委、省委农村工作部部长兼省农委主任。1985 年 8

月后任广东省副省长。1993 年 2 月任广东省人大常委会副主任。凌伯棠是中共十三大代表，第八、九届全国人大代表。

村里人说起凌伯棠，说他对家乡、对乡亲怀着深厚的感情。曾任合里学校和榄边学校校长的横迳新村凌群兴说，凌伯棠生前有一次返乡，到村里每家每户去坐一会儿，一切尽在不言中。

第六节　山不藏人，人藏人

我调研白企敌后斗争历史期间，发现那些加入敌后斗争队伍的人，大多拥有两个名字。

跟当地人谈刘震球，他们往往以刘智明相称。跟知名侨领黄伟强说他的叔叔黄醒云，他多数时候说黄光前。

交流中，因为不熟悉，我得不断在脑海中切换，核对人物姓名，交

甘崧婶的孙子林玉明抚摸奶奶的照片（程明盛／摄）

流节奏不时被打乱。心里想，客家人沿袭了古人取名和字的习惯，生下不久取名，长大以后取字。

然而，他们告诉我，一个名字是革命前的，一个名字是革命后的，因为战斗在敌占区，为防暴露身份，就启用新名，以免连累家人。

一

通过寻访白企乡政务委员会活动旧址，我得知在中山市政协原副主席李武彪的家乡村庄——白企村碑角头村民小组，得知他的父亲李斌1942年初就参加抗日游击队，出生入死。1944年五桂山抗日游击根据地及邻近地方先后建立县、区、乡三级抗日民主政权，李斌担任抗日民主政权白企乡副乡长，积极领导村民抗战，组织群众开展减租减息运动，废除各项杂税，获得群众的广泛拥护支持。1945年10月在中共中山特派员室工作，长期战斗在敌后斗争一线，是那段烽火岁月的重要参与者和见证者。我跟李武彪相约回了一趟他的家乡白企，重寻历史记忆。

提起敌后工作者大多拥有两个名字，我问李武彪，他的父母有没有两个名字。

他的回答让我吃了一惊，他说，父亲革命前叫李炳焜，革命后叫李斌；母亲革命前叫卢杏如，革命后叫梁坚，连姓都改了。

他说母亲跟孙中山原配夫人卢慕贞同村同宗，是今珠海市香洲区金鼎镇外沙村人，1944年参加敌后斗争后改名换姓，用的是大姨夫的姓，随时做好了牺牲的准备。大姨夫的弟弟在三乡塘敢的一次战斗中拉响炸药包，壮烈牺牲。

他说，父母在敌后斗争中相识、相知、相恋，1948年在五桂山结婚。查阅资料，李斌还曾用名李娓、李仲文、李剑雄，到1947年改名李斌。后来，李武彪父母一直沿用革命后的名字，没有改回原名，母亲的姓也一直没有改过来。

想起当年一些革命者，参加革命队伍后，跟家人断了联系，音讯全无，是生是死无从得知，只知道他们为了心中的信仰，为了民族的前途命运，付出了巨大牺牲。

二

走读五桂山抗日游击根据地历史，听过一句终生难忘的话：山不藏人，人藏人。

那一年到云南昭通调研对口扶贫，听到一句响亮的口号：搬不动山，就搬人。

山区因为天大地大，人迹罕至，是人藏身的好地方。当年，敌后抗日队伍依托山区开辟根据地，藏起来打敌人，敌进我退，敌驻我扰，敌疲我打，敌退我追，用游击战消耗敌人。

只是，在敌强我弱的形势下，面对日、伪、顽对根据地的疯狂围剿，真正藏得住游击队的是人民群众这座靠山。

看过珠三角一些传统民居，在隐蔽处建有夹墙，两面墙中间是空心的，最窄的只容一人贴墙进出，以暗门相通。这样的夹墙，还有功能相近的地洞，平时用来藏匿贵重物品，防匪防盗。到了抗日战争时期，这样的夹墙增加了新用途，就是藏粮，对"扫荡"的敌人坚壁清野，让他们在根据地难以立足。更重要的是，这样的夹墙能够藏人，敌人"扫荡"时，游击队员无法脱身，受伤的游击队员需要救治、转移，夹墙能救命。用当地百姓的话说，夹墙是用来藏比金子更贵重的宝贝的。

跟白企人说藏人，他们语出惊人："抗日时白企没有叛徒。"

这话听上去难以站住脚，毕竟，在日、伪、顽势力无孔不入的复杂形势下，谁也无法保证群众中没有隐藏的敌人。然而，深究下去，没有人说得出当地出卖游击队的人和事。倒是有不少人拒绝说出游击队的行踪，被敌人残忍杀害。

当年，在白企邻村翠亨发生过石门九堡惨案。1944 年 7 月 20 日凌晨，日、伪军 1000 多人突袭石门，搜捕游击队员，抓住 93 名普通村民，囚禁起来，三天里用尽酷刑，但没有一个人说出游击队的下落。气急败坏的敌人将 41 名青壮年村民挑出来活埋。

惨绝人寰的血案没有吓倒根据地人民群众，反而点燃了抗日的怒火，更多人加入抗日队伍。

在白企筲箕环，"甘崧婶妙计退敌"的故事被人津津乐道，背后还有一段悲伤的故事，却鲜为人知。甘崧婶的老公抗战时失踪，村里流传的说法是，她老公挑着东西去邻村女儿家，就此失踪，所有人认定，她老公年轻力壮，一定是被日、伪杀害了。

三

孟子说，得民心者得天下。这是一条颠扑不破的真理，在敌后战场更是这样。

谢立全在《珠江怒潮》里记录了一件事。部队在合水口活动时，生活很困难，战士们常常只能靠挖野菜充饥，或到河里打鱼来做鱼汤吃。有一次，战士们从河里捉了一些鱼，几个乡民看见了，觉得煮鱼不用生姜不好吃，便再三劝战士们拿几块生姜回去，战士无法推辞，只好拿了一块。原来这块姜地不是那几个好心的乡民的。后来姜地的主人知道这回事，便骂起街来，说战士偷了他的姜。这件事传到部队，拿姜的战士把事情的经过向领导坦白了。领导为了挽回部队声誉和教育部队，便把拿姜的战士禁闭起来，并派人向姜主道歉和赔偿损失。群众知道此事后，都埋怨那个损失了一块生姜便骂起街来的人；还推举了几位代表到部队，证明那块姜不是战士随意拿的，而是经群众一再劝说才收下的。他们还恳求部队免除对那位战士的处分，恳求说："如果一定要处分，就处分我们好了！"

当年开辟五桂山抗日游击根据地，先遣部队开始，严格遵守"三大纪律八项注意"。只是，那是一个兵、匪、盗盛行的年代，就像鲁迅在《故乡》里描写重逢的闰土："多子，饥荒，苛税，兵，匪，官，绅，都苦得他像一个木偶人了。"

建立抗日游击根据地，就是要最大限度争取民心。进驻中山之初，为了不过早暴露自己的力量，先遣部队仍利用"民利公司"梁伯雄大队的名义进行活动。但山区人民过去屡遭"民利公司"部众抢掠，"民利公司"在山区人民心目中留下了恶劣印象。群众对先遣部队不了解，以为"天下乌鸦一般黑"，加上当地坏分子乘机挑拨离间，先遣部队步履维艰。

为了迅速打开局面，在根据地扎下根来，部队一方面宣传防匪保家、抗日救国，另一方面不断开展锄奸活动，肃清了山区的土匪，让群众认识到自己的部队来到了。

民心是杆秤，能称出队伍在百姓心中的分量。回看白企村的一处处抗日旧址，那是人民群众送给人民军队的军功章。

第七节　家庭烙印

一对舍生忘死的父母，会在孩子成长过程中留下怎样的精神烙印？

寻访白企抗战史期间，我感受了一个时代、一代人的家国情怀，很想接触白企"抗二代"这个群体，首先想到的是李斌之子李武彪。李武彪父母当年参加抗日游击队，其中，李斌1942年初就在家乡参加抗日游击队。1944年初，南番中顺游击区指挥部将五桂山区作为珠江地区民主建设的先行点，按照民主集中制和"三三制"原则，于同年春在合水口、白企、贝头里三个乡率先选举乡政委员会。李斌当选为白企乡

长，刘汉洲当选为合水口乡长，黄国有当
选为贝头里乡长。

跟李武彪聊天，他喜欢抚今追昔。印
象很深的是，他说 20 世纪的中山人，60
年代从石岐坐船去广州要 11 个小时，70
年代点煤油灯算有钱人家，80 年代会追
着汽车闻汽油味。他对生活的感知与众不
同，带着强烈的比较思维，知足常乐，相
信他是很好的交流对象。

李武彪（受访者供图）

———

约他周末返乡。回溯家乡抗日历程。他欣然应允。

从南朗快线西村大道口转入白企片区，他将车停下来，指着路口宽
阔的水泥路面说："这里以前哪能开车啊！"

他一边说一边比画着，说以前的路容不下一辆汽车。

李武彪有准确的记忆，20 世纪 70 年代，整个中山只有 200 多台汽
车，中山客运站仅有约 30 台车。

他把这次家乡行当成了忆苦思甜，跟我的走访意图并不一致。试着
提示他追忆父母的抗日经历，但他只说了父母隐姓埋名参加游击队，就
不肯再展开。

想起之前在白企学校看过 1991 年《白企学校建校记》碑刻，开篇
记录"李斌、甘玉坤等乡亲倡议重修"，知道他的父亲心系桑梓，想请
他回忆细节。

说到白企学校，他忽然来了兴致，说自己当年中学毕业，投亲靠
友，回自己村当了知青，就在白企学校教书，做的是民办代课老师。那
是 1970 年 9 月，当时这里叫南朗人民公社永红大队永红小学，他准确

记得一个月的工资是 26 元，取消城镇户口，生产队供应粮食，集体宿舍只有两张床板。之前，他的父亲是中山县县长、县委副书记，他的母亲是组织部副部长。

下乡一年后遇到城区招工，全县招几百人，李武彪成为幸运者，到中山机床厂当了工人。

这样的生活历练，让他养成了一些良好的生活习惯，其中一个习惯，影响了朋友圈，就是坚持洗冷水澡，春夏秋冬，寒来暑往，都不间断。他说，自从洗冷水澡后，基本没有感冒发烧。他说，20 世纪 80 年代开始洗冷水澡，因为洗凉水澡能使血管弹性增强，洗凉水澡过程中，冷水会刺激机体血管，血管会出现急速收缩、再扩张的情况，一定程度上有利于预防高血压、冠心病等心脑血管疾病。他说，以前早晚都洗冷水澡，后来交替洗冷水澡和热水澡，早上洗冷水澡，晚上洗热水澡。直到十年前才停止洗冷水澡。

二

1999 年，李武彪首次开启献血之旅。那是受一位名人启发，他从新闻中得知，那位名人献血 100 次，他深受触动，经过体育场时，看到献血车，径直走了上去，撸起袖子，留下了第一次献血记录，从此一发不可收拾。

李武彪将这一习惯保持到不能献血，才被迫停止。他献血的习惯也影响了家人。

他的献血记录是 153 次，从 1999 年开始，到 2012 年 60 岁，13 年时间里，绝大多数时候保持了一个月献一次血的频率。

早期献血记录公开，用血者能看到献血者身份，在经委工作时，他有一次去俄罗斯出差，时任威力洗衣机厂副厂长叶小舟同行。叶小舟说家人住院时用了他献的血。

为了提高献血量，李武彪就捐血小板，他说这样能算四倍的献血量，一次献血200毫升，能算800毫升。

到了60岁，继续献血的大门被关上之后，他曾尝试过去澳门献血，他听一位侨领说，70岁时还献过血。2017年3月，他去了一次澳门找献血点，却被告知，不接受年满65岁的人献血，他刚刚满65岁，就差一个月，失去了最后一次献血机会，献血记录遗憾地停留在60岁。

李武彪的遗憾让人感动。

☑ 村落风光
☑ 历史回眸
☑ 文化溯源
☑ 交流园地

扫码获取

第三章

山坳里的中国

Chapter 3 China in a Col

白企村三条山沟散落着23个自然村，是中山自然村较多的行政村。2001年贝里、白企、合里三村合并成新的白企村时，这个数字是28个，后来5个自然村合并后消失。

推开这个客家村落的历史之门，能听见这个族群筚路蓝缕、辗转迁徙的足音。他们身上，深刻烙印着中华民族生生不息、四海为家、爱国爱乡的精神基因。

第一节　记不住的客家村

广东省自然村落历史人文普查结果显示，全省能追溯历史的所有自然村（含现存自然村、"城中村"和虽已改为居委会但普查内容仍基本清晰的原自然村）共 133403 个。新屋、新村、田心、陈屋、大塘、坑尾、黄屋、新寨、李屋、新围是广东十大同名村，其中，中山白企村独占四个，分别是新村、田心、大塘、黄屋，占了广东十大同名村的四成。

从字面理解，很容易理解同名村庄的取名逻辑。"新村"是族群繁衍迁徙的结果，"田心村"意指村庄建在田中间，"大塘村"意指村里有一口大大的塘，"黄屋村"带着明确的姓氏基因。

广东有 628 个新村、446 个田心、248 个大塘、235 个黄屋，如此高的重名率，意味着这些自然村辨识度相对较低，很难被外人记住。

高重名率背后，往往是山村的碎片化分布，藏着山区村的营销困境：如何让山外人记住自己，如何给山货贴上产地标签。

———

没有岭南路和南朗快线之前，从城区前往白企村，要从南朗主干道

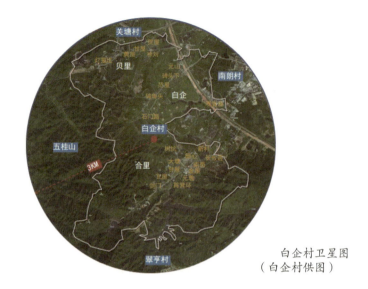

白企村卫星图
（白企村供图）

南岐路三个路口分别右转，穿过弯弯曲曲的乡间道路。

而今有了南朗快线，从博爱路转翠亨快线，再转南朗快线，南贝路、西村大道、南合路三个出入口分别通往三条山沟，突然发现，白企与城区如此之近，沿途只有山沟出入口一个红绿灯，右转入村的车辆都不用等红绿灯。

初识白企，我就迷失在三条山沟里。

到了合里片区，从合里乡牌坊进入合里片区，右边新村、田心、树坑、大塘、甘屋、瓦屋、剑门，左边长攸连、南面、余屋、元墩、筲箕环，12个自然村一闪而过，稍不留神，连路牌都注意不到，要记住这些自然村谈何容易！

在中山，与白企村自然村数量相近的还有同属南朗街道的翠亨村，另有五桂山街道的龙石村，其中，翠亨村有20个自然村（分成25个村民小组），龙石村也有23个自然村，这几个村是中山自然村数量较多的行政村。

我将中山市行政村（社区）和自然村数据合计了一下，截至2023

年 5 月，全市共设置村民委员会 150 个，社区居民委员会 139 个，即共有 289 个村（社区）。

据 2017 年 5 月 27 日"中山档案方志"发布的《中山市自然村落历史人文普查各镇区自然村名单公示》，中山共有 944 个自然村。

中山 289 个村（社区）拥有 944 个自然村，平均一个村（社区）拥有 3.27 个自然村，即白企村自然村数量是全市平均水平的 7 倍。

白企、翠亨、龙石三个村一样的是，都是位于五桂山区的山村，辖内绝大多数自然村是客家村，客家人从河源、梅州等地迁徙而来。只有翠亨村的翠亨、下沙两个自然村是广府人，广府人约占翠亨村总人口的三分之一。

二

这些聚族而居的小村落，看似自成一体，彼此界限分明，实则存在彼此联系。深入村庄细部，能看到客家人的迁徙路线图，往往在人口繁衍后向外拓展空间，加剧了村庄的碎片化。

清明是观察客家人迁徙路径的一个绝佳窗口。每年清明前后，客家人会聚到一起，祭拜祖先，这个时候，往往能分出不同族群的源头。

到白企村寻访，合里片区新村、南面、甘屋、瓦屋都有凌姓，凌姓居住并不集中。

据族谱记载，清雍正年间（1723—1735），原籍梅州兴宁的凌姓人迁入香山县合里瓦屋下村，三代后部分凌姓迁南面村建村。

白企村凌姓人散居在新村、瓦屋、甘屋、南面四个自然村，分别拜两个太公，其中一支拜横迳水库淹没的原横迳村太公润清公。

清乾隆年间（1736—1795），凌姓人从河源紫金县迁至合里横迳村。1956 年，因修水库迁至饼铺村左下位置重建新村，为纪念故地而名横迳新村，习惯称新村。

瓦屋村里有几户凌姓人家，早在横迳水库修建前，从横迳村迁到瓦屋村，与另一支凌姓同住。

与瓦屋自然村紧邻的甘屋自然村凌姓，系清光绪十一年（1885）从横迳村迁移至甘屋定居。

于是，每到清明节，三个村的相关凌姓人重回库区拜祭润清公。

三

清明前后，许多华侨华人和港澳台同胞返乡祭祖，带回来的信息，让人看到更多客家人迁居海外和我国港澳台地区，开枝散叶，人数比当地粗略估算数字更大。

现有 168 人的灯笼坑自然村，2015 年人文普查数据显示，灯笼坑有港澳同胞 109 人；有华侨华人 147 人，主要分布在美国、秘鲁等国家。

华人夫妻黄献兴、甘红芳从夏威夷带回的"夏威夷种植王"黄亮家谱显示，他的父亲黄朝安生养了三子一女，家谱中一张黄亮大哥黄锦的家庭大合影上，50 个人聚在海边，几乎清一色中国面孔，或蹲，或坐，或站，几个孩子依偎在大人怀里。

"秘鲁鞋王"黄仲儒的爷爷黄朝伟与黄锦、黄亮的父亲黄朝安是亲弟兄，两家人来往密切，重要日子常常相聚。他指认，照片里的人都是黄锦的后代。

黄仲儒说，黄亮的父亲黄朝安后代现有 500 多人，其中在美国超过 300 人，在我国港澳地区有 100 多人。只是，新生代人数很难准确统计。

黄朝安家族至少两度编制家谱，并在乡亲里广泛分发，其家族信息相对透明。

灯笼坑像黄朝安家族这样移民海外和我国港澳台地区的家庭还有不少，祖籍灯笼坑的华侨华人和港澳台同胞数量需要重新估算。

以灯笼坑籍华侨华人和港澳台同胞超 1300 人计算，是当地 2015 年人文普查数据的五倍以上，意味着灯笼坑籍华侨华人和港澳台同胞数量被严重低估。

2015 年人文普查数据显示，白企村共有户籍人口 2517 人，祖籍白企的港澳台同胞 1407 人，祖籍白企的华侨华人 429 人，即共有港澳台同胞和华侨华人 1836 人，相当于户籍人口的 73%。另有 4 名归侨。

窥一斑而知全豹， 2015 年当地人文普查数据中，华侨华人和港澳台同胞数据需要重新评估。

第二节　白企第一村

2015 年出版的《中山市南朗镇志》记载，白企立村最早为观音座旧村（约 1370 年），甘姓人从紫金迁此建村，因辖境最高的山冈叫白企山，故称白企，而观音座旧村建于状似观音莲花座的山冈下，故名。

这意味着，观音座旧村是白企第一村，决定了白企的建村史。

寻访白企历史，观音座旧村是绕不开的一个点。

一

白企村由贝里、白企、合里三大片区组成，分属于三条山沟，自然村沿着山沟两侧密集分布，自东向西延伸到山沟尽头，山沟入口的第一个自然村更引人注目。

历史记录显示，观音座旧村位于白企片，与元山自然村一道，守在山沟南北两侧，观音座旧村更靠近入口。

然而，到白企寻访观音座旧村，到了白企片区入口，只看见元山自然村，守在南朗快线和广澳高速边，却不见观音座旧村的踪影。

疑惑中，向白企村党总支书记、村委会主任甘社建求证，他说自己就是观音座人。

站在白企村委会前，甘社建指着南朗快线和广澳高速东侧的一座山说，观音座旧村就在山脚下，只是旧村已经搬迁，迁到原村南面约1公里的石狗山下建观音座新村定居。现村落呈长方形分布，东面是石狗山，海拔约50米，白企溪河从村的西北面流过。

于是，白企村出现了这样的景观，原本位于白企片区入口的观音座村，迁到了合里片区必经之地，又不在合里片区范围，形似白企片区的一块飞地。

站在南朗快线和广澳高速前，惊讶地发现，白企23个自然村中，唯有观音座自然村位于南北贯通的两条路的东端，其他自然村都位于两条路西端。后来在观音座旧村看到，观音座耕地多位于广澳高速西端，村民要穿过高速下面的涵洞到耕作区劳作。后来，南朗快线再次将观音座村耕作区分割，土地被征用，观音座没了耕地，只剩下山地。

二

我惦记着观音座村的建村史，与村干部约定，到村里看看，主要目的是寻找族谱。

3月4日是个周末，按照约定，我直接去了观音座新村，与村民小组副组长甘观伟见了面，说明来意。他直接带我去了村民甘亦谦家，说甘亦谦看过村里族谱。

到了甘亦谦家，这个1968年出生的中年人，对家族历史如数家珍。我追问宗谱，他遗憾地告诉我，观音座村没有留下宗谱，只在邻村翠亨石门看过《渤海甘氏宗谱·岭南广东分支》，记载显示：十三世祖缵伯公三子物耐，妻彭孺人，生二子，长子奕俊，次子奕杰，于雍正十二年（1734）到香山白企村住。

这份记录，与《中山市南朗镇志》记载相去甚远，无法证明物耐是观音座始祖。

转而寻找白企村更多甘姓族人迁徙记载，发现与观音座村近在咫尺的元山，明永乐年间（1403—1424），甘姓人从紫金县琴江一带迁此建村。原村东面有一个小沙丘，形状像布袋，俗称乞儿袋，又因土地贫瘠，称"乞儿袋村"。后因村东北面有一个小山头，山形很圆，且乞儿袋名称不雅而易名圆山村。明嘉靖末年称员山，1949年后习惯写"元山"。

观音座建村早于元山，意味着观音座建村不可能晚于1424年，物耐不可能是观音座开村始祖。

继而追溯甘姓迁居白企路线图，发现白企23个自然村中，至少9个自然村有甘姓，多以甘姓为主，算得上白企第一大姓。甘姓迁居白企有不同族群，并非单一来源，除了先到的观音座甘姓，白企片区碑头下黄叶坑水沟上的甘姓，清顺治年间（1644—1661）从紫金县迁此，没有留下族谱；位于碑头下黄叶坑水沟下的甘姓，则是甘两宜长子甘福傅清康熙六十一年（1722）从紫金琴江迁此形成村落，两个族群迁居碑头下的时间相差至少61年。

1722年，甘两宜携长子和次子迁居中山，长子甘福傅居碑头下，次子甘福余居元山，后来在元山留下了两宜甘公祠，也是白企村目前仅存的完整宗祠。

同年，甘姓由紫金琴江迁入范屋村南面鲤鱼地居住。此外，甘姓人在中山范围内的迁徙也不断发生，嘉庆年间（1796—1820），甘姓人从翠亨石门龙舟地分别迁入合里甘屋、贝里甘屋、白企树坑、剑门牌，从翠亨石门田心迁入长攸连，另有元山村甘姓人迁入剑门。

一路探究，究出一个悬疑：观音座村有关"明洪武三年（1370），甘姓迁此建村"的记录，从何而来？

三

一时找不到答案，转而请甘亦谦带我到观音座旧村走一圈。

我们坐上车，沿着广澳高速边缘便道北行，接近西村大道路段，将车停下来，沿着一个大斜坡下去，一片旧房子呈现在眼前，这里就是观音座旧村。甘亦谦说，从1980年开始，观音座村民向位于石狗山下的新村庄迁移，1998年，最后一批村民搬入新村庄，旧村不再住人。

站在坡下，仰视头顶的广澳高速，不断有汽车飞驰而过；一条水泥覆盖的小路沿着高速路边延伸，"珠三角成品油管道"告示牌提醒人们，下面埋着成品油管道；高速路下方的人行涵洞被荒草封路。

涵洞是村民以前通向高速路西侧耕作区的通道，耕地在新修南朗快线时再次被征用，村里没了耕地，只有山地。村民不再种田，成为当地

甘亦谦带看观音座旧村（程明盛／摄）

很早放弃农业的村，村民到附近工厂打工，空余房屋出租给工厂员工，2000 年前后几乎家家户户都有出租屋，涵洞也就失去了通行意义。

看过之后，我理解了村庄搬迁的原因，因为旧村地势相对低洼，尤其当年京珠高速规划经过观音座旧村旁，高速路高过村庄，村庄搬迁成为理性抉择。

旧村搬迁的另一个原因是，旧村耕地贫瘠，耕地是山地上开垦出来的，锄头挖下去都是白泥，上一季种花生、木薯、土豆、番薯，下一季种水稻，都很低产。甘亦谦记得，实行家庭联产承包责任制时，人均分了 1.6 亩责任田。

高速路下方以前有一口水井，当年供应全村人用水，村里人天天到井边挑水。这里是一片空地，集体经济时曾在这里办食堂。

村里的宗祠接近西村大道路口，可以摆 100 多桌酒席，而今宗祠已经不在了，大约十年前，路口开起一家农庄。

跟着甘亦谦穿过村庄，在旧屋之间寻找记忆，寻到甘亦谦与堂哥居住的几幢房子前，在观音座旧村 12 号看到一新一旧两个门牌，生锈的旧门牌用繁体字显示：中山县第四区白企贝头里乡第九七号。这是一位堂哥的房子，那位堂哥一家人迁去了澳门。

观音座旧村 14 号前，前屋后墙上残留着一块黑板，黑板上方有一个五角星。甘亦谦说这是以前派工的黑板。

在观音座旧村 16 号看到，东侧的祠堂已经倒塌成废墟，墙边放着几只蜂箱，有的房子前面晾晒着衣服。

来到村子前面，看见路口一幢房子前停着一辆奔驰车，甘亦谦说那里租住着一位收废品的老板。

抬眼看看村前的大池塘，在阳光照射下有些刺眼，高速路上不断有车辆飞驰而过。回望村里屹立不倒的一片老房子，我问甘亦谦有没有想着在老房子里做点什么。我察觉到，他的眼睛亮了一下。

第三节　合里从大塘出发

白企三大片区之一的合里片区，开村最早的自然村不在山沟出入口，却在山沟中段，这大大出乎我的意料。

2015年出版的《中山市南朗镇志》记载：合里立村最早是大塘，明天顺年间（1457—1464），刘姓人从紫金迁此建村，因辖境内横迳与箭竹山两山溪水汇合向下流出口之处，故称合水口，而大塘村建在溪上游处，且村门前有一口鱼塘，故名。合水口上游各村统称合水口里，下游称合水口外。1958年改称合里、合外。

我到合里老人会寻访，却无意间一脚踏进了大塘自然村，看到好山好水好人家。

一

合里村老人活动中心是合里片区的心脏地带，整个片区的老人每天会聚到这里闲聊，接送上幼儿园的孩子，这里也是白企村农庄扎堆的地方。合里学校停办前，片区的小学生都到这里上学。更早的时候，合里会堂是片区群众开会、看电影的地方。

1991年建成的合里村老人活动中心，留下深深的历史印记和爱心印记。

1986年12月起，大塘属南朗镇合里村（合里村1990—1998年称合里管理区），2001年11月，合里、贝里、白企三个村合并组建白企村。

合里村老人活动中心刻碑记录了1991年捐建和2012年修缮的情况。至今，当年捐资修建的厂房还立在对面，厂房租金常年用于片区老人福利。

显然，合里村老人活动中心属于合里片区。

大塘自然村俯瞰图（白企村供图）

当天，我按照约定时间来到合里村老人活动中心，负责人刘日华和余月桂一起迎候。聊起来才知道，他们都是大塘自然村人，刘日华担任大塘村民小组组长17年，担任合里村老人活动中心主要负责人长达13年。1944年出生、年近八旬的余月桂老人是他的好帮手，两家在大塘自然村是邻居。

想起大塘发生的"火烧蛟龙"事件和"大塘"村名的由来，我提出跟着他们一起回大塘，看看当年"火烧蛟龙"现场和村子前面的大塘。

大塘村名的由来，跟众多同名村庄相近，多因村里有一口大塘。大塘资料记载：因村前有一大鱼塘（已于20世纪80年代填土建房），故称大塘。

我们到了大塘自然村，在村子里转了一圈，村前已经找不到原来的鱼塘痕迹。两位老人带我来到村子西端，指着几幢房子说，这是在原来池塘位置建起来的。在他们的描述中，村前原来有两口池塘，都用来盖了房子，因为村里可用地少，宅基地不够。

来到村子最西端，一条路通向后山，在两口池塘前分叉，其中一口大塘面积18亩，一条通往法警训练基地，贴着村子的一条路通往后山，这就是当年发生"火烧蛟龙"事件的山，村里的山泉水来自这座山。

二

我想继续向前，看看这座留下光荣历史的山。看看身边年已79岁的余月桂和年已72岁的刘日华，我打消了这个念头。

跟着刘日华走进他位于合里大塘村24号的家，他的太太古润好正在看电视。说起儿女，刘日华说养育了三个女儿，小女儿生了孩子，没有搬出村；紫金籍的二女婿在这里安家；大女儿嫁到不远处的新村，孩子正在读大学。一家人经常聚到一起，两老并不孤单。

刘日华带我来到门外，指着左侧屋墙到院墙之间的遮阳棚说，这是做水电工的女婿帮忙建的，用来停放电动车，收纳家中物品。

刘日华还说，三个女儿和女婿都很孝顺。

旁边的余月桂之前说过，她也养育了三个女儿，女儿女婿都跟她生活在一起。她的三个女儿分别生于1971年、1972年、1973年，各相差一岁，她说当年没断奶就又怀上孩子。

现在，老人跟两个小女儿及家人一起，住在娘家余屋自然村的房子里，大女儿一家在大塘自然村建了房子。

这是一个典型的本地媳妇外来郎家庭，三个女儿都是在企业打工时自由恋爱的，婚后组建了一个三代同堂的大家庭，三个女婿分别是广东佛山人、湖南人、广西人。

谁都知道，在三代同堂越来越稀缺的当下，三个没有血缘关系的女婿常年生活在一个屋檐下，需要超乎寻常的家庭凝聚力。

带着探究的愿望，跟着余月桂老人去了她位于余屋村21号的娘家房屋。从南合路余屋路口转入就看到了，是一幢两层小楼，建于1993年，到2023年已经30年了，看上去有些陈旧，也并不宽敞。

就在这幢房子里，至今住着老人、两个女儿、两个女婿、两个外孙共七口人，有七年时间了。老人在门口种着菜，长年照顾正在上学的外孙，后来外孙住校了，只在周末回家，老人的负担才轻了些。

走到屋前，菜园旁边是一个杂物房，门开着，里面整齐码放着一些纸箱，收纳着折叠桌椅、清扫工具，一切都井井有条。

靠近门边的一个折叠轻便轮椅，看上去有些惹眼。

问她："这个轮椅谁用的？"

老人笑笑："上一年春节正月间被堂哥的狗咬了左脚，右腿摔断了，三个月不能走，坐着轮椅上班。"

追问细节，才知道老人活动中心每天都要服务，许多日常事务需要处理，实在脱不开身。

想象她以近80岁的年龄，拖着病体，每天坐在轮椅上，带伤为老人们服务，忽然找到了她家庭凝聚力的源头，是她用无私的母爱、大爱，让一家人充分感受了家的温暖。

在大塘，现有46户中，像刘日华、余月桂一样只有女儿的家庭有13户，不少家庭跟他们一样，上演着本地媳妇外来郎的故事。

三

沿着南合路往里走，到了大塘和元墩两个自然村之间路段，发源于横迳山和箭竹山的合水河蜿蜒着，与车辆行人相向而行，河水清澈见底，露出河床里的石头。

卧在上游的横迳水库和箭竹山水库，将山水集纳起来，有序向下游流动。

春暖花开时节，走过这个路段溯流而上，往山溪最深处，逼近横迳水库和箭竹山水库，被合水河边星星点点的黄花风铃木吸引，找到了山坑尽披黄金甲的感觉。

这片亮黄，与溪水相伴，依在水边，成为合水河上一道风景。行人只要停下来，在桥头或水闸口歇歇脚，就拥有一大片黄金甲，开启人与自然对话模式，听流水潺潺、鸟叫虫鸣，找到与大自然的亲近感。

合里片区入口的云梯山，以一大片黄花风铃木吸引游人，每年春天是她最美的季节，清明节前后开漂亮的黄花，游人、车辆将合里乡牌坊口的空地变成停车场。

到合里水闸（大碑头水闸）停下来，见闸门落下来，将水拦截下来。道路靠近大塘自然村一侧，一个连通合水河的水池，河水不断涌上来，通过水泵抽到高处的田地里。

这是合水河边的灌溉系统，水管通向大塘村前的一片农田，农田里种着草莓，草莓上方被种植者用丝网罩着，阻挡飞鸟啄食。

后来才知道，大塘自然村这片耕地租给了华农农业公司。

向刘日华了解，他说合里水闸是20世纪70年代建的，后来换过闸板，这个水闸为合水河上游村庄提供水源。跨过水闸，靠近元墩自然村一端的一块耕地也是大塘自然村的，现在也租给了华农农业公司，公司在水闸口养着鸭子。

地处五桂山自然保护区边缘的白企村，少有工业项目，是一方生态资源丰富的净土，为生态型发展奠定了基础。

跟当地人交流，他们都以水资源环境为傲。

当天到大塘刘日华家，坐下来，刘日华首先沏上一壶茶，要我尝一尝当地山泉水泡的茶，说大塘人都喝山泉水泡的茶。

见客先泡茶，以山泉水泡茶待客，这几乎是白企人待客的仪式。

第四节　八户人的村庄

对着航拍图寻找白企村屋较少的自然村，找到白企合里片区相连的元墩和筲箕环两个自然村，房子掰着手指头数得过来。找村干部核实，元墩只有 8 户 23 人，筲箕环只有 12 户 33 人。

于是，想走进人数较少的两个自然村，透过小村庄的迁徙史，看一个族群的迁徙路径和心路历程。

一

2023 年 4 月 9 日，借着周末去了白企合里片区。

天淅淅沥沥下着雨。到了位于田心村和余屋村交界处的合里村老人活动中心，按照约定，打电话给元墩村民小组组长刘北源。他从旁边餐饮店出来，边走边穿上雨衣，走过来，隔着车窗招呼一声，转身骑上电动车，在前面带路，从余屋路口进入，跟着元墩路牌指引右转，大约走过百米距离，在村口停下来，走进第二幢房子，这里是刘北源的家。

他说每天早晨到村口吃早餐。家里还有 80 岁的老母亲，老母亲习惯自己煮早餐。

他养育了三个孩子，两个女儿嫁到本地，儿子在张家边派出所工作。

话题从元墩人口说起，他一开口就把我惊到了。他说："请元墩根苗的人吃饭，10 桌都坐不完。"

他的意思是，元墩人口并不少，但大都去了海外、我国港澳和外省市，小时候留在村里的有 50 多人，股份固化时只剩下 29 人，现在在村里常住的只有 21 人。

元墩村俯瞰图（白企村供图）

2015 年末的人文普查数据显示，元墩户籍人口 23 人，实际在元墩居住人口 13 人，有港澳同胞 27 人、归侨 2 人、华侨华人 40 人，华侨华人主要分布在越南。

我注意到，元墩户籍人口八年没有变化。问他原因，他有些失落，说："这些年，村里人超过八户就有人往外走，留不住人。"

他说不清元墩人什么时候开始外迁，但知道元墩人的来路，是从对面大塘自然村从来的。据记载，清雍正年间（1723—1735），原籍广东紫金县的刘姓人从大塘村分居迁此建村。因在圆形土岗背后平地建村得名元墩，曾用名圆墩，经常被简写成元吨村。

他说爷爷刘金棠兄弟四人，都以"金"字命名，分别叫刘金长、刘金棠、刘金辉、刘金生。四兄弟中，老大刘金长和老三刘金辉去了越南，刘北源称刘金长伯公，称刘金棠、刘金生叔公。

他说，爷爷曾跟村里人一起，挑了自家种的番薯之类去澳门卖。

伯公和叔公去越南后，家人曾弄了去越南的证件，后来没有成行。

刘北源说，听说叔公刘金辉在越南种了1000多亩榴莲，许多人都知道。叔公刘金辉的儿子回来多次，记不清他的名字了，只记得他最后一次回来时，家里正在犁田，他帮着犁田。

这些年，在越南的家人较少回乡，他们之间一直保持电话联系，清明节时托付留守亲人祭祖。

伯公刘金长的孙女曾到广州求学，专程回来看望亲人。

伯公和叔公在越南的后代大多不懂客家话，也不会中文，只有回中国求学的那位会中文，两地沟通起来有了语言隔阂。

刘北源说，从祖辈算起，爷爷四兄弟中，伯公刘金长、叔公刘金辉两家去越南，叔公刘金生一家去了深圳和香港，只有爷爷后代留在元墩，目前只有自己和侄子户口在元墩，算两户人。

二

对元墩有太多疑问，话题打不住。谈到后面，刘北源有些坐立不安，从里间拿出高筒雨鞋，摆出了要出门的姿态。

我请他带我在村里走一圈，先去了门前的保管仓，是一幢闲置已久的瓦房。

一次次从这幢房子前经过，看到中间屋门上着锁，两边开着门的屋子空空如也，很想看看中间屋子里锁着什么。

他拿出钥匙，打开门，熟悉的传统犁耙耖出现在眼前。室内还堆放着肥料等农资，一把长长的竹梯斜靠在墙上。原来，他种着1.5亩水稻，用犁耙耖耕田，把这间屋子利用起来，做了自己的农具农资仓库。

他说，村里还有 60 亩耕地，只有自己还种着一点地，别的地都租给大户了。当年，村里人均一亩多耕地，现在村里人都不肯种地，宁愿外出务工经商。元墩现存一座 20 世纪 60 年代由村民建成的高架引水渠，从合水河抽水引到村里，灌溉耕地，现已停用。

我还想他带我绕着村子走一圈，跟种植户接触一下。他面露难色，说："抱歉！我得放牛去了。"

他说以往这个时间，牛已经吃饱了。到这时，我才知道，他还养着五头牛。

放牛娃出身的我，犁过田，知道传统犁耙耖都进了历史陈列馆，而今看到他既用犁耙耖种田又放牛，恍然惊觉，他应该是中山最后的养牛犁田人。于是，要求跟着他走走，看他种田放牛。

就这样，他带我来到村尾的稻田边，离村头也就百米左右距离，被一片竹子和香蕉树环绕，禾苗刚刚插下去不久，掩映在山岭之间，构成一幅田园诗画。

我看着山岭和竹林倒映在水田里，忍不住举起手机拍照，希望贴着禾苗和水面取景，看一眼湿漉漉的田埂，光秃秃的，心里犹豫要不要顺着石阶下去。

他看出了我的顾虑，笑笑说："这里的沙泥不沾脚。"

我试探着一脚踩上去，没有陷进泥里，抬起脚，没有带出泥。原来，这山村里的耕地跟我家乡的农田不同，因为含沙量较大，并不泥泞。

追问他牛在哪里，他向左转一下头，左手指向旁边一个简陋的屋子，说在村里原来的猪圈里，被他用作牛栏。

顺着他的指引看过去，首先被牛栏前面的两棵古树吸引。一棵古树斜着生长，像是半倒伏的样子，中间被一个粗大的水泥墩撑住，再往前落在一段残墙上。他说，听村里老人说，古树建村时就有了，不知道有多少年。

牛正对着他嗷嗷叫，看来饿坏了。他走过去，牵出一头黄牛，一头小黄牛跟在后面，不用他牵绳。他说，小黄牛是黄牛生下来的，每次跟着妈妈一起吃草。这些牛农忙时用来犁田，长大后可以卖掉，一头牛平均能卖一万块钱。

我望着眼前的刘北源，还在面朝黄土背朝天，耕耘在家乡的土地上，莫名地有些感动。这最后的养牛犁田人，为我们留住了久远的乡村记忆，留住了乡愁。

三

跟刘北源告辞，离开元墩，我转身去了百米外的筲箕环自然村，经过太极山庄门口，绕过村口的猪圈，第一幢房子就是村民小组组长林玉苏家。

林玉苏正在屋子里跟人聊天，我说刚从元墩过来，林玉苏指着坐在对面的一个黑瘦、壮实的年轻人，说他就是元墩人，叫刘君权，是现任元墩村民小组副组长。

我迅速向刘君权抛出疑问："元墩人都是怎样走出去的？"

就这句话，打开了他的话匣子。他说，自己家移居澳门的多，从爷爷奶奶开始，大约是20世纪30年代的事，那时去澳门很容易，拿了行李就可以过去。后来，伯父、姑姑跟着去澳门团聚。

知道他的父辈兄弟姐妹八个，其中四个去了澳门，一个去了美国，一个去了中山城区，都有几个孩子，只有父亲刘百顺和一个姑姑没有迁出去。

他说，现在一家在澳门有四五十人。每年清明节，在澳门的部分家人相约回来祭祖，有两桌人。

从他的叙述中，我知道，这些家人多以亲人团聚的名义移居澳门，

20 世纪 90 年代移居澳门的更多，后来解决澳门居民在内地超龄子女前往澳门定居问题时，一些人获准迁居澳门，与家人团聚。

跟林玉苏聊起来，我发现筲箕环跟元墩人口结构神似，只比元墩多 4 户 10 人。历史资料显示，2015 年末，筲箕环有户籍人口 42 人，实际在村居住人口 31 人，外来人口 6 人，有港澳同胞 47 人、归侨 2 人、华侨华人 40 人，华侨华人主要分布在越南。

元墩与筲箕环人口迁徙的路径大体相同，且有两村人联姻，刘君权的一个姑姑就嫁到了筲箕环。

留在村里种田的人很少，绝大多数田租给大户，只留村前一片菜地。林玉苏以前在工厂打工，近些年回到村里种田、养牛，在家门前围出一块地养起了蜜蜂，现在不养牛了。

他在门口路段种了一排桑葚，春天的桑葚熟了，一片黑紫色的桑葚垂在路边，没有人看护。我提醒他，这些桑葚会被路人偷吃，他笑笑说，种来就是给人吃的，任摘任吃，这些桑葚是他扦插生长的，不需要打理。

当我看着眼前的林玉苏和刘君权，再看一路桑葚压枝低，忽然心有所悟，这些客家山民像极了扦插生长的桑葚，找到一块泥土，扎下根来，就能自然生长，在世界的不同角落生生不息。

第五节　我的老家在水下

1959 年，我国为建造第一座自行设计、自制设备的大型水力发电站——新安江水力发电站，淳安、遂安两座县城被淹没。1996 年起，余年春老人历时 13 年绘出千岛湖下的千年古城，留下一代库区移民的乡愁。

比淳安古城早两年，中山修建集雨面积 3.44 平方公里、总库容 332

万立方米、有效库容 260 万立方米的横迳水库。清乾隆年间建村的横迳被淹没,横迳人迁至当时的饼铺村左下位置重建新村,为纪念故地而名横迳新村,习惯称新村。

一个移民村,人们走过了怎样的心路历程,重建了怎样的生活?在黄献兴、甘红芳夫妻的感恩宴上见到新村副组长凌海伦,我带着探究的愿望,与他相约下一个周末到新村看看,跟着他走进库区。

一

4 月 8 日上午,我直接去了位于白企村合里片区的横迳新村,这里与南面自然村隔路相望,一条流向泮沙渠的合水河将两个自然村分开。

见到凌海伦,他径直带我去了老校长凌群兴家。凌群兴曾担任合里学校和榄边学校校长,算得上是了解横迳新村最多的人。

凌群兴一开口,就把我带进了历史现场:"我是在别人家出生的。"

1958 年 9 月凌群兴出生时,横迳水库已经修好,但新村建设还没有完成。他们家寄居在隔壁田心自然村亲戚家,父亲凌木兆无数次说起当年库区移民。

留在那代人记忆里的库区移民,像极了淳安古城余年春 24 岁时的记忆,一声令下,一个村庄在仓皇中跟自己的过去告别。

凌海伦说:"修横迳水库时,爷爷背着爸爸出水库。"

他准确记得他爸爸属蛇,1953 年出生,横迳水库修建那年,他的爸爸只有 4 岁,还不懂得家园被淹没的滋味。

而今,绝大多数横迳新村人对旧村的记忆,都是老一辈人叙述的,掺杂着对旧村的依恋。

他们说,旧村位于合水河上游,发源于横迳山与箭竹山的两股溪水汇成的合水河,首先流经该村。旧村有 100 多亩耕地,水资源很充裕,农田不缺水。

横迳新村村民小组副组长凌海伦带着走访横迳水库（程明盛／摄）

移民搬迁时，政府给了村民两个选择，一是迁到一山之隔的翠亨村竹头园对面斜山坡，二是迁到现在的横迳新村。村里人故土难离，希望离旧村更近一点，没有讨论就做了抉择。

他们强烈地怀念旧村的日子，因为处在大山深处，周围群山环绕。那是一个烧柴禾的年代，村里人往山里走一趟，就能满载柴禾归来。山中野果和中药材，为他们提供了不少食材，在那个物资匮乏的年代，给了他们靠山吃山的地利。

凌群兴清楚地记得，20世纪70年代，自己还是个初中生，有一年天旱缺水，横迳水库不少地方干旱见底，村里人看到自己的旧村露出水面，房屋已经倒塌，残墙还在，能看到村屋和村庄的轮廓。

二

移民搬迁的新房在修建水库两年后建成，至今已有 60 多年时间，凌群兴说，多数移民房至今还在，只是都不再住人。

我闻听之后，精神为之一振，想看看这些历经 60 多年风雨的老房子。

跟着他们出门，绕过前面的小洋楼，两排黄色的砖瓦房立在后面，墙身很厚，墙身斑斑驳驳，部分砖墙呈暗黑色。凌群兴指着"合里新村 16 号"说，那是伯父的房子，隔壁 17 号是自己家的房子。

当年村民移居到这里，新建了十幢黄色砖瓦房，现存九幢，后排西头的一幢房子被拆掉后，改建成一幢两间两层小楼，也有些年头了。

10 户人，是当时横迳人口的全部；而今，横迳新村有 15 户 53 人。60 多年过去了，这个村人口仅新增 5 户，关键原因是，村民大量外流，目前仅港澳同胞就超过 80 人。凌群兴一家也有几位亲人定居港澳。

见到我们指指点点，年逾八旬的甘润根婆婆从里屋走出来，说房子是 30 多年前建的，修横迳水库那年自己 20 岁，是邻村甘屋人，还没有嫁到这个村，房子建成两年后才嫁到这个村。修水库时，她跟着生产队社员去了水库工地。

她的描述，让我们看到了当年水利工地的景象。

当年，她家离工地近，就住在家里，每天往返于家和工地之间。更多家比较远的人，就在山坡下、田地里搭棚住，睡的是大通铺；附近有亲戚的就投亲靠友。当年，周边不少人安排到这个工地，工地附近人山人海。

老一代人的水利记忆令人刻骨铭心，当年，人们起早贪黑，似乎总有修不完的水利工程，因为缺少机械作业，主要靠肩挑背扛。有的母亲，因为水利工地需要，顾不上年幼的孩子，甚至发生遗憾终身的悲剧。

三

横迳迁村时，祖坟留在了库区山里。每年清明节，凌姓族人从各地赶来，聚到一起，前往库区拜祭十六世祖润清公和十三世祖。

我想跟着走一走横迳水库，凌海伦没有犹豫，一个电话打出去，说明笔者来意，请横迳水库管理人员放行。

转头问我："你随身带着工作证吗？"

我点点头，两个人坐上车，几分钟工夫，横迳水库就到了。水库工作人员等在门口，看过我的证件，让我们开车进去。

进水库的路有两条，左边的路通向坝下，右边的路通到坝上，我们选择了坝下，那里有旧的水库管理室。

到了跟前，看到一大一小两座石头房，门口屋檐下留下"1973"字样，这是石头房修建的时间，距离水库修成已经16年了。

凌海伦指着坝下一片树林说，这里以前是一个水池，小时候常到这里游泳，水是从库底排出来的，凉飕飕的。

我们沿着坝上台阶上到坝顶，通过栈道走到水中央的观察塔，看到水库排洪口不远处岸上有一片平地，郁郁葱葱。凌海伦说那里是原来横迳村的耕地，水位上涨时会被淹没，没有继续耕种。村子就在不远处的水中央。清明祭祖时，村里人从排洪口进入，走过长长的山路，翻过两座山，前往两座太公山拜祭，绕着水库走半圈，往返需要三个多小时，上了年纪的人耐受不住，就不上山了。

现场目测，两座太公山就在离水不远的地方，如果坐船过去，十分钟左右就到了，只是安全起见，水库不允许坐船祭祖。

2023年清明节当天，一行十多人参加，拜山者中有瓦屋和剑门凌姓人，只是，他们不是库区移民，他们早在水库修建前就从横迳迁到现在的村子。

离开水库，工作人员提前到大门口守候，我们的车驶出大门，工作人员认真地将大门合上，对着我们挥挥手，凌海伦眼里掠过一丝无奈。我知道，他的故乡在水下，藏着淹不掉的记忆。

第六节　山里山外

到白企寻访，在贝里片区和合里片区入口，我被贝里、贝外和合里、合外几个名字弄迷糊了。一里一外，地理上相接，共饮一河水，却分属于客家人和广府人两个族群。

贝里开村时，有一个由南朗经贝外西进的大坑，中间是一自西向东的"大坑沟"，开村后即称"贝里河"。相传古时贝里河又深又宽，各地船只从冲口门出海口进出贸易。古时有人在这条河养蚝（当地人称"养贝"），故有贝里、贝外之别，贝里河上游为贝里，下游为贝外。

今天的贝里是白企村的一个片区，有贺屋、徐刘、甘屋、黄屋、灯笼坑五个村民小组；贝外是关塘村的一个村民小组。贺屋自然村与贝外自然村被广澳高速、南朗快线分隔在里外两端，然而，走进历史深处，两地曾经相依相亲。

——

2023 年 4 月 1 日，天淅淅沥沥下着雨，我跟白企村宣传委员贺根强、曾任贝里乡副乡长的贺容欢、现任贺屋村民小组组长黄华金相约，到贺屋自然村见了面。说起清明祭祖习俗，贺容欢说："我们不拜一个太公，以前我们到神涌拜太公，他们（贺根强一支）到白企学校背后山拜太公（文蔚公），黄姓人到灯笼坑拜太公。"

也就是说，在座的三个贺屋人，分属于三个太公的后代，以前都不在贺屋拜太公。黄华金一支从灯笼坑迁来，返回灯笼坑拜太公可以理解，贺姓人以前到外村拜太公有点令人费解。

追问缘由，得知贺屋自然村贺姓人有两个来源，一支于清乾隆年间从广东紫金迁此，开村太祖贺文蔚，去世后葬在邻村；另一支先从紫金迁到神涌落脚，后分别迁至上贺和下贺两地，太公坟在神涌。后来上贺并入灯笼坑自然村，上贺自然村不复存在。

他们说起一段旧事，当年翠亨快线修建时，贺屋与关塘神涌被翠亨快线隔开，贺屋人没有留意到迁坟告示。施工人员将贺容欢那一支的祖坟墓碑和金塔整理好之后，放置在附近。清明时贺容欢那一支按惯例前往拜祭，才得知迁坟告示。随后贺屋划出一块祖先安置地，将太公坟安置到贺屋，贺根强一支也将祖坟迁回贺屋。从此，贺屋自然村贺姓人可以在贺屋自然村里就近拜祭太公，结束了外出拜太公的历史。

我们一行踏着泥泞，寻到后山，在翠亨快线匝道边，看到这片坟地掩映在苍松翠柏之间，入口竖着祖先安置地规章制度。墓园内，部分墓碑前安放着金塔，这是迁坟安置时移过来的。

随行的七旬老人贺润崧说，殡葬改革前，村里一直保持着二次葬习俗，逝者安葬八年后，开棺取骨，用白酒洗净，按一定程序，结合人体结构，脚在下、头在上、屈体装入金坛（陶罐），盖内写上死者世系姓名，安置在墓地内。

这也是客家人的千年葬俗，笔者在客家人聚居区看到，先人坟地里往往筑起地上墓室，金塔分层有序安放在墓室内，有的金塔分三层安放。

二

追问贺屋人的太公葬在邻村的缘由，贺根强说家里有一份族谱，是澳门乡亲贺文亮留给贺根强爷爷贺木生的，在家里放了20多年。

我大喜过望。调研白企的很长一段时间里，苦于缺少族谱记载，许多信息来自口口相传，需要反复印证，费时费力，不少信息似是而非，甚至自相矛盾，只有历史形成的文图记载，更能还原一个族群走过的历程。

跟着他走进家门，他斟上一杯茶，转身进房间，取出一本作业本大小粉红色封面的《贺氏族谱》。翻开扉页，是一篇前言，记载了关于祖先的信息：

> 我们太祖贺文蔚原是广东省紫金县客家人，因当地贫穷，走到中山南朗贝头里李屋住，后觉得此处不好，又搬到张家边河棚头住。由于当地人多，自己客家人少，常受人歧视。文蔚自识风水，看到现今下贺村这块宝地，当时此地属贝外村。文蔚为得此地，把亲生女儿契贝外人，换此下贺村，一住至今已发展八代人。
>
> 以上所言是听老一辈所述，不知真否？如要知真相，请后人到紫金贺氏家族跟进。

后面的信息显示，太祖文蔚至 1994 年底已经传至八代人。

贺文亮是贺文蔚的第五代孙，族谱记载到贺文亮两个儿子贺卓彬、贺卓辉及孙辈贺智宏、贺素珊等。

这份族谱，并非严格意义上的族谱，没有严密的考证，没有追溯到贺文蔚之前的信息，无法与紫金贺氏族谱对接。但这份族谱透露的信息令人感动，它出自一位从贺屋走出去的澳门乡亲之手，这位乡亲以一己之力追踪祖先足迹，追溯生命之源，延续一个族群的文化传统。

贺根强说，贺文亮年逾八旬，偶尔回到中山，跟村里人闲聊。

当年，贺文亮这本族谱在村里只给了贺根强的爷爷贺木生，那时，贺木生担任村支书，受人尊敬。

当地组工部门 2004 年登记的一份贺木生简历显示，贺木生 1920 年出生，1938 年参加抗日先锋队，1962 年开始担任贝里大队支书，2014

年 94 岁高龄去世。

说起爷爷，贺根强不无遗憾，想起小时候爷爷说起很多事情，自己没有记录下来，如果当时有心，可以留下许多宝贵记录。

三

我试图追溯贺屋的历史，请贺根强带着，寻到下贺村 33 号，是贺氏宗祠，门口长满青草，门廊上方的壁画清晰可见。但宗祠只剩下一间，里面摆放着一台烤炉，后墙是一面红砖墙，看上去比较新，跟原来的青砖墙迥然不同。

看到我们察看宗祠，隔壁屋子的七旬老人贺润崧走过来，贺根强介绍他是贺屋村民小组副组长，1946 年出生，到 2023 年已经 77 岁了。

贺屋村民小组副组长贺润崧介绍旧宗祠（程明盛／摄）

老人说，宗祠是三间的，两边拆除了，前几年台风中后墙倒塌，后修复。

认真看两侧墙身，两道通往厢房的门被封起来，门框的痕迹清晰地显现出来。门框外面，一边在宗祠地基上建了房子，另一边被辟为道路，只能想象当年宗祠的模样。

继续往前走，来到几棵有些年头的荔枝树前。坡下，一幢剩下一层的暗黑色碉楼框架立在那里，被树丛遮挡，看不真切，找不到进出的路。

碉楼原来有三层，在一次次台风侵袭中坍塌了。

碉楼的主人叫贺锦云，早年母亲带他去了香港，现已 90 多岁了。他常回家，他母亲大约 20 世纪 70 年代去世。他妈妈去世后，他也常常回乡，到乡邻家里坐坐。村里人说，贺锦云家人大多去了香港。

村里人还说，以前村里有几栋碉楼，现在只有这一栋还在。

走到村口，贺润崧老人指着出村路说，这里以前是一条农路，以前只能开手扶拖拉机。更早前，只能走山路绕到白企片区出村，路上有一座石桥，只有半米宽，一直到灯笼坑开办石场时才修通出村路，那是 1996 年。

我到贺润崧老人家门口坐下来，看见几个自然村的人聚在一起，说起往昔，说以前这里交通条件不好，许多人去了港澳甚至国外。

第七节 "澳门礼宾府"背后村庄

行走广澳高速和南朗快线，到了白企村地界，我远远地被一座仿澳门礼宾府建筑风格的四层黄色大楼吸引，大楼守在白企三大片区之一的白企片区入口，与白企村委会楼隔着一所学校。无数次生出探究的愿望，这是一幢怎样的大楼，大楼背后藏着一个怎样的村庄？

一

　　我只身潜入元山，在"澳门礼宾府"外围走了一圈，前面没有大门，侧门上着锁，不得其门而入。隔着门缝看进去，门厅里空荡荡的，没有装修，楼梯护栏都没有装上。

　　查询《中山村情》，元山篇记载：

　　　　村内另有一座具有葡萄牙风格的大楼，仿澳门礼宾府建筑风格，四层楼高，砖混结构，黄色墙面，有套间、厢房、门厅、院子等，是 20 世纪 90 年代一位澳门"木偶葡国餐厅"老板在该村买地建成，但建成后一直没有使用，荒废至今。

　　问元山人，说大楼叫"红楼"。我百思不得其解，明明是黄色大楼，为何叫"红楼"，转念一想，澳门礼宾府外墙是粉红色的，莫非因此叫此楼"红楼"？后来才知道，大楼初建时外墙是红色的，后来不断褪色，渐渐变成黄色。

　　我一时不知道答案，转而求助于白企村干部，约见元山村民小组组长甘朝辉。

　　我们在村委会办公室见了面。我说出心中的好奇，甘朝辉站起身："带你进去看看。"我有些意外，正是踏破铁鞋无觅处，得来全不费工夫。

　　甘朝辉请我上车，我在心里嘀咕了一下，不过是几步路的事，何必开车进去。

　　车子驶过"红楼"前面，在南侧路口左转进去，停在侧门。

　　"红楼"连着后山，南侧后山边几幢房子正在兴建，施工车将黄泥带到路上，有些泥泞，下车时，小心翼翼踩在建筑用的碎石上。

甘朝辉拉开铁门上的插销，拉开门，我跟了进去。

大门外院子里，绿荫下，散放着一些蜂箱。一位养蜂人正在里面忙碌，他叫甘国权，说在这里养蜂很久了，因为兴趣，酿的蜂蜜自己吃。

到这时，我才知道，"红楼"平时是上锁的，养蜂人进门后，手伸过镂空铁门，将插销合上，旁人可以直接开门进来。沿着没有护栏的楼梯上到顶楼，俯视村庄，一览众屋小。

甘朝辉说，"红楼"占地面积超过 1000 平方米，是村里人介绍澳门木偶餐厅老板白达明来投资的，建于 1994 年，模仿澳门礼宾府设计，是一个缩小版的澳门礼宾府。当时想经营餐厅，后来因为修路，高速路和省道横在旁边，交通不便，就放弃了计划，大楼完成了框架，没有装修。他补充说，联系过白达明的孩子，对方还希望将"红楼"用起来。

在澳门，白达明自小就跟家中的三名厨师习得一身好厨艺，1977年创立木偶葡国餐厅。机缘巧合，他被介绍到"厨师村"白企，建了这

位于元山自然村村口的"澳门礼宾府"（程明盛／摄）

座没有完成的餐厅。

二

追溯元山建村史，《中山村情》记载着在明永乐年间（1403—1424），甘姓人迁此建村。

元山流传着一个传说，当年，两宜公的父亲让儿子挑着担子，嘱咐他往南走，若绳子断了，就一把火烧荒垦地，安居乐业。

这样的传说似曾相识，似乎要说明定居某地是天意，却并不可信，多少有些荒诞不经，毕竟，在那个争夺生存空间的年代，可开垦的土地非常有限，绳子则可能在任何地方断掉。

两宜甘公祠是白企村现存最完好的宗祠，建筑面积230平方米，硬山顶，青砖墙，抬梁与穿斗混合式梁架。两进间夹一天井，天井两旁有廊。

跟着甘朝辉来到两宜甘公祠，被宗祠内墙上的前言吸引，前言记录了元山甘姓迁徙史，称十四世祖两宜公于康熙年间（1662—1722）从紫金移居中山白企村元山仔。

这份记录，是1988年修缮该宗祠时留下的。

甘朝辉说，这份记录是元山几个老人20世纪80年代整理的，牵头人是老校长甘木生和甘瑞鹏（甘容芳），两个人都已经去世了。

碑石上还刻录了当年修缮宗祠时的捐款情况，显示旅美乡亲甘开松、甘容元各捐款3000美元，记载旅居美国、秘鲁、加拿大捐款者共27人，旅居港澳捐款者51人。

《中山村情》记载，2015年，祖籍元山的港澳同胞约95人、华侨约100人。

甘朝辉说，元山旅居海外和港澳的乡亲比留守者多得多，经过几代人繁衍，应该远不止这个数。

这个说法跟灯笼坑自然村相关数据如出一辙。《中山村情》记载，2015 年祖籍该村的港澳同胞 109 人、华侨华人 147 人。而根据灯笼坑人粗略统计各大家族旅居海外和港澳乡亲的数据显示，灯笼村旅居海外和港澳乡亲超过 1300 人。

甘朝辉说，元山华侨华人很多，最初被"卖猪仔"出去。他的曾祖父被"卖猪仔"出去，不知道去的是哪个国家，回来时在船上病死了，尸体是被运回来的。他的爷爷也是被"卖猪仔"出去，20 世纪 40 年代回来，但他没见过，听奶奶说爷爷去的是墨西哥，出去前娶了一个老婆，回来后又娶了一个老婆。

他的父亲有六个兄弟姐妹，有的同父异母。姑妈是老大，大伯父是老二，移居秘鲁没有回来，二伯父甘北海和叔叔移居澳门，一个姑姑移居香港，已不在了。他说，大伯父中风了，已不能回来，只能家人去看望。大伯父以前在秘鲁开武馆。二伯父甘北海初中毕业于中山纪念中学，高中毕业于中山华侨中学，考上了大学，是元山乃至白企第一个大学生，20 世纪 70 年代移居澳门。

华人甘润培在美国做珠宝加工，有时过年回来，每年祭祖捐款，在中国香港、美国有房子。

三

截至 2023 年 4 月底，元山自然村现有 46 户 145 人，兴建南朗快线时征收了一些土地，目前仅剩下约 60 亩耕地。

我跟着甘朝辉来到村前白企溪边，这里有一道水闸，叫碑头潭水闸，是元山与碑头下自然村的分界点。

眼前的碑头潭水量不大，水面宽度跟水闸差不多。甘朝辉说，小时候的碑头潭水量有现在的三倍那么大，水很深，村中伙伴常在河里游泳，在河边抓鱼，有鲫鱼、鲤鱼、鲢鱼、塘鲺，有的藏在河边草丛里和树根下。有时碑头潭的水放干了，就在潭底捉鱼。

水闸下方，河岸石缝里长出一棵老树，斜着伸向水中央，老树有脸盆粗，甘朝辉说是水翁，跟水闸年龄差不多，有 80 多年历史，小时候没少吃树上果实。每年大约 6 月份果子成熟，村童潭中戏水，爬上老树摘果，果子味道酸甜。

我正在感怀而今孩子不会爬树摘果，不知水翁果实能否食用，甘朝辉忽然发现水翁躯干上垂下一棵不一样的树，有些年头了，树贴近水面，果子已经泛红。而水翁还没有开花，显然新树跟水翁不是一个品种。

我们顺着潭沿来到老树下，看到老树身上多处长出这种不知名的树。凭经验，这些飞来的新树，种子来自鸟雀，从别的树上带来，在这棵树上生根发芽。

继续向村里人追寻，一些村民说约 30 年前已经发现树上树，只是没有人在意，毕竟这些年已经没有孩子上水翁树摘果了。

很想知道这新树姓甚名谁，便用识花软件识别，软件指向笔管榕、雅榕、黄葛树、红花木莲、日本杜英，但可信度都不高。

正说着话，有村民拎着一把刚拔的葱走来，顺着水闸台阶下到水边，蹲下来，将葱洗净。

当我看到这样一幕，有一种久违的感觉，毕竟，村民都用自来水，水边淘米洗菜洗衣的景观难再。甘朝辉说，村里人叫这条河为洗衣河，也叫洗衫河。

作别甘朝辉，他也即刻上车离开。问他赶去哪里，他说去自己跟人合伙开的酒楼，位于城区世纪新城，取名锦上花名厨家宴，2020 年 10 月开业，经营面积 1200 平方米，有几百个餐位，从早餐到晚餐都做。更早的时候，他在南朗开了八年面包店，后来马得利在隔壁开了分店，他就将店子转让给了采蝶轩。

甘朝辉说自己不是厨师出身，酒楼由合作伙伴掌勺。后来通过白企籍名厨余敬科知道，合作伙伴甘建龙是大厨，是白企田心人，早在1991年就带着时年16岁的甘建龙到珠海发展餐厅学艺，后来带去江门利苑做头砧和主管。创办锦上花名厨家宴前，甘建龙是中山市宝号海鲜火锅酒家店长。

☑ 村落风光
☑ 历史回眸
☑ 文化溯源
☑ 交流园地

扫码获取

第四章

厨师村

Chapter 4　Village of Chefs

　　白企村做过厨师的不下 400 人，每六个人中就有一个厨师，许多白企人移居海外和我国港澳台的第一份职业是厨师。白企成为远近闻名的厨师村，背后是一个族群亲带亲、乡带乡的学艺之路。

第一节　四百厨师一盘菜

"白企村厨师超过 400 人。"

白企村党总支书记、村委会主任甘社建说这句话时，我吃了一惊。之前知道，按照 2023 年 4 月白企村户籍人口 2581 人计算，白企村约六分之一人口是厨师，这样的职业密度，可以以厨师村称呼白企了。

追问厨师村源头，却是一个客家人乡贤带乡邻、一技傍身走天涯的古老故事。

故事还得从两个人说起。

一

在深圳餐饮业舞台上，有一个重量级人物，他是从白企村走出去的余屋自然村人余剑锋，现任深圳市餐饮商会执行会长。

说起余剑锋，也得说说他的叔伯兄弟余敬科，业内人士习惯称他们兄弟俩，他们出双入对，共同创办了深圳市阿锋餐饮管理有限公司，高峰时在全国各地开办了阿锋餐饮直营店、加盟店、委托管理店共 60 多家，员工总数超过 1.5 万人，其中厨师不下 3000 人。

创业之前，他们长期以总厨身份，带领团队为知名餐饮企业开疆拓

白企籍中国烹饪大师、饭店业国家一级
评委余剑锋（程明盛／摄）

白企籍大厨余敬科研制合里鸽
（文智诚／摄）

土；创业之后，随着企业经营扩张，厨师规模滚雪球式增长，一批批亲友和乡亲被他们及其徒弟带进厨房，成为厨师，不少人练成厨艺后自行创业，在餐饮业闯出名堂。

我深入白企村探访，发现农庄林立，吃出了大厨的味道。农庄将海滨山村食材与都市厨艺巧妙结合，烹制出山珍海味。一道粤菜里常见的蒸鱼，无论是清蒸草鱼还是大头鱼，看上去嫩滑，吃起来肉质细腻，味道清甜。店家说，是用水库水、山泉水养的鱼，经过两三个月吊水。

进一步追问，店主多是本地人，从都市归来，许多店主的师傅是余剑锋、余敬科兄弟，或者是兄弟俩的徒弟。红记农庄余志雄、桂叔农庄余旭源、乡下农庄甘作舟、咸虾仔食府甘嘉威、健仔私房菜甘家健、石排湾农庄甘健航、甘记农庄甘华强、甘私府农庄甘桂芬，都是余氏兄弟俩的徒弟。

跟着余氏兄弟俩走南闯北的白企厨师，道出了阿锋餐饮的经营扩张之道。除了自营外，主要扩张方式是加盟联营，对外输出品牌和管理，加盟者投资后，阿锋餐饮接手经营管理，带领团队整体入驻经营，短时间内经营出一家品牌餐饮店。这样的经营方式，需要快速培养核心资源：厨师，把自己变成餐饮业的"黄埔军校"。

我想会会他们兄弟俩，通过白企朋友牵线，与他们联系，令人意外的是，余敬科就在身边，正在经营中山新店——烧鹅鸡主题餐厅。

后来跟着余敬科走进余剑锋家，跟这位业界传奇人物面对面交流。

二

约见余敬科那天，我和记者文智诚、谭桂华如约来到位于博爱六路的烧鹅鸡主题餐厅，余敬科将我们迎进店里。眼前的他，身穿白色短袖T恤，前额头发有点稀疏，握手的一刹那，感觉一股力量，透着热情。

我心里有点疑惑，他为何不穿工装。想象里，他应该穿着白色工装，戴着厨师帽迎客。我很快反应过来，他很多年不掌勺了，桃李满天下的他手下厨师众多，随时可以拉出一个团队。

在大厅找个位置坐下来，他带点歉意说："这是我们最小的店。"

他的意思再明白不过了，这家店代表不了他兄弟俩的事业成就，没有用阿锋餐饮招牌，只是培育期的一家普通店，需要他亲自守候一段时间，等待团队磨合到位，经营管理走上轨道，然后开始新的扩张。

他说这样的项目只是小打小闹，有时无心插柳。他说起自己在中山参与投资的另一家餐厅，就是位于崖口海鲜街的棠记海鲜餐厅。

2004年，他从深圳回到中山休息，想在家乡留下点什么，白企合里片名人凌伟源在新开半年的棠记海鲜餐厅侧边租下一块地，计划和余敬科姐弟合作开一家餐厅。

棠记老板黄锦棠知道了他们的计划，主动提出两家合股，扩张棠记，双方一拍即合，余敬科姐弟和凌伟源占股45%。

合作前，棠记只有20张餐桌，厨房是木头做的，屋顶也是松皮，几吨重的炉子压在厨房里,承重桩难以承受,摇摇晃晃,厨房也不断下陷,半年时间下陷了十厘米。他知道这样不安全,找到做设计的同学重新设计,将桩加深加固,将厨房用不锈钢围起来,拆掉木头顶,改用铁皮封顶。

更重要的变化是,他在保持原有海鲜特色的基础上,带着团队过来,将一些拿手菜品带到棠记,很快为棠记赢得了口碑,餐桌增加到100多张,算得上一家有一定规模和品位的海鲜餐厅。后来,棠记海鲜餐厅还在坦洲和火炬区开过分店。

他形容棠记项目投资是意外的收获,将自己几十年的餐饮积累用到了家乡,做成了一个长盛不衰的代表作。

那时,他是深圳顺风渔港的股东,拥有顺风渔港10%股份。顺风渔港是他到深圳管理的第一家店,之前刚刚结束在中山小桃源的出品总监生涯,从小桃源在东莞的利苑海鲜酒家离开,接手顺风渔港的经营管理。位于福田区的这家渔港经营面积有3000多平方米,他去之前处于亏损状态,接手后很快扭亏。到顺风渔港三个月后遇到非典疫情,客人锐减,他主动提出只收一半工资,与企业共度时艰,老板高度赞扬他带头做得好。非典疫情过后香港股东退股,老板希望他接手,说卖给别人30万元,卖给他只收25万元。就这样,他接手渔港10%股份。他说,在顺风渔港做了13年。

三

回顾余剑锋、余敬科兄弟俩的厨师历程,看到那一代厨师的自我成长,也看到白企这个厨师村的发展路径。

余剑锋比余敬科大四岁,余剑锋出道更早。

1984年,位于伟人故里翠亨的中外合资翠亨宾馆公开招工,全市1000多人报名,录取100人。高中没毕业的余剑锋脱颖而出,在这场十里挑一的竞争中胜出，从服务员做起，后转进厨房，跟着几位香港师傅偷师学艺，成为改革开放初当地第一批厨师。余剑锋回顾那段学艺历程时说，香港师傅有意留一手，关键环节往往留在下班后完成，自己就在下班后留下来帮厨，别人上 8 小时班，自己就上 12 小时班，终于感动了香港师傅。他感慨："那时学半年相当于现在学五年。"

几年后的 1987 年，余剑锋辗转去了位于珠海香洲的金凤祥酒楼，担任行政经理，是金凤祥的二号人物。那一年，初中毕业的余敬科跟着余剑锋去了金凤祥，开启学徒生涯，师从南朗榄边村南塘自然村简健生——当时的酒楼厨房主管。后来才知道，简健生是内地第一家美心餐厅的厨师，1980 年被表姐带进珠海友谊公司拱北美心餐厅。该美心餐厅留在历史里的记忆，是商业系统最早兴办的外商投资项目，由珠海市友谊公司与澳门美心企业有限公司合作经营，1979 年 11 月获批准，1980 年 2 月开业。

那个年代，一座城市没有几家酒楼，厨师也很稀缺。兄弟俩在金凤祥做了大半年，1988 年余剑锋去了深圳，工作的第一家店是位于深南大道的杏花村酒家，当时深南大道两边都是水田，从蛇口到福田像样的楼就是上海宾馆。从珠海到深圳，余剑锋的职位降了半级，从行政经理降为营业经理，却让他学到了更多的香港厨艺，因为当年深圳餐饮业水平高于珠海。

在杏花村酒家工作 14 个月后，余剑锋被中泰合资企业中泰大酒楼挖了过去，每月基本工资从 800 元涨到 1450 元，三个月里把他的户口迁到深圳。

余剑锋在深圳管理过几家店。后来，中山餐饮界标志性人物麦广帆到深圳开办深圳第一家店——深圳大剧院环宇海港酒楼，邀请余剑锋出任董事、常务副总经理，后升任董事、总经理，演绎一段中山餐饮佳话。

在海港酒楼工作时，余剑锋于 2001 年底在香港成立了阿锋鲍鱼世家饮食管理集团有限公司，任董事会主席；成立瀚金佰世家饮食娱乐管理集团（香港）有限公司，任 CEO；2002 年底成立深圳市冠锋世家酒店管理有限公司，任执行董事。2003 年，余剑锋被中国饭店协会授予"中国烹饪大师"称号。2004 年，余剑锋被评为饭店业国家一级评委，证件号码：2004GO132。2019 年，余剑锋被深圳市老字号协会、深圳市餐饮商会、深圳市饭店业协会评为"深圳餐饮十大卓越贡献人物"。

2003 年，余敬科被中国饭店协会授予"中国烹饪名师"称号；次年，余敬科被中国饭店协会授予"中国烹饪大师"称号。

四

单飞的余敬科在入行四年后，于 1991 年第一次当总厨，受邀担任位于前山镇兰埔的珠海发展餐厅总厨。家乡余屋自然村的余霭廉跟着余敬科一起学艺。余霭廉从学蒸鱼开始，深耕珠海餐饮业，后来成长为珠海名厨，也带出了不少来自家乡的徒弟。

1996 年，麦广帆的海港大酒楼开中山第二家店，余敬科去做了半年厨师；1997 年，余敬科受邀加盟位于逸仙湖公园内的潮州城酒家，出任总厨。

两年后，潮州城酒家租约到期，余敬科转头进了小桃源大酒楼，担任厨房部门主管，开始时月薪 4500 元，当年这已算高薪。

当年，中山小桃源集团在珠海使用海港城大酒楼品牌扩张，余敬科管理海港城很多店的厨房，1998 年进去时担任主管，半年后升为总厨，月薪为 6000 元。再半年升任总监，月薪升到 8000 元。之后每开一家新店，余敬科就带着团队进驻，家乡更多人跟他学艺。

后来中山小桃源店改名金海渔村，改用利苑海鲜酒家品牌向外扩张，余敬科回到小桃源公司，担任集团行政总监，管理集团出品。他回顾当年，公司开新店都是他带队，最高峰时一年开了三家店。印象最深的是，2001年到东莞开了两家利苑海鲜酒家，是利苑连锁店里最大的两家，第一家开了五个月就赚回成本，接着开了第二家分店，每家营业面积超过6000平方米。老板2001年给他配了一辆富康车。

他说，当年小桃源，高峰时一年新开两三家店，单店经营面积基本在3000平方米以上，餐位上千，每家店员工超200人，其中厨师80人左右。

从管理深圳顺风渔港开始，余敬科和余剑锋事业重心落到深圳。余敬科成为顺风渔港股东后，余剑锋与他一起组建阿锋餐饮管理有限公司，从此开始两兄弟的事业合作，余剑锋管全面，余敬科管出品，不断吸纳加盟商。开店都是余敬科派人过去，最高峰时阿锋餐饮在全国各地拥有60多家加盟连锁店，遍布天津、北京、郑州、鄂尔多斯、大连、鞍山、长沙、包头、乌鲁木齐、西安、南昌等地。

五

余剑锋、余敬科兄弟和白企早期入行的大厨，以总厨和股东身份行走于业界，带领团队开疆拓土，在求职不易的年月，不断将家乡年轻人带到身边学艺，一批批厨师成长起来。

当年，家乡不少年轻人找不到工作，长期赋闲在家容易染上不良习惯，他们就回村叫上这些年轻人一起出去，一边打工，一边学艺，没有拜师仪式，也不需要家人摆酒。到了工作地，安排在厨房，由专人带，从低做起，有的从打荷开始，有的从厨杂开始，有的从杀鱼杀鸡（水台）开始，逐步上砧板，上锅炒菜。

甘伟良是余敬科的小学同学。1997年，余敬科做了潮州城总厨，回村遇到甘伟良，看到他还开东风车运泥，并在村里养鸡，劝他跟着自己学习厨艺。就这样，余敬科带着而立之年的甘伟良去了潮州城酒家，从学徒开始。大器晚成的甘伟良后来去了海港城，辗转深圳、上海，在上海跟人合伙开了粤珍轩大酒楼，又带动不少乡亲到上海餐饮业学艺。

2022年，甘伟良回家乡建了别墅，2023年5月20日，在家乡为老母亲做了八十大寿。跟余敬科师徒相见，说起当年，甘伟良感谢余敬科带他学厨艺。

近些年，越来越多修成大厨的白企人回到家乡，用自己的厨艺烹制家乡菜，将家乡食材与都市厨艺巧妙结合，为家乡许多人提供就业创业机会，构筑一条富民产业链，成为乡村振兴的一大亮点。

跟余敬科说起树坑自然村百岁老中医甘玉奇的孙子开了农庄，他一下子想起来，厨师叫甘作舟，是自己早年带出来的徒弟，回到村里开了乡下农庄。20多年前，余敬科将甘作舟带去小桃源公司金海渔村打工学艺，然后带去中山市小桃源饮食集团有限公司东莞市东城利苑海鲜酒家，继而带去深圳华安国际酒店内的阿锋餐饮管理有限公司总店，后来被派去江西管理阿锋餐饮店。2018年，甘作舟回到树坑自然村，成为较早回村开农庄的大厨。甘作舟说，当年学艺时，当地跟他年龄相仿的年轻人十有八九学习厨艺。

在世纪新城与白企同乡甘朝辉投资锦上花名厨家宴的田心自然村人甘建龙，16岁时跟余霭廉一样，跟着余敬科到珠海发展餐厅学艺，后来余敬科带他去江门利苑做头砧和主管。再后来去北京鲍鱼王子工作了多年，修成大厨，担任总经理、店长。前几年回到家乡中山，管理宝号海鲜火锅酒家多年，担任店长。余敬科估算，锦上花名厨家宴这样规模的酒楼，大约需要投资600万元。

六

我跟厨师交流，发现不少大厨不停跳槽，以为他们通过跳槽提升薪资水平，细究之下，得知厨师是一个不断挑战自我的职业，需要不断推陈出新，维持自身职场竞争力。

余敬科说，当年在珠海霹雳火老板投资的发展餐厅当总厨，同行提醒他，这里的总厨做不过三四个月，没有新花样老板准换总厨。令人意外的是，余敬科在这里做满了五个月。

余敬科对 1995 年之后一段时间的餐饮业记忆深刻，因为海鲜盛行，鲍鱼成为珍品，海鲜酒楼对厨师要求越来越高，以前只用清蒸就行，后来需要将海鲜起片，做刺身，推砂锅档，变化多，厨房用工量大，一家上规模的海鲜酒楼，养鱼就要几个人，厨房打起人海战术。

近几年，余敬科有意将事业重心转回中山，最近在烧鹅鸡主题餐厅，以家乡村庄合里养殖的鸽子为主材，研制了合里鸽，注册了商标。

为了这道菜，他研究了很长时间，做了几十次试验，花掉了两万多元鸽子成本。首先选取合里山泉水和水库水养殖的妙龄乳鸽，宰好，洗净，腌制四小时，然后用秘制配方上皮，在空调房经六个小时风干，或用风干机风干，然后用 100 度的油浸五分钟，半熟后用 140 度的油炸四分钟出锅。这样制作的合里鸽，皮脆多汁，出锅一个小时后仍然保持皮脆。这样一只合里鸽，店里定价 28.8 元，比同档次石岐乳鸽便宜，赢得了许多回头客，高峰时一天销售上百只，平日也售出四五十只。

说到这，余敬科打开美团好评榜，经营时间不长的烧鹅鸡主题餐厅得分很高，在远洋城美食好评榜上高居第二。

七

那天相约到余剑锋、余敬科家，余敬科出来迎接。进了院门，看到两幢一模一样的小洋楼，像一对双胞胎，余敬科说是一起建的，采用了同样的设计。我一下子理解了他们俩的关系，这对叔伯兄弟，就像一对亲兄弟。

进到屋里，看到余剑锋正在客厅里陪着小孙子玩。见了我，他笑笑说："小孙子都这么大了，我现在处在退休阶段。"

眼前的他，穿一件黄色圆领衫，留着小平头，看上去低调、平实，不像一个指挥千军万马的餐饮业大咖。

他说，高端餐饮的黄金期已经过去，阿锋餐饮早就开始转型，从高端餐饮有序退出，转投大众餐饮。

他从手机里调出商标注册证，说"阿锋鲍鱼"到了第二个续展注册期，已经有 20 年历史，商标是 2003 年成功注册的，提交申请的时间更早。

说起现在的事业，他说参与了珠海小荣大胜实业有限公司直营店投资，成为合伙股东。"小荣大胜"茶餐厅在珠海横琴等地开了直营店，单店投资 400 多万元，一家店经营面积 400 平方米左右。

余剑锋说起"小荣大胜"创办人蒋汉荣、王光胜，说都是当年的同事，曾加入阿锋世家餐饮集团，两人都叫余剑锋为锋哥。2018 年自创品牌时，取了两人名字里最后一个字。

余剑锋、余敬科兄弟俩正酝酿在家乡参与投资一家有品位的农庄，余敬科的弟弟余敬辉和堂弟余志雄等人一起投资，将几个大厨的厨艺带回家乡，选址余屋、南面和长攸连自然村交界处榕树头，计划把池塘边空地利用起来，正在试菜。余志雄是余敬科 1995 年带到珠海井岸海鲜皇宫大酒店学的厨艺。人到中年，在商海沉浮之后，他们更想带着满身的厨艺返乡，为家乡做点什么。

余剑锋说，近些年，"90 后""00 后"的年轻人逐渐成为餐饮市场消费主力军，新型大众餐饮强势崛起，餐饮业需要因时因势而变，走亲民路线，回归大众消费。

咀嚼余剑锋的话，看白企村不断崛起的 20 多家农庄，得知这个拥有 400 多位厨师的客家村庄，不断有大厨携都市厨艺返乡创业，他们正在烹饪振兴家乡这盘大菜。

第二节 客家粄

2022年清明节，到中山白企村寻访，在灯笼坑自然村，看到一位村妇在门前菜地边摘芭蕉叶，将芭蕉叶剪成一片片，没有探究剪来何用。看妇人头发有些花白，在阳光下、芭蕉边、村屋前，留下一个慈母的影像。

离开白企时，随行的白企籍文化人、著有《行走古村落》的甘观凤请我们去她父母的乡野农庄，留我们吃饭，我婉谢了，自己素来不愿意受人宴请，毕竟，人情难还。

见我们要走，甘观凤的妈妈杨小清叫住我们，从桌上一盆叶片包裹的糕点里挑出许多，装进饭盒里，送给我们，说是青团。

转眼一年过去了，白企村组织首届白企村客家粄制作比赛，甘观凤请我当评委，她和先生谭汶亮经营的中山市过栈文化创意工作室承办了这次比赛。听过之后，我吃了一惊，第一次听说客家粄，"粄"字读音"bǎn"还是临时查阅的，自然不敢接受评委职责。

"粄"是客家话的独特称谓，泛指用各种米浆所制的食品。我国第一部按部首分门别类的汉字字典《玉篇》（南朝）米部记录："粄，米饼。"《康熙字典》对"粄"的解释为："粄，音昄。屑米饼。"

我转而恶补客家粄知识，发现这是客家饮食文化的关键一环，承载着客家人家的温暖。

一

不自觉想起一年前的白企行，期间无意间拍下的村妇是自采中草药的黄建群的太太叶玉莲。他们家种了满院中药材，不少是制作客家粄的材料，上次看到她剪下的芭蕉叶，正是包裹客家粄的主要材料，猜想她也是制作客家粄的一把好手，隐隐期待她参赛，延续一个客家粄故事。

白企村首届客家粄制作比赛在 2023 年 5 月 13 日举行（文智诚／摄）

当天甘观凤妈妈送给我们的青团叫艾粄。采摘新鲜的艾草用水洗净，将艾叶倒入开水中翻搅浸煮，待艾香逐渐被释放，捞出剁碎，和入糯米粉中，裹馅制团，以模具按压制成饼状，或以煮过的蕉叶包裹成叶仔。

艾粄于清明节制作，不同客家粄对应不同时令，四季皆可制作，如过年蒸大笼粄（甜粄），三月三做三丫苦粄，清明做艾粄，炎夏制作硬馒头粄，秋天采收萝卜制作萝卜粄，寒冬用腊味煮芋头糕等。客家人做粄还少不得煎堆、叶仔粄。粄让客家人全年的节日充满了仪式感。

追溯客家粄的源头，皆因一个族群的靠山吃山，与大自然共存。

旧时缺医少药，而客家人临山而居，草木繁多，客家人多取草药煲凉茶，也在制粄的过程中加入一些中草药的汁液或根茎之粉，制成具有食疗作用的粄。如加入土茯苓的硬馒头粄，加入艾叶的艾粄，加入三丫苦的三丫苦粄，还有加入鸡屎藤的鸡屎藤粄等。

想起一段时间里行走白企，看到多数家庭门口，种了星星点点的芭蕉、芋头，都是制作客家粄的包装材料。

每次跟客家人交流，他们都能报出一串中药材名，都是附近山上随时可以采挖的，不少中药材就在房前屋后自然生长，有的被村民挖回家，当花草树木种下。现在知道，许多中药材是他们制作客家粄的原料。

二

比赛前一周，天下起连场雨，停不下来。天气预报报道，周六周日有大雨，我隐隐有些担心，天公不作美，比赛可能要延期，毕竟只是一场村级比赛，犯不着跟天气过不去，不料，村里斩钉截铁地表态：风雨无阻。

深深感受到客家人对客家粄的执着，当天冒着大雨去了现场，看到村里临时搭了一个洁白的太空帐篷，充当雨棚，将整个比赛场地罩起来。

主办单位邀请两名专业评委，一个是市级非遗三乡茶果传统饮食习俗代表性传承人张泳瑜，一个是中山广播电视台《中山美食游》主持人贝琪。另外安排五六十名大众评委。评委现场观摩客家粄制作，现场品尝，现场打分。

14对选手在雨棚里架锅造饭，年龄最大的85岁，年龄最小的也33岁了。现场制作叶仔粄、萝卜粄、大笼粄、煎堆、芋粄、萝卜粄、鸡子酒濑粉、豆捞、三丫苦粄、濑粄汤、烘粉糍、艾粄、鸡屎藤粄、酵粄、灰水粄等。

围观者将现场围了个水泄不通，热烈气氛远远超过预期。

我在现场见到黄建群，没有见到他的太太，知道他们家没有参赛，有些许遗憾。

所幸，甘观凤的爸爸甘锦辉出现在参赛者中，与员工梁顺好搭档，做的是濑粄汤和烘粉糍。一份濑粄汤，用上了糯米粉、虾米、瑶柱、腊味、冬菇、萝卜、青菜、葱八种食材。先将米粉用水搅成糊状备用。把虾米、瑶柱、腊味、冬菇、萝卜、青菜放锅中炒香，兑入开水煮开，将粉糊淋在锅边，待粉糊成块后铲入锅中，如此重复多次，最后放入葱花、调料，就成为独特可口的美味了。当天的比赛中，他们获得二等奖。

跟现场参赛者交流，得知他们多是一家人，有夫妻、婆媳、母女、姐妹，也有店主和员工。当天获得唯一一等奖的刘观媚、黄锡娴自称妯娌，以豆捞和煎堆制作摘得桂冠，成为全场笑得最开心的一对姐妹。追问她们的妯娌关系，她们说两个人的先生是堂兄弟，这样说来，算不上真正的妯娌，却是一对难得的姐妹。她俩跟着村里的老人学会了制作客家粄，因为手艺出众，常有附近村民向她们订做茶果。

第 11 对选手甘英琼、甘燕平是田心自然村一对姐妹，姐姐甘英琼 64 岁，妹妹甘燕平 59 岁，她俩现场制作了鸡屎藤粄、叶仔粄，热情地邀请身边每一个人品尝。她们说，小时候跟着妈妈学会了做客家粄，现在母亲不在了，做粄的手艺传承下来，家里经常制作粄，当零食吃，当天用的艾叶是自家种的，鸡屎藤路边就有。她们获得了二等奖。

想起小时候的炒米、麻糕，是一年难得吃几次的人间美味，都是妈妈的味道。我忽然读出了客家粄里的温情，知道这是一个族群的家庭仪式，在贫瘠的土地上，在物资匮乏的年月，就地取材，用巧手烹制家乡味道，留住岁月温情。

三

比赛现场，也许是受了触动，邻村翠亨村党委书记、村委会主任甘国威说，翠亨村也将举办客家粄比赛。

与白企村类似，翠亨村是一个以客家人为主的村，现有 20 个自然村、25 个村民小组，除翠亨、下沙外，其余 18 个自然村都是客家人，客家人口占全村总人口的 2/3。甘国威本人也是客家人，是石门白石岗村民。

显然，这次比赛产生的热烈反响，在客家人中产生了广泛共鸣。

白企粄主要有如下品类：叶仔粄、萝卜粄、芋粄、三丫苦粄、艾粄、鸡屎藤粄、硬馒头粄、灰水粄、大笼粄（甜粄、年糕）、牛筋粄、粘酵粄、七层粄、发粄（罐仔粄）、白糕仔、濑粄汤、烘粉糍、煎堆、客家汤圆、芦兜粽、鸡子酒濑粉等。

早年间，客家人的先祖为了躲避战乱和饥荒南迁而来，逐渐在粤闽赣三省交界的山区地带定居下来，艰苦的环境塑造了客家人吃苦耐劳的性格。在山间耕作一整天，米饭不易携带保存，于是客家人把米饭捣碎，加工成各类"粄"，"粄文化"应运而生。这是客家人苦中作乐的生活态度的一种体现。"粄"也成为客家的特色标识。

大赛的专业评委、中山广播电视台《中山美食游》主持人贝琪说，客家饮食是粤菜的重要组成部分，白企村举办的这一场客家粄比赛，以小见大，传递妈妈的味道，传承最有客家人共鸣的美食制作技艺。

大赛的专业评委、市级非遗三乡茶果传统饮食习俗代表性传承人张泳瑜说，客家粄和三乡茶果有很多共通之处，不仅仅是制作技艺，更是传承、温暖、好客的味道。

大赛结束，大雨还没有停歇，人们依依不舍散去，白企人已经开始酝酿下一场比赛，是一场客家菜比赛，并酝酿端午节举办荔枝美食嘉年华。

第三节　珠海名厨

白企籍珠海名厨余霭廉（受访者供图）

2023 年 5 月 13 日，我寻访位于白企余屋的桂叔农庄。主人余木桂（人称桂叔）说，农庄掌勺的是儿子余旭源，余旭源的第一个师傅是余霭廉，2004 年左右在珠海食神带着余旭源学艺。

我追问余霭廉现在在哪，桂叔指指农庄旁边一幢小洋楼说，就在家里。一段时间以来追踪白企籍厨师，一直希望接触带出家乡徒弟的大厨，没想到这回撞见了。

试着问桂叔，能找余霭廉谈谈吗？我的本意是，打个电话，如果余霭廉在家，我们过去探访；如果不在家，我们约个时间谈谈。

不料，桂叔立即起身，往余霭廉家走去。不一会儿工夫，余霭廉来到农庄，跟余旭源打个招呼，就来到我们桌前。

一

余霭廉左胳膊肘戴着蓝色护肘，跟蓝色圆领衫颜色差不多，不认真看不容易留意到。

我习惯性举起手机拍照，正对着他的左手肘。他赶忙用右手遮挡一下，提示我不要拍伤处。

问他怎么受的伤，伤得怎么样，他带点苦笑，说 3 月回家，在院子里种菜，用锄头挖土时，可能用力过猛，肘关节部位韧带撕裂，要休息很久。

受伤之前，他在近珠海城轨北站的香山邑酒店的粤兰轩酒楼工作，做的是总厨，负责整个厨房。受伤后，他叫人去顶替自己了。

想起一段时间以来的粤菜师傅工程，一家知名酒楼的总厨，该拥有很高技术职级，问他评了职称没有。

他转身回家，不一会儿，从家里拿来高级中式烹调师职业资格证书，证书编号：0719031002300386，是2007年发的证，已经过去16年了。他说这些年没有再考证，行业内的大厨都知根知底，一般不用厨师证，只有学校食堂承包招标时需要提供厨师证。这份厨师证还是当年的公司老板想承接中山大学珠海校区食堂业务，要求他去考的。考试一周后他就拿到了证。

似乎要证明自己的厨艺，他想起来，自己还是多届"珠海名厨"。

问他证书是否在家里，他想了想，说可能有几份早期证书在家里，多数证书在珠海家里，有的证书留在原来工作的珠海食神，后来回去找过，但找不到了。

说到这里，他又要回家找证书，我劝住了。当天停留时间有限，我还要赶去参加下午两点开始的白企村首届客家粄制作比赛，建议他过后找到了拍照发给我。

初次交流，言谈之间我发现，余霭廉是一个真诚、坦率的人，可以深度交流，于是我们加了微信。

二

后来，他拍照发给我几份证书，包括他2006年12月在"2006珠海美食嘉年华暨第二届名店名厨名菜评选活动"中，被珠海市经贸局、珠海市旅游局、珠海特区报社、珠海市餐饮协会评为珠海名厨；2007年12月，在"2007珠海美食嘉年华暨第三届名店名厨名菜评选活动"中，被珠海特区报社、珠海市旅游局、珠海市餐饮协会评为珠海名厨；

2009 年 9 月完成由法国米其林三星级殊荣的名厨 Alain Passard 授教的马爹利至臻独创美馔课程，获授荣誉证书。

余霭廉翻出 2017 年珠海十大品牌名店名菜评选活动中评选出的珠海十大名菜，说排名仅次于"渔歌唱晚"的"芝士香蚝"是自己研发出来的。当年，珠海评选四大美食十大名菜，他带着自己研发的"芝士香蚝"参赛，拿到大奖，证书就留在当时工作的食神公司。

芝士香蚝选用珠海四大美食之一的横琴蚝制作，用芝士、牛油等烹制，用芝士煮融成浆，淋在蚝上面，蚝的鲜味与芝士味一同碰撞出另一种鲜，香气逼人，鲜美甜嫩。

他记得芝士香蚝是自己在 2000 年左右研发成功的。

三

1969 年出生的余霭廉，是改革开放后白企村余屋早期走出去的厨师之一。跟他差不多时间出道的有余剑锋、余敬科等，都是余屋厨师的带头大哥，从家乡带出了不少徒弟。

当天的交流中，余霭廉三言两语就把当地厨师的学艺之道说清楚了。

"余屋改革开放之初只有四五个人做厨师，后来越带越多。我跟余剑锋、余敬科几个人是早期出去的，因为家里穷，我们十多岁就出去学厨艺。当年几个人到珠海聚首时，余剑锋已在湾仔龙泉做餐饮楼面管理，同学介绍余敬科去了香洲，姐夫介绍我去了拱北，后来我跟余敬科去了惠州、顺德，跟着香港师傅一起做。"

在他的描述中，他们几个人分分合合，先自己学艺，后来带着徒弟辗转各地。

余霭廉的第一份职业并非餐饮，而是采购。当年，姐夫介绍他去拱北做采购，他看到厨师有手艺，就转行进了餐饮业。余剑锋在湾仔龙泉工作时，他也去过龙泉工作。

他们最初的主阵地是广东，后来粤菜在北方兴起，北方粤菜师傅月薪比南方高一两千元，大批粤菜师傅北上，他们走过全国许多地方，在新疆、内蒙古、北京停留时间较长。印象最深刻的是 20 世纪 90 年代，那是广东厨师的黄金时代，因为各地欢迎广东和港澳客商投资、贸易，许多高端酒楼担心本地厨师出品不能迎合广东人和港澳人的口味，担心有的太辣，有的偏咸，所以尤其欢迎广东厨师和港澳厨师。于是，跳槽成为粤菜厨师当年涨薪的捷径，往往换个城市月薪就上涨 1000 元。

当年，他在珠海一家酒楼月薪是 4000 元，内蒙古的粤菜师傅月薪已经达到 5000 元。

1996 年他去北京，两年后去内蒙古，又两年后去新疆，月薪一路从五六千元涨到八千元左右。

后来，他回到珠海，扎下根来，安居乐业，没有再挪窝，工作时间最长的是珠海食神。离开食神前，担任总厨的他，每月底薪 1.5 万元，另加纯利提成 20%，由他与楼面经理两个人分，15% 纯利提成由他分配，分给点心、烧味等各个部门，他一年分到一二十万元提成。那时，他的年收入稳定在二三十万元，也获得了很多荣誉。

疫情三年，餐饮业受到冲击，他深耕近 20 年的珠海食神的几个门店都关闭了。2022 年 3 月他离开食神，7 月去了珠海粤兰轩，底薪从食神的每月 1.5 万元提高到了 1.8 万元，但没了利润提成，收入实际上下降了。

四

余霭廉脑子里有一本行业账，说餐饮业进入高成本运作时代，租金、人工、物价都在上涨，典型的是用工规模最大的服务员工资越来越接近厨师。1996 年至 1997 年，酒楼服务员月薪仅 400 元上下，现在服务员月薪达到四五千元，20多年上涨十多倍；普通厨师月薪多年在六七千元停滞不前。餐饮企业都在想方设法降低运营成本，尽量减少用工。他说，一家酒楼早茶项目，以前一个服务员负责三张台，现在三个服务员负责一个厅。不少餐厅尝试以机器人替代服务员，但传菜员终究无法用机器人替代。

他以一家500个餐位的餐厅为例，以前要七八个厨师，现在只要四五个厨师。这样的行业环境下，行业服务质量下降难以避免。

他说餐饮业慢工出精品，以前重视出品质量和上菜速度，现在出精品越来越难，有时厨房做好的菜放在车上需要等候超十分钟。

他感叹，厨师业的黄金期似乎已经过去了。这些年，跟他一起出道的许多人都开了酒楼，自己没有动过开酒楼的念头，因为酒楼投资太大，即使创业，也只能选择开农庄或早餐店。

说起跟师学厨艺，他说余旭源十五六岁刚出校门就跟着自己到珠海食神学艺。在食神的分店山海楼，当时他在那里做管理，让余旭源大胆炒菜，自由发挥。一年后，余旭源跟着余剑锋去了石家庄。

现在，厨艺对年轻人的吸引力逐步降低，肯学厨艺的年轻人越来越少。但他认为，厨艺终究需要有人坚守。

当天雨下个不停，我们急着赶往客家板比赛现场，不得不结束交流。

望着余霭廉端着左臂离开，真心祝愿他的伤早日康复。问他康复后准备做什么，他说可能不回粤兰轩了，毕竟已经有人顶替了他的位置。

我记住了他的话："珠海每间酒楼差不多都认识我。"

我知道，厨艺是他的职业通行证。

第四节　大厨返乡

对乡下农庄主人甘作舟产生好奇，不仅因为他是白企代表性返乡创业大厨，还因为他的爷爷甘玉奇曾是当地知名的百岁老中医，这样的双重身份，为他罩上了一层神秘色彩。我想见见他。

一

通过余敬科与甘作舟联系，相约周六见面。他说，下午2点来吧。

我知道，这个时点，他刚刚忙完午餐，有时间坐下来聊天。

我如约来到位于白企合里片区田心和树坑两个自然村交界处的乡下农庄，在路边树荫下停好车，抬头一看，他正在饭厅遮阳帘边等着我。

农庄贴着路边，比路面高出一截，背后是一座小山。

踏进农庄，进入饭厅，里面只有他一个人在，五名员工回去休息了，等着下午四点半再来上班，恭候晚餐的客人。

他领着我穿过饭厅，来到客厅，这里被辟为服务厅，门口靠窗位置摆着他的办公台，厅内摆了两张大桌子，其中一张桌子上放着分装好的粽子和加工好的鸡鸭。

农庄有5间房，加上饭厅，摆下12张桌。他说，节日客流量大的时候，要翻两次台，夏天客人相对少一些，算是淡季。

正说着话，有客人从外面进来，他吩咐客人取走一份粽子。

客人从冲口村来，离这里有约十公里路程，距离有点远。我问他，粽子并不稀罕，客人何以大老远到这里买一袋粽子？

他说，这里老顾客多，吃到味道好的东西会介绍朋友过来，今天这个客户订的芦兜粽，是隔壁田心自然村一对姐妹做的，自己帮她们代卖。

听到田心自然村姐妹，突然想起5月13日白企村首届客家粄制作

返乡创业的乡下农庄主人甘作舟（程明盛／摄）

比赛现场见到的第 11 对选手甘英琼、甘燕平姐妹，当天现场制作的叶仔粄和鸡屎藤粄获得二等奖，还带去了前一天在家制作的芦兜粽，热情地请观看比赛的人品尝。

现场调出当天拍摄的两姐妹照片，他说正是这对亲姐妹，她们制作客家粄手艺出众，经常制作应节客家粄，通过乡下农庄代卖，两姐妹闲暇时会到乡下农庄来打散工。

芦兜粽没有纳入当天客家粄现场制作比赛，因为芦兜粽制作程序烦琐，需要通宵达旦，无法现场制作完成。

甘作舟说，两姐妹这个月都在忙着包芦兜粽，经常晚上十点多才包完粽子，然后放进煨炉里煨煮十多个小时。仅处理包粽子的芦兜叶，就要经过去刺、煮叶杀青、晾晒、浸水等环节。

二

话题转入甘作舟的学艺过程，听到的是一个农村青年 20 多年的职业坚守。

甘作舟 1982 年出生，1999 年从南朗理工学校毕业不久，跟着余屋自然村的余敬科进了小桃源大酒楼张家边分店，在大榕树那儿，旁边就是当年中山鼎鼎有名的海港大酒楼。

当时，余敬科在家乡招学徒，他跟着进了鲍鱼房，从学徒开始做起。这里是酒楼的高品制作间，燕鲍翅都在这里完成，他的学艺之路从煮汤开始，清汤、高汤、浓汤一样也不落下。一煲高汤，首先要掌握好火候，讲究食材搭配，取不同食材之长，如瑶柱的清甜和干货的鲜味、骨头的肉香等。

2000 年，功夫初成的他，跟着师傅余敬科去了位于东莞篁村的利苑海鲜酒家，是中山小桃源在东莞开拓的第一家店。

一年后，一个朋友在清溪开酒楼，请甘作舟帮手。

非典疫情那一年，甘作舟听从余敬科召唤，去了位于深圳福田湖北大厦的顺风渔港。

他说，后来的许多年里，就是跟着余剑锋、余敬科兄弟调来调去，始终没有离开鲍鱼房。他从 2007 年开始担任鲍鱼房主管，往往开一家新店，就带着团队过去，负责高品制作。对于一家上档次的酒楼来说，鲍鱼房就是品质、品位的代表，南方的鲍鱼房，在北方被叫成高品制作间，汤、鲍鱼、海参、刺生、鱼肚、燕窝、发胶等都在高品房烹制。

2008 年，他回到东莞，到了东城福临门，是余敬科跟朋友投资的店，在这里干了三四年，之后去了深圳市阿锋餐饮管理有限公司总店。

后来，阿锋餐饮到南昌开连锁店，他被派了过去。

他说，职业生涯里做过很多珍品，如窝麻、极品鲍。他说做过四头的鲍鱼，即四只鲍鱼一斤重。

以他这样的职业履历，应该拥有许多荣誉。问他是否考过职业资格证、参加过市级比赛，他摇摇头，说在公司工作那么多年，不需要职业资格证，市级比赛都是派厨师长去，主管不参赛。在上规模的大酒楼，一个厨师长下面有多个主管，如砧板（案板）、炒锅、鲍鱼、刺生、烧味、砂锅（煲仔煎炸）、点心等分别设有主管。

准备离开阿锋餐饮回乡创业前，他有意在不同档口学了一圈。他说，做这一行靠人的悟性，用眼睛去看，自己去领悟。

我隐隐为他感到遗憾，他没有那些能证明自己身怀绝技的关键证书，一直在用出品说话，用口碑为自己赢得信任，真实得有些令人感动。

三

回乡创业前，他恋爱了，对方是他的同学，在家乡工作。

他想稳定下来，不再漂泊在外。两个人决定，回到家乡村庄，开一家农庄，把自己家房子改造成农庄。那时，家乡的农庄还比较少，他携都市厨艺归来，给山村吹来一股新风，不时会有客人请他加工鲍鱼，有公司老板订货，也有酒楼订货。

乡下农庄以家庭消费为主，农庄越开越多，客人不断分流，竞争大了起来。性价比高、口味好成为客人选择的关键。农庄需要不断翻新花样，才能吸引更远的客人。他欣喜地看到，农庄引来了周边城市乃至澳门的客人，这是人们用远道而来投下的信任票。春节、清明等消费旺季，农庄往往客满，有时一顿要翻两次台，鸡鸭鹅和山村时令蔬菜更受客人青睐。

正说着话，想起山后的鸡该喂食了，他从库房里舀起一碗玉米，走到山边，拉开丝网，走了进去，一群三黄鸡闻声赶来。他说，给鸡喂的是饭菜、玉米粒之类的粗粮，不喂饲料，鸡也就长得慢。他说，鸡养的时间长才有鸡味。农庄的时令蔬菜多是周围的乡亲种的，他常常给高一点价格。

言谈中，他面色疲惫。每天早上 6 点多他就起床，7 点出去买菜，8 点多买菜回来。等他准备得差不多了，9:30 上班的员工也就到了。

下午 2 点员工回家午休，他往往闲不下来，不断有人来取订购的菜品和客家板，店里也需要人守着。

开店几年了，问他坚守的原动力，他说守店更难，因为客人要求在变，要不断创新，在口味、价格、创意上下工夫。

眼看下午上班时间越来越近，他还没有休息，不忍耽搁他太久，起身告辞，发现外面饭厅里已有人等在那儿。

第五节　黑豆腐的秘密

春天去孙中山故里南朗白企寻访，村里人请我去村委会旁边的元山村口圆山农庄，农庄就守在三大片区之一的白企片区入口。上来第一道菜是一盘客家黑豆腐，店主兼厨师甘颂华说，这黑豆腐不用石膏点卤，提前一晚泡好三斤黑豆，一天只做十板，每天限量供应 20 份，豆腐不过夜，成了农庄名片。

听说限量供应，我便对这黑豆腐产生好奇。

小时候跟着族亲做豆腐，知道石膏是做豆腐的必需品，更骄傲于石膏是享有"膏都盐海"美誉的家乡湖北应城市的特产。

而今这黑豆腐，香味扑鼻，看上去嫩滑，吹弹可破，尝一尝入口即化，跟平时吃惯的豆腐迥然不同，顿时有了探究的愿望。跟店主兼厨师甘颂华约定，改天来看他做黑豆腐。

圆山农庄主人甘颂华做黑豆腐（程明盛／摄）

一

　　按照约定，我隔天去了农庄，上午9点，陆续有村民送来自家种的蔬菜。元山村人甘卫彬等员工正在店里忙活，老板娘林英和广西来的何大姐忙着择菜，甘卫彬忙着宰鸡。甘颂华还没到店里，厨师梁嘉俊已开始备料，先将50个鸡蛋打到一个金属面盆里，这是五板豆腐的用蛋量，相当于每份豆腐用五个鸡蛋。接着将前一晚泡在盆里的黑豆舀出来，装进豆浆机里，加水，按动按钮，一阵轰响过后，壶里的黑豆被打碎成浆，如此再三。豆浆装在一个布袋里，浸到鸡蛋盆里，让蛋液渗入豆浆里。待盆里的蛋黄看不清了，将布袋挂到工作台上方的挂钩上，揉捏布袋，将豆浆滤到台上的脸盆里，充分搅拌。搅拌好的豆浆分装到五个方形盘里，将鸡蛋倒进装盘的豆浆里，让豆浆凝固。

这时，甘颂华赶到。他说声抱歉，说前一晚忙到很晚，今早多睡了一会儿。

他接过梁嘉俊手里的活，用筷子比画一下五个盘子里半凝固的豆浆，确认每一盘的厚度差不多，将豆浆盘逐个送进蒸炉。他说，用最小蒸汽蒸，五分钟后转小火，不然豆腐容易老。这个过程需要半小时，中间约十分钟开炉门透一次气，直到嫩滑的豆腐出炉。

到这时，我知道了这客家豆腐的秘密，豆腐凝固靠的是土鸡蛋，鸡蛋量大，凝固效果就好。豆腐的香味也来自土鸡蛋，蒸豆腐的过程则像蒸水蛋，需要掌握好火候，弄不好就老了或嫩了。

一炉豆腐大功告成，他重复一遍前面的程序。

第二批五盘豆腐出炉，第一批客人也就到了，客家豆腐果然成了必选。

新鲜出炉的黑豆腐入锅，用杂菇、蚝油、蒜蓉、葱烹制，出锅后，既有黑豆味，又有鸡蛋香味。这道菜成为农庄的招牌。

他说这道黑豆腐，是他走南闯北，看了很多种豆腐做法，自己摸索出来的，跟外面批量做出来的白豆腐不一样，下的成本很大。原来用的是黄豆，后来改成黑豆。

二

我看他在一盘豆腐上下的工夫，对他的厨艺越发好奇，追问他学艺的过程。他算起来，从 2000 年 20 岁时开始学艺至今，已经有 23 年时间。

他早期在广东各地走，最早在南朗当地学了三个月，就在南朗榄边路口明记餐厅做厨房打杂，从认识盘碟开始，月薪只有区区 300 元，少得可怜。

第二家去的是位于中山南区的南海渔村，一家上档次的酒楼，干的仍然是杂工，学会了厨师的基本功。

之后，他进入本地知名餐饮企业海港大酒楼，在库充牌坊对面的东悦轩做了多年，成了炒菜的厨师，开始接触高档龙虾、鲍鱼、鱼翅。

学艺的日子，他不停跳槽，北京、陕西、安徽，走过多个省市。印象最深的是，有一年到了陕西商洛郊区一家筹备中的酒店，酒店还没开业，酒店不包吃，附近吃饭的地方少，他们找到附近一家饭馆，店里不供应米饭，只有面食。第一次吃到正宗陕西肉夹馍，顿生好感，以后的七天，就吃肉夹馍，只是，几天之后，他就感觉腻了，后来很少再吃肉夹馍。连续七天没吃到米饭，他不得不走到更远的饭馆。

在东莞一个酒楼，他认识了现在的老婆，他笑言"她爱上了我"。说这话时，夫妻俩露出了羞怯的笑容。他说，那时自己在厨房，林英在楼面工作。

结婚之后，他到处走，试图寻找创业机会，每到一地，就了解当地饮食文化。

为了学做电白鸡、电白鸭，他跟着林英去了她的家乡茂名电白，寻到一家酒楼偷师学艺。

只是，到了大儿子上幼儿园的年龄，准备要第二个孩子，他的心开始回归，希望安定下来，离家人更近一点，照顾家庭。小学没毕业的他，知道没有学历的苦恼，希望孩子接受更好的教育，自己多花一点时间陪伴孩子。

他选择了回归，到南朗街头开了自己的夜宵店。回乡之前，他在澳门一家酒楼工作，忍痛放弃。

三

他太拼了，夜宵店每天凌晨 3 点开始忙活，一直干到天亮，过着晨昏颠倒的生活。

这是他第一次开店，夜宵店有十多张台，主打鲫鱼粥和煲仔饭。

三四年之后，他的身体越来越吃不消，他转而经营早餐，那是2013年，他换了店面。

每天凌晨 3 点，他准时起床，煲粥，准备食材，制作早餐，一直忙到下午 2 点。

早餐并不如他想象，就像不少乡亲遭遇的一样，长时间高强度工作后，患上腰疼病，自言太辛苦，一度想要放弃。

纠结之下，他决定回到自己家乡，在村口开一家农庄，用自己积攒的厨艺，经营家乡菜。

他选定了村口的空地，是以前放电影的地方，他记得，小时候在这里看中国第一颗原子弹试爆。

他们在空地上搭起平房，一个拥有十多张台的农庄开起来，就地取材。自己养鸡养鸭，收购附近的鱼回来"吊水"，村里人送来自留地上种的大薯、淮山等薯类和猪婀菜、萝卜、葱等蔬菜。他说六七成蔬菜是村民自产的，一天就要用掉村民种的 10 公斤蔬菜。

问他用不用附近山里的菌类，他狠狠地摇摇头，说山里菌类虽然好吃，但担心安全问题，不敢尝试。

看他的刀功，手起刀落处，食材被切成小块，大小适中。

黑豆腐、煎焗鱼嘴、走地鸡、客家咸鸡、客家咸鸭、冬香腊肠肉等是他的拿手菜。看他端上来的煎焗鱼嘴，煎至两边金黄，咬一口满嘴酥香，软滑爽口。他说改良了一下煎鱼的技法，广东人以前喜欢纯天然，自己考虑到不少人喜欢加点辣，就加了辣味，适应更多人的需求。看他的客家咸鸡，色泽亮黄，肉质鲜嫩略紧实，鸡皮脆爽少油脂。

想看他烹制煎鱼嘴、客家咸鸡，看亮黄色是怎样做出来的，但客人忽然多起来，我不便打扰，悻悻然离开。

临别时，他说看着山村面貌一年一变，来来往往的客人越来越多，总想着为村里做点事。抗疫时，他看到村口的核酸检测点，工作人员防护服穿得严严实实，大热天里汗流浃背，主动捐了四台空调扇，用了几千元，他说这样心安一些。

第六节　客人教我做大厨

到白企村寻味，20 多家农庄密布在贝里、白企、合里三条山沟，有点数不过来。

追溯白企农庄源头，一致指向贝里片区徐刘、贺屋、甘屋三个自然村交界处的乡野农庄，到 2023 年已经有 21 年历史。

这里位于原贝里行政村村委会所在地，2001 年贝里、白企、合里三个行政村合并组建白企行政村后，贝里村完成历史使命。次年，乡野农庄在这里诞生，一年后转手，接盘者是胡须佬，一个真名被人忽略的乡村厨师，农庄也经常被人们唤作胡须佬。

他是甘屋自然村人甘锦辉。

一

那天在贺屋自然村见到村民小组副组长贺润崧，1946 年出生的他，说自己是厨师出身。我想起路口的乡野农庄，他说是自己 2002 年建起来的，初时给 2000 年成立的中山市南朗镇美艺塑像植发厂员工做饭，做成大排档，最初只有 70 平方米，做了一年，转让给胡须佬。

后来，美艺塑像植发厂不再经营，原来的厂房改了仓库，工厂客人散去，胡须佬反而迎来了农庄的"春天"，加建了 70 平方米，租下了旧村委会一部分，经营面积近 200 平方米，节日假期摆满 13 张餐台，其中厅里 3 张台、旁边 1 间大房、后面 3 间普通房，门外摆下 6 张台。

最初认识胡须佬，是因为他的女儿。我调查写作纪实文学作品《出伶仃洋：崖口村人文镜像》时，采访了崖口媳妇甘观凤，一个以雕琢乡

乡野农庄主人甘锦辉，人称胡须佬（程明盛／摄）

村美为己任的 90 后客家妹子，她著有《行走古村落》。我一直惦记着她娘家，每逢大雨涨水，门口鱼塘里的鱼是否会跑到家门口。

2022 年清明节，我跟着她回了一趟娘家。其时她正在怀孕中，挺着肚子跟着我们满山跑，回程时请我们去乡野农庄坐坐。告辞时，她的妈妈杨小清给我们送上刚做的青团。那时，我对客家粄还没有感觉，不知道青团里蕴含的客家情感。

乡野农庄守在贝里片区路口，我周末走访贝里片区经常路过乡野农庄，吃饭时间，隔着车窗看一眼，店里往往客满，心里疑惑，客人到这里吃什么？

一直想找个时间去了解一下，试着向甘观凤打听，她爸妈什么时间方便，我想去探访一下。甘观凤告诉我，她爸妈一般周一到周四下午 2

点到 4 点半都有时间。

我记住了她提供的时间，但工作日走不开，毕竟乡土调查是工作之外的事，不能占用工作时间。于是，寻个周末，午饭之后，晚饭之前，估摸着他们得闲，到店门口碰碰运气。

走到路口，甘锦辉看到我，远远地向我挥手，露出灿烂的微笑。店里没有客人，我心里一阵窃喜：今天可以聊天了。

我将车停下来，径直走了进去，一眼瞥见，一旁的大房里，一桌人正在聊天，等着吃饭时间到来，心里隐隐有些不安。试着问他，会不会耽搁他生意，方不方便聊聊。

他给了我一个灿烂的笑容，好像等着我到来。

二

刚要落座，他说声抱歉："我先杀几只鸡。"

我忽然意识到，当天来得不是时候，这时已经到了备料时间。

我带点歉意，示意他忙自己的，我就跟着他看看，不影响他工作。

跟着他走进厨房，女主人正在淘米，两个阿姨正在忙着杀鸡，厨师正在砧板上斩鸡，盆里、筐里、砧板边躺着约 20 只去掉毛的鸡。鸡养在路边靠墙区间，隔着丝网能够看到。

他走进饲养区喂鸡，说店里用的都是三黄鸡，抓回来重新养，要在店里放养一段时间才吃。

问他店里节日假期一天吃多少只鸡，他说周末假期翻台率高，一天能卖出 60 只鸡。

我目测了一下，路边饲养区也就几十平方米，满足不了店里的消费需求。

他听了，推开一扇通往后墙的门。原来从农庄到旧村委会，后墙到田地之间的长条形空间被他们租下来，全部用来养鸡，一大群鸡正在草丛里觅食。

他说，店里最出名的就数炒三黄鸡，几乎每桌客人必点。

我的疑问冲口而出："这炒鸡是怎样做出名的？"

他给了我一个意外的回答，说很多客人吃过之后发抖音和朋友圈，客人看到了，指定要吃这里的炒鸡。

正说着话，甘锦辉接到一个订位电话，客人确认炒鸡后，追问别的菜。他耐心地告诉客人，只有炒三黄鸡贵一点，120元一只，别的多是小炒，10多元都可以吃到一份。

听得出来，对方是初次接触这里，对店里的菜品并不熟悉。

挂断电话，甘锦辉说味道好才吸引人，靠自己宣传不行，这里回头客多。

这款炒鸡，炒的时候保持鸡的原味，只加一点砂糖、酱油、蚝油、姜、葱，用猛火煎，煎的环节最重要，要浸到刚好熟，令肉质鲜甜、皮脆、肉嫩。

三

问他学厨艺的经历，他说是客人教他的。

我一下子噎住了，这个回答超出了我的想象，他一点都不掩饰自己的短板，我不知道怎么接话。

他接着说，2003年春节接手这家店，春节后开张，之前在沙溪修了十多年车，那时两个孩子都在上小学，女儿上四年级，儿子上三年级，工作的地方离家太远，想离家近一点，方便照顾家小。

他说："我最初不会厨艺，请了厨师和阿姨，刚当老板，其实什么都不会。之前店子以早餐和快餐为主，接手后改做炒鸡，开始炒得一塌糊涂，客人不满意，就教我们怎么炒。"

想象客人教主人炒鸡的一幕，莫名地有些感动，知道他们身上有跟别人不一样的东西，让人产生信任，愿意帮他们。

这里常年收购附近老人种的菜，番薯叶、猪姆菜、潺菜等，每天早晨送来。他们的作息时间，准确得像闹钟，夫妻俩 7 点起来买菜，然后备菜，员工上午 9 点上班，忙到下午 2 点；员工下午 4 点上班，到晚上 8 点不再接单，营业到 9 点多，等客人离开。

店子常年由三个员工和夫妻俩守着，他说，做农庄真的很累，员工可以休息，自己没得休息，有时周末假期儿子媳妇和女儿来帮忙。每过一段时间，他们就关店休息几天，在店门口和朋友圈贴张告示。

正说着话，他忽然打住："我炒个鸡。"转身就进了厨房。

我跟了过去，看着他将之前描述的程序过了一遍。他说，大房的客人说可以上炒鸡了。

我知道到了他的忙碌时间，不便继续打扰，转身告辞，把到嘴边的问题咽了回去。转头问甘观凤："你爸爸的胡子是开农庄之前还是开农庄之后留的？"我一直对他标志性的长须好奇，琢磨过他胡须里的秘密，但捉摸不透。

甘观凤告诉我，他爸爸 2003 年春节前留的山羊须，因为过了年是羊年，相信男人留山羊胡须可以带来好运，以此祈愿农庄顺利。她还说，爸爸年轻的时候长得比较嫩，长着一张娃娃脸，留胡子看起来可以成熟点。

掐指算来，1969 年出生的甘锦辉，2002 年底决定接手乡野农庄时，还是个 33 岁的年轻人，不知不觉已经 21 年光阴，胡须变得稀疏，看得见几缕白须，他把人生最美好的阶段奉献给了农庄。

第七节　兄妹档

"我走遍了半个中国。"

在位于白企村徐刘牌坊口的甘记农庄，听主人兼大厨甘华强说这话时，我吃了一惊：这是个有故事的人。

借着客人散去，他闲下来时，邀他坐下，听他讲厨师经历，试图翻开一个年轻大厨的人生书页。

一

我一次次从甘记农庄门前路过，看到店家门口张挂着"南朗十大名菜"海报，心里掂量过，在一个大厨辈出的地方，烹制出十大名菜的，绝非等闲之辈，何以栖身一个小山村，守着一家并不起眼的小农庄？

那天周末，我上午走访徐刘自然村，结束时已经是中午 1 点。村民小组组长徐桂根留我吃顿饭，径直去了村口的甘记农庄，就坐在门外。

我们成了农庄午餐最后来客，接近打烊时间，没了耽误他迎客的顾虑。

甘记农庄大厨甘华强（文智诚／摄）

出来迎接我们的是一位年轻女子，告诉我们，农庄是兄妹俩开的，哥哥甘华强掌管厨房，自己负责店面，她自报姓名，叫甘金好，在学校学的是管理，这些年跟着哥哥创业，成了兄妹档。

我单刀直入，问烹制"南朗十大名菜"的大厨是谁。

她转身进店，请出哥哥。

一个穿黑色体恤、黑色长裤的中年男子来到桌前，看上去个子不高，满脸含笑，一开口就把我怔住了："我有中式烹调师高级技能职业资格证书。"

之前知道，中式烹调师有职业资格证书和职业技能等级证书两种，职业资格证书是国家人力资源和社会保障部颁发的。

见我好奇，他转身进店，从里间拿出一本职业资格证书。翻开来，显示颁证时间是 2011 年，那一年，1985 年出生的他年仅 26 岁。至 2023 年，他出道 12 年，已经是一个资深厨师了。

转而追问他的厨师经历，他感叹："做厨师的路太难了。"

他 15 岁初中毕业就省内省外到处跑，为的是学艺。他说，为了学多一点厨艺，付出特别多辛酸和煎熬，特别是过年过节，都在厨房里面度过。

想象一个刚出校门的未成年人，为了学艺走南闯北，心里暗生敬佩，他却说，当地很多年轻人跟自己一样，小小年纪就出外打工学艺，很多人学做厨师。

在他身上，我分明看见客家少年的影子，他们表现出鲜明的群体特征，也就解释了白企村厨师辈出的原因。

二

他的第一份工作是在珠海吉大一家酒楼。那是 2000 年，他跟着当地一个厨师出去，做的是杂工，一做就是半年。

后来的日子，他跟着师傅去省内的深圳、东莞、顺德大良、佛山三水，去省外的西安、太原、武汉、长沙等地，目的是学习不同的菜系。

他清楚地记得，去深圳之前，在西安颇负盛名的唐乐宫歌舞剧院餐厅做大厨，那是一家集餐饮、唐歌舞表演为一体的涉外旅游企业，客人来自五湖四海。

每到一个地方，就学做当地特色菜。

2011 年考取中式烹调师高级技能职业资格证书时，他是南朗昆仑酒店大厨。

2013 年，他跟着家乡鼎鼎有名的大厨余敬科学习，一步一脚印。甘华强是合里片剑门人，余敬科是合里片余屋人，两个人的家相距几百米。

回到家乡白企前，甘华强在深圳龙华管理大福饮食（深圳）有限公司民治店，主要经营脆肉鲩、中山鸽等中山名菜，店子有 200 多平方米，月租就要 2.8 万元左右，加上水电和物业费，一个月就需要 4 万元，还要承担人员开支。2020 年起遭遇疫情，跟全国餐饮业一样，店子经营遇到困境。2021 年 7 月，投资者选择了关门，他回到家乡村庄开起了甘记农庄，选址在乡野农庄对面，似乎摆开了叫阵的架势。

三

这是一个全新的开始，带着满身厨艺返乡，他以一个"南朗十大名菜"证明了自己的价值。

那是 2022 年 7 月，南朗街道举办 2022 年度"南朗十大名菜"评选暨"南朗十大传统美食"征集及评选活动。他穿着洁白的厨师服，以 3 号选手身份，携拿手好菜"咸蛋黄焗大虾"登台参赛，现场烹制这道菜。一台电磁炉摆在台上，上面一口油锅，他在众目睽睽下施展厨艺。

他先将虾炸酥脆，再下咸蛋黄，下锅炒香起泡，调味后，将提前炸好的面包糠下锅炒，拌均匀后起锅。

这道菜是他自己琢磨出来的，经过五道工序。他说，炸虾一定要酥脆，关键是控制好油温，虾下锅时，油温控制在140度左右，还可以更高一点，要看虾的大小和虾的品种。这样做出来的咸蛋黄焗大虾，酥脆、飘香、回味无穷，现场赢得专业评委高度评价，获得3000元奖金。

交流中发现，他们是一对坦诚得一览无余的兄妹，有问必答，将店内名菜的烹制方法和盘托出，没有半点防范意识。

正说着话，我们的香茅紫苏炒走地鸡端上来，摆到餐桌炉子上，点火。锅里的鸡已经半熟，新鲜的香茅、紫苏和薄荷叶放进去，他站在锅边不断翻炒，让香茅、紫苏和薄荷叶入味，然后请我们动筷。

就像咸蛋黄焗大虾一样，这道菜也是他自己琢磨出来的，几种青菜是甄选出来搭配的，之前还试过别的蔬菜。

想起厨师界的一句名言，一千个厨师就有一千种味道。

中国数以千万计的厨师，每天都在不辞劳苦地烹制美味佳肴，满足人们味蕾上的乡愁。但许多大厨取百家之长，自成风格，摸索出独有秘方，塑造出中餐的百变味道。

而今，看着甘华强这样的大厨，走南闯北之后回归乡村，将杂糅了中国菜精髓的厨艺，与乡土食材融合，幻化出焕然一新的农家宴。

现场琢磨，大厨下乡开农庄，食客不就得开着车下乡寻找美食？

不久前看过《美食荒漠城市》，说的是城市美食越来越贵，普通人吃不起了，反倒是小地方美食扎堆。心想，大厨下乡降维打击，莫非乡村美食叫板城市美食的篇章掀开了？！

第五章 大山里的生态梦

Chapter 5　Eco-dream Deep in the Mountains

　　背靠五桂山自然保护区，面向大海，处在世界八大候鸟迁徙线路中的东亚—澳大利亚迁徙线上，白企得山海田林滩自然景观，拥有大自然的天然馈赠，基本没有工业，生态环境受到最大限度保护。在此基础上孕育出生态型产业，乡村体验游成为沿途风景，一批批师生来到这里，接受自然教育，并体验劳动乐趣，绿水青山不断催生出美丽经济，实现生态效益最大化。

第一节　自然天成一幻园

行走白企山水之间，看山环水绕，听鸟叫虫鸣，常常想起王维的《山居秋暝》："明月松间照，清泉石上流。竹喧归浣女，莲动下渔舟。"

那天到横迳新村寻访，跟着村民小组副组长凌海伦围着村边田地兜了一圈，走到河边，被两岸竹丛挡住视线，听溪水潺潺，很想知道对岸有什么，凌海伦说是幻园。

我一下子来了精神，知道这是我一直想去的地方，因为幻园藏着一个海归、前媒体人的乡村理想，主人公叫沈垒，在白企经营幻园露营地。想不到幻园就在眼前，请他带我过去。

一

我跟着凌海伦穿过竹林，来到横迳新村村口的桥边。原来，这里是连通泮沙排洪渠的合水河，接上游横迳水库和箭竹山水库，经泮沙村流向大海。

桥头是横迳新村与对面南面自然村的分界点，合水河是两个自然村分界线，幻园处在两个自然村交界处，其实离横迳新村更近一些。凌海伦对这里极熟悉，说这里以前是一片苗圃，曾被人用来养鸡养鸭。

我跟着凌海伦过桥，前行，找到幻园入口，一下子被眼前的景致迷住了。

进门右手边的池塘里，绿树掩映下，塘边立着一片梅花桩似的水泥柱，自然生长的水草爬到近岸的水泥柱上。一个大大的疑问升上来，这些水泥柱是被谁竖在水里的，作何用途？

凌海伦揭开了谜底，说这里以前是电子科技大学中山学院农场，水面上以前立着一幢松皮棚，水泥柱就是松皮棚的桩。

我忽然明白了，这是沈垒的杰作，在改造营地时做了加减法，拆除了水面上的松皮棚，留下了桩基础，形成水上"梅花桩"景观。

后来才知道，"梅花桩"景观背后，是他对营地的系列改造，还原了营地的自然生态。

这里场地有 60 亩，其中营区有 40 多亩，由两口池塘和一片紧靠合水河的毛果杜英树组成。毛果杜英约有 1100 棵，整齐排列着。树林成为露营主要区域，树林内铺满干净清爽的石子，四个营区可容纳 60 个营位。

现场没有见到沈垒，他的母亲从两口池塘中间塘埂上的临时建筑里走出来，跟我们打招呼，介绍一下营地，说幻园露营地有两处，这里叫林间泊，隔壁树坑自然村的幻园露营地叫风之谷。

通过朋友联系沈垒，他在家乡新疆出差，正在整合大跨度的自然生态游项目，计划与珠三角露营地等项目联动，短时间回不来。问他幻园露营地设计思路，他做了一段教科书式的解读。

园内两口池塘看似没有实际用途，却是精心布局的候鸟栖息点。

中山沿海位于全球八大候鸟迁徙路线中的东亚—澳大利亚迁徙线。中山海岸线主要位于翠亨新区（南朗街道）、五桂山自然保护区和中山沿海滩涂，以山海田林滩景观，构成天然的候鸟栖息地，吸引白鹭等候鸟永驻，成为留鸟。而白企，地处五桂山自然保护区边缘，与海滨相接，是候鸟栖息地的一部分。

留下"梅花桩"，只是沈至营造候鸟栖息地的一个细节。租下这片地后，他先做减法，首先将水塘水位放低，在浅水面放置场内树木自然脱落下来的枯枝，与留下来的石桩一样，形成天然鸟类停留栖息支点，方便候鸟轻松觅食，吸引成群结队的候鸟来到这里。他也做加法，将树丛中的鸡棚改建成户外观察课室，中间建一个雨水收集池，收集四周落下的雨水，里面有青蛙、福寿螺的卵，自然形成原始生态。

到 2023 年已生长了 13 年的 1100 棵毛果杜英，和周边的野草被精心保存下来，只去除了树林间肆意生长的杂草。

就这样，这里成为一个开展自然教育、自然观察的研学基地，能看到很多城市看不到的鸟兽虫鱼。

二

改天，我直接去了风之谷。

从林间泊所在的南合路前行，在田心自然村路口右转，沿着连通合里片区和白企片区的山路前行，在华杰农场对面路口转入，经过一段被竹与树包围着的林间道路，隐然若有光，便进入一处群山环绕的静谧山谷。山谷狭长，有细密的山风流通，涓涓溪水流过。

这里设计了树林区、溪水竹林区、草坪区、汽车营位区四大功能区。几十辆小车有序停放在营区，看牌照，不少是周边城市的。

穿过树林区，来到草坪区，一家知名企业正在这里举行用户体验活动，一大片临时搭起的帐篷，在蓝天白云下，与大自然融为一体，人们在帐篷里窃窃私语，世界顿时安静下来。草坪边缘，一群孩子正在玩飞盘游戏，发出欢快的笑声。

这里占地 30 亩，被营造成以亲子露营和团建活动为主的自然艺术主题营地，闹中取静，与先前看过的林间泊定位不同。

联想起之前看过的林间泊，发现幻园两处营地异曲同工，主人最大限度还原了自然生态，连池边的芦苇都是从附近移栽的。沈垒说，造园首先要相园，然后对场地进行优化，留下本质的东西，用点睛之笔还原自然美，而不是人工造景。

三

第一次闯入幻园·林间泊是春天，第二次去已经是初夏。

周末的幻园·林间泊，客人到了，在营区停下来，卸下帐篷，安营扎寨。

帐篷内外，客人安静地做着自己的事情。我不忍打扰，但对他们充满好奇，心里思忖：他们寻寻觅觅，到这个山旮旯追寻什么？

有心走近这个群体，又怕打扰了他们，跟着工作人员穿行于营区，留心观察，远远看见有人对着树干拍照，一棵又一棵，拍个不停。

幻园·林间泊露营地（文智诚／摄）

我疑惑了好一会儿："树干有什么好拍的？又算不上古树。"

终究拗不过好奇心，悄悄踱过去，试探着问对方拍什么。

对方的回答漫不经心："知了脱壳了，树干长菌了。"

知了并不稀罕，树上长菌却引人遐思。跟着摄影者的镜头凑近了看，树干上长满了棕褐色的菌类，像极了地摊上的灵芝，心里跳出一个词：假灵芝。

问摄影者，看到有人采吗？对方摇摇头。我却开始担心，若有人采了这些菌类，当灵芝卖，谁能识别出来？

见对方的心扉敞开了，试着问他身份，他说叫菜头，摄影爱好者。跟着菜头的视线在树林里搜寻，看到树干上爬满蝉壳，每一棵毛果杜英树上都有蝉壳，数不过来。今夏的第一声蝉鸣来到了，心里有些感动，儿时记忆深处的执念涌上来，因为暑假快到了，儿童可以上树捉蝉。

心里感念，幻园主人参透了都市人的心思，他们需要间歇性挣脱城市的水泥森林，寄情山水，找寻自我。

四

对幻园了解越多，越想听听沈垒的心思。于是，我整理了一段交流提纲，期望与沈垒做一次深度交流。

几天之后，到了约定时间，他打来电话。此时他已经深思熟虑。

话题从他的留学开始。当年他在法国留学时，看到发达国家逆城市化的趋势，知道经济发达的珠三角逆城市化需求正在生长，乡村却缺少相应产品提供。几年前，他毅然辞去在南方报系的工作，首先去了东莞经营民宿群。

想到正在建设中的深中通道，他觉得跟深圳一桥之隔的中山，可以经营艺术民宿，将艺术融入生活，为深圳人营造周末假期休闲胜地。他首先去的是孙中山故里翠亨村。

只是，当他接触山区村白企，走进位于南面自然村这片树林、鱼塘、溪流交织的苗圃地后，发现了许多白鹭和夜鹭，觉得这里经过改造，可以作为中山野生动物放生之地，吸引更多物种栖息于此，非常适合打造自然观察和自然教育基地，同时做成一个露营地。那时是 2019 年，疫情还没有发生，城市中产露营潮还没有兴起。

这像是一场冥冥中的缘分。随后，他在白企树坑自然村发现了风之谷，最近又在合里片区尽头的剑门自然村发现了虾佬农庄所在地，一处山水相依的地方，计划做一个跟林间泊、风之谷不一样的露营地，跟虾佬农庄联动，连名字都想好了，叫清凉界。

我留意到，他的幻园系列营地都不配套餐饮服务，而餐饮恰恰是乡村游聚人气和财气的项目。把问题抛给他，他说："我们知道广州、深圳等地的客人要什么，他们需要低密度的独特自然场景，不会为了一顿乡村美食长途跋涉，他们来到之后，我们把餐饮服务交给周边农庄，为农庄引流，为当地餐饮业提供空间。"

为此，他与白企餐饮业界进行过深度交流，知道这是一个大厨辈出的厨师村，并不缺少名菜名点。只是，农庄现有美食多集中于鸡鸭鱼肉，白企需要依托自身山水资源优势，挖掘中山和客家美食特色，推出一两个叫得响的主打品种，亮出地方农庄名片，就像附近崖口村的崖口海鲜、崖口云吞、崖口煲仔饭。

挂断电话，回味沈垒的观察思考，知道他带着都市思维与白企相遇，用心用情读懂了这个客家山村，以自己的方式重塑白企。

第二节　澳门有间客家凉茶铺

2023 年春，我到白企村寻访，偶遇村民黄建群采药归来。新采的草药装满了一袋子，他顺手送一点给村民，说可以当野菜吃。

身边村民说他是个奇人，天天跟中药材打交道，院子里种满中药，都是从山里采的。末了，似乎要印证他家中的药神奇，说村里多数人岁末年初感染过新冠病毒，他一家四口都没有感染。

问他怎么识别那么多中药材，他顺手抓一把路边的百花草和入地老鼠，说这些都是中药材，所处的五桂山区遍地都是中药材，许多是跟着赤脚医生学会识别的。

一

黄建群说的赤脚医生叫贺照由，1940 年出生，2023 年时已经 83 岁了。其母甘金意是个乡村医生，一家两代都是乡村医生。有村民说，小时候是在他们家长大的。

忽然忆起赤脚医生守护乡村的年代，村民生病一般不去镇上的医院，就去村里赤脚医生家。想象眼前的山村，以前少有机动车，也缺少机动车道出村，对赤脚医生的依赖成为必然。

于是，很想见见这位赤脚医生，村里人遗憾地告诉我，赤脚医生去了澳门 40 多年，平常不容易见到，要等他回来采草药。

"去了澳门还回来采草药，他在澳门做什么营生？"我条件反射般抛出自己的疑问，想知道一个赤脚医生的过去和现在。

黄建群说，贺照由传授技术给儿子贺志阳，贺志阳在澳门开了一间凉茶铺，贺照由守着铺，专门用家乡中草药煲客家凉茶。

抬头望一眼周围的群山，连绵起伏，郁郁葱葱，被森林覆盖。这里地处五桂山生态保护区边缘，保护区近 300 平方公里，占全市总面积六分之一，跨五桂山、东区、南区、翠亨新区（南朗街道）、三乡、板芙六个镇街，的确是一座生态资源宝库，藏着许多普通人识别不了的中药材。只是，一个年逾八旬的老人，徒步深入这片保护区寻找中药材，是对体力和意志的一场考验。心里的敬佩又多了一层。

跟黄建群和村里人约定，等贺照由回来，请告知一声，我想找他聊聊，最好能跟着他上山采一次药。

黄建群说，贺照由以前差不多每个星期回来采一次药，后来一个月回来采一次药，毕竟年纪大了，不够的药材找自己拿一点，也找别的村民拿一点。

贺照由家在澳门的客家凉茶铺，村里许多人去过，很受家乡人欢迎，不少人常到店铺聊天。黄东伟说，母亲早年移居澳门，也是这间凉茶铺的常客，许多时候只是为了老乡聚在一起叙叙旧，说说家乡的人和事。

忽然想起澳门四分之一是中山人，他们拥有一份共同记忆。家乡凉茶承载的乡情，是离乡背井者的一份安慰。村里人说，在澳门，跟贺照由家一样开着家乡凉茶铺的还有不少。

二

2023 年 4 月 2 日晚，临近清明节，返乡探亲华人黄献兴、甘红芳夫妇在家乡村庄举办感恩宴，席开 54 围，邀请港澳乡亲回村赴宴，贺照由欣然应允。

当天是周日，我早早来到主人家迎候，等待贺照由出现。

到了下午三点半左右，黄东伟载着贺照由来到。到这时，我才确信，贺照由上午就带着一家人回到了村里，搜罗、整理了中药材，中午骑着自行车去了隔壁黄屋自然村的学生黄国庭家。

心里忽然一暖，一个年逾八旬的老教师，回乡的间隙，骑着自行车去看望自己的学生，这种师生情令人动容。

黄国庭是贺照由 20 世纪 60 年代末在贝里小学当民办教师时的学生，大学毕业后成了中山一中数学老师，在那个大学生凤毛麟角的年代，黄国庭是贺照由的骄傲。

说起从教的经历，贺照由语出惊人："1961 年在纪中高中毕业，考上华南农学院汕头分院，没去读，因为考上的是农科，我想上医科。"

我一下子理解不了他当年的抉择，在那个争着跳出农门的年代，考学出去是无上光荣的事，意味着从此端上铁饭碗，是所有莘莘学子梦寐以求的，迁转户粮关系是第一位的，专业选择并不重要，毕竟要服从专业安排。

以我的认知，他应该接着复读再考，追问他："后来有没有再考？"

他给了我一个否定的答复，说毕业后直接回村种田，做民办老师是毕业七年后的事。

我心里掂量了一下，眼前的老人，高中毕业时 21 岁，正是做梦的年龄，他把人生理想定在了医科，也许是受了用草药给人治病的母亲的影响。

在澳门经营客家凉茶铺的贺照由老人（程明盛／摄）

后来的经历，让他回到了自己理想中的轨道。他结束了两年民办教师生涯，被派到当时的中山县人民医院学医，学成后，作为实习医生回到当时的贝里大队做赤脚医生，一做就是九年。贺照由说，当时贝里大队有三名赤脚医生。

1978 年党的十一届三中全会召开，拉开了改革开放的序幕。人到中年的贺照由，于次年拖家带口去了澳门，结束了赤脚医生生涯。

开凉茶铺是退休后的事，到 2023 年已经 16 年，换过三个铺子，目前铺子在沙梨头，是亲戚免费提供的闲置铺子。

三

没在广东生活过的人，可能理解不了广东人对凉茶的偏爱。广东一年四季都比较湿润和燥热，住在这里的人身体中的"火气"很难排出，随时上火长痘，往往被人提醒多喝凉茶去火。严格来说，凉茶不是药，只是一种中草药植物性饮料，有一定的保健作用。

贺照由开的凉茶铺面积不大，有十平方米上下。贺照由每天上午早早到店煲好凉茶，12 时左右开门，20 时左右关门。一般当天煲好，到店里后煲三小时，卖得多的时候，一天要煲两轮，忙不过来，就煲好凉茶才下班。

这间凉茶铺主要供应六个品种：感冒茶（分热感和寒感两种）、湿热茶、咳嗽茶、灵芝茶、鸡骨草茶。

贺照由从澳门回来，经常有家乡人请他带凉茶回来，也有人请他开凉茶配方。

通过白企人保存的贺照由凉茶配方单，能够看到，煲凉茶是个技术活。

2022 年 12 月 27 日，他给热咳喉痛沙声化痰者写的凉茶配方是：黑灵芝 16 克、元参 15 克、蝉衣 6 克、夏枯草 15 克、桑叶 15 克、桔梗

15 克、浙贝 15 克，清水 6 碗煎至 1 碗服。

2023 年 4 月 4 日，他给尿酸高痛风者写的凉茶配方是：金钱草 20 克、车前草 20 克、北芪 22 克、金狗脊 15 克、甘草 5 克，清水 5 碗煎至 1 碗服。

那天贺照由全家回村，孩子们第二天要上班上学，一家人要连夜赶回澳门。我知道他准备了带回去的中药材，想跟着他回家看看。于是，我们同乘一辆车，往他家的方向开去。

车刚开出，他问要不要去看看他的老宅，我心头掠过一阵惊喜，老人也想看看老宅。

他的老宅在原上贺自然村，村子因为太小，已经并入灯笼坑自然村。他的老宅就在中共中山四区区委油印室旧址旁边。老宅是并排的两幢小房子，编号为上贺村 9 号和上贺村 8 号，他说他在上贺村 9 号出生，后来自建了上贺村 8 号，编号时将后建的房子排在了前面。两幢旧房 60 年不住了。1979 年离开家乡去澳门之前，他们家已经迁到对面建房，就在南番中顺游击区指挥部及逸仙大队部旧址旁边。

到了他们的新家，看到的是一幢旧房和一幢洋楼，共用一个院门。院子里，主人种上了各种中药材，南非叶、枇杷叶、五爪金龙、山梅根、鸭脚木、无患子、铁树等，数一数，有十多个品种，有的比旧房子还高，有些只有土名，叫不出学名。贺照由说，都是他从山里采回来种在院子里的。

我转进洋楼，走进楼下东侧房间，看到有序摆放的中药材，都是晒过的，用塑料袋封装好。贺照由说，光靠一个人采草药是不够的，常见的草药向村里人收购，有的村民挖了草药晒干后给他，他每次回家带一些过去。他感慨，山油麻已经很难找到了。

问他的凉茶铺叫什么名字，他犹豫了一下，似乎在掂量要不要告诉我这个陌生人，最终没有说出口。后来，我托在澳门的白企人拍下凉茶铺照片，叫"泰安凉茶小食"。

当天，贺照由没有时间上山采药，我没能跟着他登山体验，心里有些许遗憾。看着老人在院子里侍弄中药材，再看周围的群山，想象老人在山野间攀爬的样子，我莫名地有些感动，在心里祝愿他健康长寿，继续挖掘五桂山生态保护区这座中药材宝库，为人们留住家乡味道。

四

再次见到贺照由老人是五一假期第一天，从灯笼坑人那里知道他回来了，我赶去看望他，远远看见他骑着一辆旧自行车朝自家房子走来。

一辆锈迹斑斑的双杠自行车，后座宽大，可以载重，一看就知道有些年头了。

走近了，认出凤凰牌，自行车上有编号，上面是"中山市自行车（06）"，下面是"011831"，车灯上方还有"中山1984年"字样。

我问他："这车是1984年买的？"他说更早，高中毕业回乡务农一段时间后就买了，至今60年了，一直在用，去山里采药也骑着这辆旧自行车。"1984年"是很多年后办的牌。

回想起他高中毕业后考取大学却放弃就读，只因为录取的不是自己选定的医科。他后来走上了赤脚医生岗位，做了自己喜欢的事情。我知道，这是个有执念的人，认准的事情，十头牛也拉不回，就像他60年骑同一辆自行车。

看年过八旬的他骑着自行车走在村路上，不免为他担心，可他抓着树枝爬山，漫山遍野寻找中药材，更让人揪心。

而今，他帮儿子贺志阳在澳门开着客家凉茶铺，坚持回乡采药，用家乡五桂山中药材煲客家凉茶，一个人守着店，从早到晚。

我心里有些震撼，有的人一生只做一件事情，相信他，能把事情做到极致。许多时候，读懂一个人需要时间，要么长时间追踪他，要么看他长时间的坚守，读懂他灵魂深处的东西。

生活是一场大浪淘沙，淘出的金子闪闪发光，那是人性的光辉。

第二节　进山破解世界难题

走读生态白企，广东华农农业股份有限公司成为不能不访的选项。

"60后"大学生、"90后"海归，构成了创建华农农业公司这个家庭的知识基因。辞去公职下海，告别美国返乡，目标都指向乡村。

20世纪80年代，父亲卢锐洪毕业于当时的佛山兽医专科学校农学专业、母亲黄洁心毕业于华南师范大学数学专业。2013年，女儿卢楚琪毕业于美国波士顿大学金融和会计专业。最后，父母辞去公职投身生态农业，女儿回国追随父母的生态农业理想，成为山村逆行人。

这个家庭的选择颇像刘永好四兄弟放弃金饭碗，辞职创建希望集团，把事业之根扎进泥土。

寄托他们生态农业梦的第一块土地，是南朗白企村合水河畔的百亩种植园，为了这块地，他们苦苦寻找了两年，就是要找水质好的地方，因为水环境好，蔬菜品质才好。后来，公司水培蔬菜基地扩展到珠海市南水，肇庆市蚬岗、莲塘，佛山市顺德区、三水区，河源市巴伐利亚庄园等地，十几个基地面积约500亩。但公司总部一直没有挪窝。

一

跟海归卢楚琪联系，她说："这两个周末行程都满了，下周可以吗？"

一周后的2023年3月17日是周五，约她周六采访，她遗憾地告诉我："我明天出差去肇庆。"

隐隐觉得，她太忙了，也难怪，公司水培蔬菜基地散布在省内外，他们需要在不同基地之间游走。

华农农业公司的主人卢锐洪（程明盛／摄）

我提出周日先去公司基地看看，她还是有些为难，说周日早上有个亲子团，下午有个学校学生组团来劳动，可能没有时间跟我聊。

随后，她发来公司微信公众号"华农有机质水培蔬菜"记录的 3 月 9 日中山市技师学院劳动实践活动，满屏图文、视频，完整呈现了这次生态农业体验活动。得知这里是中山市技师学院劳动实践基地，不少学校把这里变成自己的生态农业课堂。

在她看来，这样的实践活动稀松平常，看看帖子就知道，要跟我深度交流，需要找个空闲时间坐下来。我倒希望现场感受一下生态农业体验活动，若有时间就跟她谈谈，没时间就再约。

当天下午，我直接去了基地，远远看到，田心自然村中间一片长方形空间里，白色塑料大棚在阳光下有些晃眼。走近了，一群穿着印有"青马工程"T恤的学生正在大棚里，他们是中山职业技术学院青马工程培训班 40 多名团员青年代表，卢楚琪的父亲卢锐洪正给他们讲解有机质水培蔬菜大棚内的全生物防控技术。

现场看到，水培蔬菜架分成三层，上层种的水培蔬菜绿油油的，分块种着不同时令蔬菜品种；中层种的中草药铁皮石斛收割过半；下层种的是中草药金线莲。下面这两层都是比较喜阴的植物，增加了土地利用空间，显然是专门挑选的品种。

种植区采用离地高设管道水培技术，自动循环系统通过管道向每个培养槽内灌溉营养液，营养液的配制采用当地水库水。

育苗区借助自动化播种机、控温控湿技术，进行规模化、标准化育苗，每小时可播种 600 ～ 800 盘，穴盘内的菜苗在由椰糠打碎而成的基质中冒出嫩绿尖儿。

现场看到摆放着 10 多层的立体式种植层架，还在研发当中。卢锐洪说，计划推出 20 层的立体式种植层架，向垂直种植要空间，1 亩相当于 20 亩产出，一个人可以管 30 亩地。

这个百亩基地无土栽培蔬菜日产 500 公斤左右，产出约 40 个时令品种，通过市内外几个固定门店销售，另有一半去了港澳市场。卢锐洪说，基地很少做反季节蔬菜，春天主要供应菜心、上海青、白菜、芥蓝、芥菜，搭配多个品种，统货价比普通蔬菜略贵。

二

走出大棚，回到基地入口，一位员工骑着三轮车从路上驶过，门口池塘里的鸭子发出嘎嘎的叫唤声。原来，他是鸭子饲养员，鸭子见了他，以为喂食来了，对着他发出欢叫。

卢锐洪告诉大家，这不是普通的鸭子，而是中山麻鸭，经历了一段失而复得的曲折历程。

20 世纪 80 年代，中山麻鸭养殖规模达到顶峰。后来，随着外来鸭种进入中山，只能长到 1.5 ～ 2 公斤的中山麻鸭，逐渐被市场边缘化，中山麻鸭品种面临危机。为保护中山麻鸭这一本土资源，2013 年，中山市农科中心与华南农业大学动物科学学院合作，承担了《中山麻鸭提纯复壮及选育项目》，2014 年他们正式开启了中山麻鸭"寻种"之路。

以吴咏梅为主的项目小组，走遍了三角、民众、南朗等地村庄，也去了广州、珠海、江门、台山等地，寻找中山麻鸭基础种源。最终项目小组在中山南朗一农户家中，找到了相对正宗的中山麻鸭种源，并引入这批中山麻鸭作为 F0 世代。借助该批麻鸭，项目小组经过反复培育，最终根据外貌特征、生产性能、产蛋性能和繁殖性能等参数比对，2016 年初步选定中山麻鸭基础种源群 276 只，成为中山麻鸭第一世代。

近几年，华农农业公司与中山市农业科技推广中心合作，继续推进中山麻鸭提纯复壮，恢复品种的原有优良特性并提高其活力，计划建一个中山麻鸭保种场。

卢锐洪指认池塘里的公鸭母鸭：公鸭全身羽毛以褐麻色为主，头部羽毛为明显的花绿色，主、副黑褐麻色带白边，翼羽尾巴羽毛呈褐麻或翠绿色；母鸭羽毛也以褐麻色为主，两者颈下端均有白色羽环，黄色的喙上也有明显黑色标识。

他说："按照自然进化规律，一万年才能产生一个物种，中山麻鸭是真正用中山命名的本地物种，中山人应该像保护大熊猫一样保护它。"

他说，不只是中山麻鸭，石岐乳鸽和沙栏鸡也需要保护，这是中山三个代表性家禽，希望通过多方努力，培育一个产业。公司的设想是，种苗培育在这里，大规模养殖在外面，与养殖户合作，把这三种家禽产品做成"中山三宝"，变成中山手信。公司还在研究烹制陈皮煲麻鸭、土茯苓煲石岐乳鸽、石斛煲沙栏鸡，希望让"中山三宝"成为中山餐桌名菜。

三

给师生讲解完毕，卢楚琪接管后续体验环节。卢锐洪抽出身来，先带着我来到基地内的智能植物工厂与水培蔬菜研究中心，看无人驾驶等设备，介绍公司全生物防控水培蔬菜示范基地技术，看到中国科学院动物研究所农业虫害鼠害综合治理研究国家重点实验室成果，如对付天敌瓢虫、天敌赤眼蜂等，揭开了基地不使用农药的秘密。

公司从 2018 年开始研究相关机械，参与农业农村部牵头的机器人种菜项目，每亩投入五六万元，百亩基地就是五六百万元。在此基础上，卢锐洪编写了机器人种菜、机器人育苗两个国家标准。卢锐洪有些遗憾，机器人种菜、机器人搬运搞定了，机器人收菜还没搞定，希望这两年能够突破。

卢锐洪感慨："不懂的人不知我在干什么。"

卢锐洪 1987 年大学毕业后，长期从事农业，第一站是当时的沙朗镇农业技术站，逐步走上领导岗位。1990 年开始研究水培蔬菜，关键是解决营养液问题，最大好处是提高蔬菜生产安全性。1993 年，他就成了农艺师，当年赴美参加农业部农业考察项目。1995 年，他去法国考察葡萄酒产业。1999 年，他离职下海。2014 年，他又去了以色列考察蔬菜研究。他说，中国农业要跟上世界先进技术，五年不跟上就落后了。

他常跟身边人说，不是学农业的不要搞现代农业，因为专业要求很高，还要承受自然灾害、病虫害等风险。他说 2017 年超强台风"天鸽"将公司的珠海基地设施全打烂，2018 年超强台风"山竹"又令珠海基地损失惨重，损失 1000 多万元，几乎将公司上下的信心摧毁。他们也看到同行因为技术落后，一次次遭遇病害而颗粒无收。

然而，公司 2012 年 10 月成立，女儿卢楚琪 2013 年从美国波士顿大学毕业，他就动员女儿回国，跟着自己搞农业。他跟女儿说，农业安全需要人坚守，尤其需要有知识、有情怀的人参与。发达国家和地区农业项目往往经历几代人积累，利润少，但很稳定，要有长远打算，不要想着三五年就成功。

这时，天已黄昏，卢楚琪送走师生，抱着孩子走过来，一起聊天。

她 2013 年 6 月到日本参加为期三个月的暑期交换课程，结束后回国加盟基地。迎接卢楚琪的第一份工作是到南下市场临时摆摊卖菜。小时候没种过地的她，连蔬菜品种都叫不全，还要承受临街店的排斥，直到通过市场物业方争取到固定摊位。

这份工作带给她的心理落差太大，同学毕业后绝大多数去了金融机构，做着体面的工作，就她一个人务农，台湾一位同学直到毕业六年后才转型养猪。

而今，卢楚琪是三个孩子的母亲，孩子分别为 6 岁、4 岁、1 岁，七年里，每天送了孩子上幼儿园，就从小榄家里赶到几十公里外的基地，每天通勤时间两小时。到了周末，她先带孩子到培训机构学画画，然后将孩子带到基地，与母亲黄洁心一起照看。

天渐渐暗下来，一家人收拾一下基地，关上一扇扇门，准备离去。

我问了他们一个问题，这么多年的坚守是为了什么。他们说，想做农业龙头企业，完善机器人种菜项目，两三年内建成一个更先进的基地，解决整个行业的世界性难题。

第四节　客家民宿

五桂山自然保护区每一个林木荫蔽的山谷都是一座天然氧吧，负离子含量高达每立方厘米八万个以上。

我行走于五桂山自然保护区边缘的白企村，跟当地人交流，不少人把负离子含量挂在嘴边。偶尔在这里见到朋友，租一片菜地，寻个栖身处，周末到白企休闲。

脑海里跳出一个念头，将民宿建在天然氧吧里会如何？跟当地人说了，他们指引我去田心自然村，说那里开了白企第一间民宿。

一

第一次去田心里民宿，我是摸索着去的，民宿不在合里片区主干道南合路上。

到了田心自然村，这里是合里片区心脏地带，向合里村老人活动中心的老人问路，他们指向咸虾仔食府边的路口，那是通往树坑自然村进而通往白企片区的入口。

从路口右转进入，经过华农农业路口，前方一栋三层洋楼立在路边，"田心里民宿"五个黄色大字镶嵌在楼顶。民宿周围被花草包围，大门口的花架摆得满满当当。心里暗叹，主人是个有生活情趣的人。

田心里民宿主人何志强（文智诚／摄）

主人正在门外侍弄花草。我留意了一下，主人在路边搭起花廊，花草密密麻麻，高低错落，不少是雕琢过的盆景，有的花盆里埋着新苗，因为花架不够用。

见了主人，问他花草平日谁打理。他笑笑说，都是自己打理，没有雇佣园丁，一天浇花就要几个小时。

我对眼前这位民宿主人起了好奇，没有走进民宿房间，先跟着走进他的花草世界。

他说，一些花草是从附近山里采来的。他旋即找到门口一株已经起龙骨的两面针，说是 2021 年上山挖的，村民说有百年历史。

一棵五味子树下，主人在树丛间摆了一张茶桌。主人说五味子是邻居弃置后被他挖来的，因为看到树形好，栽在院内，与一架秋千为邻。五六月成串的五味子果子成熟了，一串串的，呈黑色。他收割下来，晒几个小时，搓点盐或糖入味，拿来冲茶喝。

站在一丛灯笼花前，见我对他的花草好奇，主人说送我两株新苗，是他刚刚扦插繁育的。随后他找来塑料袋装上，叮嘱我回家放 15 天，等根系稳定了再入盆。他正要递给我，忽然放下来，说袋里挤压了会损坏根系，让我等一下。他转身进屋，找来一个长方形快递纸盒，将两株苗放进去，空隙用旧报纸填满，防止小苗滑动碰撞。随后走到车边，将苗放进车内纸箱里，自言自语说："这样可以吧。"

看着主人做完这一切，有一点神圣的感觉，深深记住了这个爱花成痴的民宿主人。

他叫何志强，一个梅州籍客家人，跟白企村许多人同根同源，忽然有点理解他选择白企的人文因素。

二

跟着他走进民宿，一张大茶台立在前台。他请我坐下来，先沏上一壶茶，说这水是专门到隔壁大塘自然村接来的山泉水。随后参观房间时，看到 14 个房间都以茶叶命名：寿眉、滇红、乌龙、龙井、芳华、奇兰、梨山、碎银子、银花香、碧螺春、蜜兰香、黄金桂、雾里青、大红袍。

他说喜欢喝茶，家里藏着 30 多年积累的茶，办公室也存了一些茶，一个房间作为茶室，家里的露台也被他辟为茶室。

在这里看到许多煮茶炉，旁边堆着许多晒干的荔枝炭。他说，用荔枝木煮茶，味道香一点。

想起旁边的田心茶室，他说那也是自己开的，由大女儿何嘉燕打理。大女儿跟自己一样喜欢茶，家里来了客人，她主动为客人冲茶，比自己更专业。

他说，2007 年出生的小女儿也喜欢茶，尤其喜欢柠檬茶，初中时就自己做柠檬茶。他的太太喜欢喝茶，也喜欢茶具，到日本旅游，专门买了铜壶回来。

这是一个爱茶之家，他说："像我们这样一家人都爱茶的很少。"

深入他的茶叶世界，知道他 1994 年到中山。以前做日用品代理，公司应酬多，喝茶是他与客户打交道的主要方式。后来日用品代理受到电商冲击，贸易难做，他就放弃了日用品代理生意，转而寻找一处修心养性之所。

他对白企的最初印象停留在十多年前的箭竹山水库蝴蝶谷，他被蝴蝶谷的画面吸引，八九月，一家人第一次找到箭竹山水库。那时，箭竹山水库还没有封闭管理，人们可以自由进山，穿过长长的山路，到了蝴蝶谷，拍拍手，就有成群的蝴蝶飞出来，引来一片惊呼。有些遗憾的是，现在进不去水库，蝴蝶谷也就看不到了。

民宿并没有给他带来经济利益。2020 年新冠疫情前，他租下这幢 730 多平方米的房子。疫情期间民宿装修，2021 年疫情缓和后，民宿于国庆节期间正式开业。2022年的疫情再次打乱了民宿的节奏，一直亏损。所幸，2022年底疫情过后，行业迎来了转机，民宿收支能够打平。

跟他聊起疫情期间的三年坚守，有些意外的是，他并不感到遗憾。他说，客人不多，就把民宿当住所，一家人住在天然氧吧里，经常约朋友来聚会，与自然为伴，也是一种享受。

到这里生活前，他被鼻炎纠缠了很久，以前住在城区，早起时喷嚏不断。到白企住了两个月，打喷嚏的症状消失了。

三

心里思忖，他是长期商海搏击的人，带着梅州客家人的商业基因，而今退守山林，像一位隐士，他在追求什么？

他说，民宿是一个需要守候的行业，要耐得住寂寞，毕竟，山区长期养在深闺人未识，需要被挖掘、被发现。

他回顾起当初在白企寻找房子的过程。当时他相中过不少空房子，一打听，主人多在澳门甚至国外，空房子既不租也不卖，直到遇到了现在的房子，是两家人2018年合建的。

他打听到，余屋自然村有一幢民房，计划改造成民宿，准备装修。

与民宿业孤掌难鸣相悖的是，白企村农庄特别发达，大多是本村人返乡办起来的。许多还是大厨出身，为了方便照顾家小，放弃外面的工作和营生回到家乡，就着自家物业，或者租一处房子，开办农庄，叫卖住家菜。蔬菜多是村里人自己种的，许多食材就地取材。

何志强的民宿没有开办餐厅，他说不用专门开餐厅，出门方圆一两百米范围内，集中了乡下农庄、闲情农庄、咸虾仔食府、桂叔农庄等好几家农庄，仅合里片区就有13家餐饮店，整个白企三个片区已有20多家农庄。

民宿开张以来，这里没有丢过东西，电动车没有拔过钥匙，自行车也不用上锁。

他很享受现在的生活。他说，追求内心的宁静，希望把这份宁静传递给更多人，希望当地人对民宿业持更开放的态度，将闲置的房屋租出来，给民宿业腾出空间，让民宿业在白企落地生根，遍地开花，让更多人享受到这里的好山好水好风景。

再次探访何志强，他惦记着送给我的两株灯笼花。我告诉他，一株还活着，另一株没养成。他听了，露出一个失望的表情。感觉到他的失落，我有些内疚，责怪自己没有照顾好他的心头爱。

第五节　山泉养锦鲤

第一次走进位于白企灯笼坑的中山嘉鲤鱼场，被偌大的陈列室迎面墙上整排展柜里的奖杯所震撼。这些奖杯，都是公司在历届锦鲤大赛中斩获的。

这些奖杯的含金量有多大？

2022年3月27日，全日本锦鲤振兴会第38回锦鲤全国若鲤品评会上，中山嘉鲤获大会总合优胜B奖杯。2022年12月，中山嘉鲤在第二十二届中国锦鲤大赛上，获得其他类全场总合冠军（许品章奖）。2001年起每年举办一次的中国锦鲤大赛，是仅次于全日本总合锦鲤品评会（锦鲤行业称"东京大赛"）的国内顶级锦鲤赛事。第二十二届中国锦鲤大赛由中国水产学会观赏鱼分会、全国水产标准化技术委员会观赏鱼分会技术委员会、广东省锦鲤协会主办，来自全国各地的2000多条锦鲤参赛，评出206个奖项。

嘉鲤鱼场主人赖绍坚先生在业界有锦鲤"孔雀王子""杂鱼王"之誉。

一个纵横于国内外锦鲤界的锦鲤养殖场，何以落户这个普通小山村？灯笼坑用什么孕育了中国顶级锦鲤？

一

2023年初，我们到灯笼坑自然村探访侨领黄伟强先生。到了翠恩山庄，他往后山散步去了，这是他保持多年的习惯，我们跟了过去。

从山庄中间的台阶上去，是一条通往后山的石路，有些坑坑洼洼。顺着石路向前，我们追上黄伟强先生。

道路尽头右转，一小一大两个石坑出现在眼前。水面碧波荡漾，石坑的水深不见底，坑边竖着警示牌：山塘水深15米，严禁游泳、捕鱼、垂钓，请勿靠近，严禁翻越护栏，违者后果自负。

目测这一片水面有四五百亩，围绕着一座石山，是二三十年前开山取石留下的巨大石坑。黄伟强先生说，最深处有25米左右。

石坑边，不少游人在石坡上围坐着，与水为伴，吹着山风，偶有游

嘉鲤锦鲤养鱼场主人赖绍坚介绍水源地（程明盛／摄）

人脱下鞋袜，走进浅水处。远处的石坑边，有几个孩子站在陡峭处，往坑塘里跳。黄伟强先生见了，一边焦急地提醒身边游人离开坑塘，一边大步流星地赶往跳水处，边走边喊，只是距离太远，跳水者无动于衷。好不容易走近了，几个跳水者才收拾衣物离开。

到这时，我确信，坑塘是当年黄伟强先生开发振强石场时留下的。黄伟强先生每天坚持往后山散步的最重要原因，就是在游人最容易出没的时段，到坑塘边巡视，劝走靠近坑塘休闲的人，确保安全。

不一会儿，巡山的警察到了，劝走游人。黄伟强先生与警察现场商量，在坑塘两个入口加装护栏，阻断游人靠近坑塘的路。

跟着黄伟强先生往回走，留意到坑塘边铺着几条水管，一头伸到水中央，一头越过石岸，通到坡下的农田。

黄伟强说，这些水专供坡下的嘉鲤锦鲤鱼场，每天用潜水泵从塘中央取水，一天取水量 200 吨。我在心里掂量了一下，一年下来取水 7.3 万立方米，坑塘周边山不多，集雨面积有限，锦鲤鱼场取水量这么大，这个坑塘的水很快就会枯竭。但黄伟强告诉我，坑塘水位常年稳定，没有多大变化，周边不断有雨水汇进来，下面不断有泉水涌上来。

原来，这里有取之不尽的山泉，是大自然的天然馈赠。

二

想起之前接触的灯笼坑家庭，都有一口井，是自家开挖的，用来饮用，说这里的山泉水清甜，比自来水好。

忽然对用山泉水养锦鲤的嘉鲤锦鲤鱼场产生好奇，莫非企业相中的正是这里的水？

向黄伟强先生提议，约请锦鲤鱼场投资人赖绍坚先生谈一下。黄伟强先生欣然答应。

与赖绍坚先生的预约很顺利，只是，约会地点并不在嘉鲤锦鲤鱼场里，而在位于南朗工业基地的意万仕（中山）泳池设备有限公司。

2023 年 3 月 8 日上午，我如约到意万仕。进了厂门，穿过一个样板游泳池，看到周围被各种净水系统包围，正面是一个商务休闲区，侧边的锦鲤池里，几条锦鲤在水中游动。

见了面，赖绍坚先生带我来到锦鲤池边，指着一条五色锦鲤，正是在全日本锦鲤振兴会第 38 回锦鲤全国若鲤品评会上获大奖的那条，是公司从日本川上渔场引进的母鱼，头顶红斑和白斑，体银白色，鳞片黑色，边缘白色，背部有数块大的红斑，红斑中混杂有许多黑色鳞片形成黑点，鱼体红白黑三色交错，非常美丽。赖绍坚先生偶然得到这条心头好，在日本当地参与了比赛并获得大奖后返回中国，顺利参与到 2023 年小鱼生产中，已在嘉鲤繁殖了新的后代，期待它的后代带来惊喜。

随后，赖绍坚先生带着我参观了刚才穿过的室外展示区，继而来到工厂生产线。看过之后，得知这是一家香港的世界知名泳池设备生产公司，生产地主要在广东。意万仕（中山）泳池设备有限公司拥有十万平方米厂房，为家庭和商业水项目提供水过滤系统，泳池、海洋馆、淡水养殖池等是重点服务对象，提供动力、照明、消毒等设备，如长隆野生动物园就采用该公司设计和设备。户外展示区的标准游泳池，主要功能并非游泳，而是用于测试公司产品使用寿命，消防部门也把这个泳池作为训练基地。

从他的描述中，我得知，一个标准海洋馆需要过滤系统、蛋白分离系统、钙反应系统、瀑藻系统、新水系统。赖绍坚先生说，国内 200 多个海洋馆、5000 立方米以上主池项目，该公司都参与了。

到这时，我终于明白，意万仕与锦鲤养殖项目有着密不可分的关系，关键因素是水，既要为锦鲤养殖寻找优质水源，又要根据锦鲤养殖需要调水。

他的工厂原来在广州，十多年前搬到中山。工厂搬迁到中山之初，赖绍坚先生的锦鲤养殖项目还留在番禺。后来,他到五桂山自然保护区走访,来到灯笼坑小组,看到长江水库、黄泥坑水库近在咫尺,特别是看到振强石场停止采石后留下的巨大坑塘,眼前一亮。这不正是锦鲤养殖需要的水源吗?这个坑塘比黄泥坑水库水源稳定,更重要的是,坑塘最深超过 25 米,泉水不断从坑底冒出来,这样的水源条件,像是为他的锦鲤鱼场量身定做的。六年前,他毅然放弃番禺的锦鲤养殖场,将锦鲤养殖集中到这里。十多年来,这个坑塘水位稳定,一直为渔场提供日常用水需求。

三

参观完工厂,我们转往嘉鲤鱼场,话题不由自主转向这里的环境条件。

赖绍坚先生说起锦鲤养殖需要的水环境。

一是水温。锦鲤生活的水温范围为 2～30 摄氏度,最适生活水温为 20～25 摄氏度。在这种温度的水中,锦鲤游动活跃,食欲旺盛,体质健壮,色彩鲜艳。但水温不能骤变,换水时温差不能超过 3 摄氏度。

二是硬度。锦鲤喜欢在硬度低的水质环境中生活。软、硬水都可以养锦鲤(一般情况下,自来水是软水,泉水、井水是硬水),但应避免把锦鲤突然由软水移入硬度较大的水中,以免鱼体产生过敏反应。

三是酸碱度(pH 值)。锦鲤需要生活在微碱性的水中,较适合的pH值为 7.2～7.5。锦鲤不喜欢水质突变,不要将其从 pH 值低的水中突然放入 pH 值高的水中,以免因 pH 值相差太大而引起不适。且若锦鲤长期处于弱酸性水中(pH 值为 6.5 左右),不仅体色变坏,还易得鳃病。

位于五桂山深处的灯笼坑,无论水源还是气温,都具有山外不具备的优势。

赖绍坚先生带着我在三个分场走了一圈,终于知道,我们之前到的是一号场，是锦鲤场对外展示窗口，占地面积 6 亩；隔壁的二号场是仓库，占地面积 9 亩；最大的三号场靠近坑塘，被绿树环绕着，从外面看不见。穿过树林进去，看到山坳里连片鱼塘梯次分布，抵达坑塘边缘，占地面积 88 亩，有 19 口塘。

每一口塘边竖着号牌，上面记录着锦鲤品种和数量，16 号塘放养了 20 万尾黄金、白金品种；17 号塘放养了德国落叶母、德国落叶公、德国红白公、长龙德国黄金母、九纹龙公、德国绿鲤公、德国古兜等品种，共 32 万尾。

塘埂上，硕大的白色圆形塑料桶里，装着花生麸、茶籽渣、鸡粪等发酵的肥料，用来调肥。

鱼塘边靠近坑塘的平地上，搭起一个养殖棚，这里是种鱼池，种鱼分别养在不同池子里。

赖绍坚先生说，名贵锦鲤需要密切追踪，确保血统纯正，建立家族档案，小批量的锦鲤能查到它们的爸爸妈妈，不然，锦鲤价值将大打折扣。如红白花纹的锦鲤，如果配黑白的锦鲤，就会乱七八糟。

赖绍坚先生养殖锦鲤十多年，一直热衷于研究、生产和养殖杂鱼品种，时而会获得一些不一样的惊喜，生产出嘉鲤独有风格的品种，如 2022 年获第二十二届中国锦鲤大赛其他类全场总合冠军的银鳞枫叶（属银鳞落叶类），是嘉鲤鱼场 2019 年自产的一个品种，目前银鳞枫叶价格达到 48 万元。

嘉鲤产的"孔雀"在中国锦鲤界已有一定名气，国内不少销售渔场和爱好者也慕名而来。

四

"我不吃鲤鱼，不杀生。"

站在锦鲤池边，看着五颜六色的锦鲤在清澈的池水里自由自在地游来游去，赖绍坚先生说出了自己的信条。

我犹豫了一下，猜想他想说不吃锦鲤，总不至于连鲤鱼都不吃。转念一想不对，锦鲤不是用来吃的。忍不住抛出了自己的疑问。不料，他给了我一个肯定的答复，他说，自从养殖锦鲤后，就不再吃鲤鱼。

他说起自己跟锦鲤结缘的故事。他祖籍顺德，在香港出生，9岁爱上锦鲤。他说小时候跟着父母家人返乡，看到很多养殖户，养着很多鱼，莫名地喜欢上了锦鲤。深入了解锦鲤后，被锦鲤的千变万化迷住了，与龙鱼生下来全是龙鱼不同，锦鲤生下100万条也没有一条一模一样，这正是锦鲤的魅力。

长期跟锦鲤打交道的赖绍坚先生，相信锦鲤乃至更多动物是有灵性的，值得用心呵护。

我请赖绍坚先生从锦鲤池里捞两条锦鲤上来近距离观赏。他走到池子尽头取来捞网，将捞网伸进池子里，跟着一条锦鲤缓缓移动，生怕惊扰了池子里的锦鲤。到了池子另一头，捞网前只剩下追踪的那条锦鲤，他轻轻托起捞网，让锦鲤跟着捞网游到池边，厂长罗建才已经用一只大盆装满了半盆水，斜在水池边，等着赖绍坚先生将锦鲤导入盆里。观赏完毕，两人一起轻轻抬起大盆一端，让锦鲤顺着水流无忧无虑地游回池子里，跟同伴继续嬉戏。

看他像呵护孩子一样呵护锦鲤，我莫名地有些感动。

翻开赖绍坚先生的履历，他是广东省锦鲤同业协会常务副会长、中国渔业协会锦鲤分会副会长、中国休闲垂钓协会锦鲤分会理事、佛山市锦鲤协会荣誉会长，在中国锦鲤界举足轻重。他在中山市锦鲤协会担任名誉会长。

走出嘉鲤锦鲤鱼场，回望身后池子里的数不尽的鱼，我知道这是一份美丽的事业，寄情于山水之间。

第六节　呵护南药基因

2020 年 1 月 18 日，第四次全国中药资源普查 2017 年广东省县级普查工作验收会在广州中医药大学举行。广东药科大学国家中医药管理局岭南药材生产与开发重点研究室、国家中药材产业技术体系广州综合试验站承担的中山市和新兴县中药资源普查成果发布，此次工作采集到中山市野生药用植物 372 种，其主要分布在中南部五桂山等低山丘陵地带。特色药用植物包括乌药、猴耳环、牛耳枫、鸦胆子、铁包金、白木香、岗松、钩吻、鸡眼藤、华南忍冬、野菊等。本次普查工作调查了中山市栽培中药材 19 种，药食两用的番石榴栽培面积最大，达 4500 亩，其次是铁皮石斛 3300 亩，广藿香 1200 亩。

地处五桂山自然保护区边缘的南朗白企村，辖区面积 17.4 平方公里，山林面积为 2.23 万亩，自然林地面积约为村庄面积的 70%，村庄西边主要为山林保护地区域，拥有丰富的生态资源。

当我行走在白企村合里片区，被白石坑山下一片中药材种植园所吸引，因为种植园将中药材变成了盆景。

——

走进这片种植园，我看到温室棚里培育着黑老虎、黑骨茶、马缨丹（五色梅）、救必应等品种。密密麻麻摆放着的简易花盆里，表面看到的不是泥土，而是黄白色的碎石。

这片种植园占地 20 亩，园内分片种植着三九胃泰主药材三丫苦、王老吉和沙溪凉茶主药材岗梅头等。粗略算下来，园内约有 50 个品种，都是从附近山上采集的野生中药材品种，就地培育。

连片的五指毛桃，种在地面齐腰深的黑色高袋里。主人说，为了节约土地、人工、采挖成本，原本一亩地种植 1300 棵，用这种高袋种植法，一亩可以多种 1000 棵左右，达到 2300 棵。种出来的五指毛桃向下生长，根系发达。现场采用高袋种植法的还有岗梅头等品种。

地面上，一排桑葚长出地面几厘米就开始盘根，长到一二十厘米就开始结果。主人说，这野生桑葚是当年移栽、当年结果。

不远处的盆景造型区，部分半成品已经移入花盆，工作人员逐个进行造型。两株黄槿，被三个工作人员装进一个长方形花盆里，向一边倾斜的躯干，被剪去枝条。土层被装饰性青草覆盖，直到看不见泥土。来自四川自贡的造型师林昌军说，2022 年开始在这里工作。

正说着话，一位穿着灰黄色上衣的师傅从山上归来，手上和脚上沾满了泥，驮回几株野生栀子花树，转身从工具架上取来剪刀，咔嚓几下，将多余的枝条剪掉。大家叫他海哥。

现场看到，造型完成的桑葚，盘在花盆里的空心石周围，躯干穿过空心石，盘着空心石向一侧伸展，造型师正在修剪枝叶。

我跟不愿透露身份的一位教授交流，得知这是产学研合作项目，利用院校的技术资源，建设南药种植园，避免南药生态环境被破坏，同时带动当地村民参与南药种植，以盆景化提升当地野生中药材附加值，继而把论文写在大地上，让技术生长在泥土里，打通产学研成果转化的"最后一公里"。

二

在种植园内，白色的水管通向旁边的桂叔农庄养殖池塘，园内散布着齐人高的发酵桶。看护种植园的刘达通说，这里建设了一个生态循环系统，不使用化肥农药，不向外输出污染物。

来自肇庆农村的刘达通，另一个身份是安装工程师，任职的公司主要为万科等企业的楼盘配套施工，安装淋浴房、门窗等，也为花木业搭建大棚。到 2023 年，他到中山工作 15 年，做过花木工，到香港挖过树头。他的兄弟种植花木小盆景，对花木种植了如指掌。他有一个爱好，从小喜欢花木，闲暇时喜欢开着自己的小货车闲逛，有时路过花木场，看到造型独特的花草树木，会将车停下来观察，琢磨怎样造型更漂亮，迟迟舍不得离开。

种植园项目启动后，项目负责人跟他偶然相遇。他想起许多工程项目中剩下的水管等废料，被当垃圾处理，实在可惜，种植园建设灌溉系统正好用得上，双方一拍即合，成为拍档。刘达通将工地废弃的水电安装材料、大棚材料、水管等废物一车车拉过来，用最小的成本，为种植园建起灌溉系统，搭起温室棚。现在，种植园不用人工浇水，每天定时打开开关，就能自动喷灌。

隔壁桂叔农庄的养殖废水，变成种植园中药材的天然养料。

在种植园遇到三沙花卉协会监事长罗侃臻。他说，给种植园介绍的

南药种植园刘达通修剪盆景（程明盛／摄）

中药企业，将其药渣提供给这个种植园做肥料。

种植园杜绝化肥农药的原因是，看到一些中药效果越来越差，根源在于大量人工种植中，激素、化肥、农药的使用，降低了药效，给行业带来了风险。

三

建设南药种植园的初衷是，利用繁育技术，最大限度减少中药材采挖，保护五桂山自然保护区宝贵的中药材资源。之前，不少生长二三十年的中药材被挖掉，个别品种岌岌可危。

种植园专家希望，最大限度用扦插技术繁育，保护种群，但周边群众最初对种植园扦插实验并不看好。看到工作人员在扦插黄槿、五指毛桃，他们问工作人员："这个能插得活吗？"

扦插是个技术活，并非一蹴而就，需要育苗、换杯、上袋、拆袋四个环节，取枝无性繁殖。实验结果是，成活率达到九成。

按照种植园的设想，用20亩地做实验，还计划扩大种植园规模，等繁育成功后，发动村里人一起种，种植园提供种子，并联系销路。

种植园从中药材盆景化中得到启发，知道盆景是无声的诗、凝固的画，具有很高的美学价值。以盆景艺术为载体，让中药艺术走进千家万户，依托院校科研团队，利用他们的技术优势和美学优势，对中药材进行品种改良和艺术再造，改变部分中药材当柴烧的历史，提升当地中药材资源附加值，继而保护南药基因，使当地中药材资源在开发中得到保护。

园艺化是中药材种植的最高境界，种植园希望通过南药基因保护，让中药文化与生态文化巧妙结合，走出一条中药材产业化道路，将资源优势转化成产业优势。

第七节　回乡村寻找童真

周末假期，行走在白企村三条山沟，常常被田间地头的亲子体验客吸引。我有心走近这个群体，探究他们的乡村理想，可终究觉得唐突。

走读白企，一次次路过刘敬华夫妻经营的"三月里"农耕体验基地（以下简称"三月里"）。三月里就在华农农业对面、田心里民宿斜对面，守在田心自然村通往大塘自然村的入口。看成群结队的孩子和家长在这里插秧、割禾、挖红薯、捞鱼、画画、读书，琢磨过三月里主人是一个怎样的人。

2023 年夏天，朋友把白企人刘敬华的微信推给我，说他们夫妻回家乡办了一个农耕体验基地，传承农耕文化，值得关注。

一

第一时间约访刘敬华，他先是告诉我，正在外地出差，计划找个时间回家乡，带着我在村里走走，找一些人聊聊。

听得出来，他对家乡有着深厚感情，人到中年事业有成之后，希望给家乡带来一点什么。

我急不可耐地打听三月里的日常运作，他让我直接去三月里观摩活动，跟黄经理交流一下。

一段时间后，我发现他经常人在旅途，如此再三，知道他一直忙着。后来才知道，他从事进出口业务，在电子、新能源领域行走，三月里是他的副业，是起了乡愁后的一次乡情反哺，希望经乡村体验游，让更多人认识他的家乡之美。

他转而把太太阮丽娴的微信推送给我，说三月里是太太的精心之作，主要由太太打理。太太从厦门到深圳，教育孩子之余，一直经营着妈妈读书会，义务带着家长打开阅读空间，分享育儿经验。2019 年回乡创办三月里，就是希望借助自然课堂，为孩子和家长营造一个"养人"的地方。

听到"养人"，我心有所悟，咀嚼出了主人公的育人情怀。

跟阮丽娴联系，她把我的视线带进了一个都市妈妈圈。她说许多跟她一样的妈妈，从乡村到城市，却发现孩子平日找不到跟大自然亲近的机会。一旦走出了城市水泥森林，就像飞出笼的鸟，找回了久违的童真。

三月里挂着一些画，多是亲子活动时孩子留下的儿童画，其中有一幅画与众不同。阮丽娴说，那是动画背景师、游戏场景原画师、绘画心理分析师张远珍第一次到三月里时留下的。因为第一次的喜爱，不到半年时间，她又组织了12组深圳亲子家庭，在三月里开办了一场名为"田园拾趣"的家庭教育活动。张远珍的三月里之行，还留下这样的文字：

去过阮丽娴的农场两次，有许多回味无穷的画面，从高楼林立、车水马龙的深圳去到那里，如同进入一处世外桃源，宽阔的露台，敞亮的活动室，随处有惊喜的农田，朴素又不失精致的凉亭……处处都散发着惬意、闲适的气息，还有难忘的美食，别出心裁的手工课，农作物科普课，和孩子们一起收割、采摘的丰富体验。

这是体验慢时光的最佳据点，和朋友们坐在农场露台上喝茶、聊天、画画，看着孩子在田间奔跑，有一种语言无法详述的惬意。孩子纯真的天性、无限的活力在这片天地里自然流淌，形成一幅鲜活动人的画卷，赏心悦目，滋养心田。

二

端午节临近，龙舟雨下个不停。

刘敬华、阮丽娴夫妻向我发出邀请：6月17日周六到三月里来，当天下午到晚上有一个珠海亲子团到来，是小学二年级的孩子和家长的班级农耕研学活动。

从三月里历次亲子活动中知道，亲子团多数来自中山城区。随着三月里这两年的发展，慢慢也有来自周边城市的亲子家庭，如来自深圳、广州、珠海的家庭。跨市客停留时间相对较长，活动项目较多，这意味着主客都需要充分准备。

看着阴晴不定的天气，我隐隐有些担心，活动会因为大雨临时取消吗？当天提前跟阮丽娴联系，她正从深圳赶回中山家乡。估摸着她该到了，我从家里出发。不料，她微信告知，大雨不停，出于安全考虑，体验游临时取消。

阮丽娴有些遗憾，说4月到6月是雨季，活动经常因为天气预报延期。

我转念一想，亲子活动取消，意味着主人准备工作落空了，这也是乡村体验游的一部分。我想看看一场准备好的亲子体验游如何收场，跟她说："要不要我来谈一下？"她没有犹豫："来吧，欢迎。"

走在路上，她的信息追过来："他们跟你一样，风雨不改，现在又改变主意，也出发了。"

我有些忐忑，希望老天爷照顾一下。到了现场，三月里的草地、沙池、田埂淋过雨，有些积水，得穿着雨鞋行走。

不料，孩子到了三月里，打着赤脚就去了田头，在泥鳅池里玩起了打水仗，一个个成了落汤鸡，家长现场为他们换衣服，孩子转身就冲进了水未退尽的草地。

我知道自己多虑了，感受到珠海来的孩子和家长比主人更兴奋。

我转而关注三月里工作人员，老师正带着孩子科普农耕知识、制作手工、游戏，美食师傅正忙着现场制作晚上的食物。

三月里女主人阮丽娴现场记录亲子活动（程明盛／摄）

　　来自五桂山的客家师傅康伯守着焗炉，用干柴早早生起了火，泥烩鸡制作过程繁复，挖土、砌炉、烧火，最后用烧热的泥土包裹原只走地鸡，直至熟透且外皮焦香，主理人强调烹调时间需要拿捏得非常精准。当天的煨番薯、煨鸡因为迟迟烧不透淋过雨的泥块，多加工了一小时。

　　来自白企观音座自然村的客家师傅兰姐一刻不停地手工制作艾粄，这是她的拿手好戏，做的是客家粄的代表作，也是三月里一个特色体验项目，让来到现场的客人亲手体验做艾粄。当天艾粄材料准备好了，一群家长拥过来："让我们试一下吧，您教我们做。"

　　活动现场，孩子有些忘情，家长追逐着孩子，恨不得把每一个画面都收入镜头。

　　有点理解阮丽娴的话，她说许多家长不止一次带着孩子到这里，他们周末假期一有时间，就寻找乡村放松自我。

看到现场每个人都闲不住，我帮不上忙，瞅着自制食物端上桌，我寻个空隙告辞。隔天，我问主人阮丽娴昨晚忙到几点，她说连夜剪视频到凌晨4点。

三

对"三月里"这个名字起了好奇，追问主人名字的由来及其涵义。

阮丽娴说，因为有了3月的书房，就有了"三月里"这个名字。三年前，"三月里"创办之初，阮丽娴曾写下一段感性的文字：

昨天听到一首歌《阳光总在风雨后》，歌里唱着：人生路上甜苦和"西柚"，愿与你分担所有……我愣了一下，怎么听到"西柚"了呢？回头再看歌词，原来是"喜忧"。这让我想起了西柚妈妈读书会。

不知不觉，读书会已经走到第六个年头了。六年的人生路上，我与西柚妈妈们在每一次读书会上，分享我人生的甜苦和喜忧，心有所属。这真是一个奇妙的地方，她总能关怀着我们，让爱如暖流般涌出，无处不在，直流入我们每一个妈妈的心中。我默默许下了承诺：每一次的读书会，怎能错过呢。

2019年的3月，春风暖暖地吹过大地，吹进了深圳雅昌艺术中心，新年第一场读书会活动开始了，我们前来倾听《生命的重建》。

听着朗朗的读书声，感受着我们的一呼一吸，我们的思绪在书房里环绕，势如破竹地传递着，大家围坐在一个洒满阳光的长桌上，品着茶读着书。

我们彼此的眼神对接，是友谊，是鼓励，也是督促。我的心被这三月的书房拨开了，是时候把新思想用于实践当中，去思考那些让我快乐的事情了，去做那些让我感觉良好的事情了，与那些让我感觉良好的人交往，与那些美好的心灵接通。

3月的书房，让我神往！

这段文字，是一份真实的心灵独白，恰到好处地诠释了"三月里"名字里蕴含的乡村理想。

阮丽娴说，许多年前，自己就是一个全职妈妈，教育孩子是自己的生命重心，从苏州到厦门再到深圳，身边都有许多妈妈相伴。在厦门和深圳生活的时候，自己都创办了一个妈妈读书会，都是妈妈带孩子一起读书、一起玩、一起成长，最终萌生了回乡创办农耕体验中心的念头。

她创办三月里的初心，主要是看到现代城市里新一代年轻人和小朋友普遍缺少农活劳动，少有机会接触农村生活。同时，家乡客家人世代为农，有源远流长的独特农耕文化。她就想着创办一个农耕体验基地，同时加入趣味、亲子、美育、当地特色美食等元素，让游客能够体验客家农耕文化、饮食文化，同时懂得惜农、爱农、珍惜粮食。也希望通过类似的产业，带动当地就业，给村民带来一些额外收入。

刘敬华、阮丽娴夫妻说，三月里现有项目算是示范和实验，等产品和运营成熟后，将进一步扩大经营规模。

阮丽娴说，耕以养身，读以明道，是三月里的追求。她憧憬着为三月里注入新的元素，引入太极、象棋、音乐、绘画、自行车、足球、摄影等。同时，希望跟白企众多乡村体验游项目联动，让白企乡村体验游形成聚合效应。

第八节　荔枝村遇上厨师村

一骑红尘妃子笑，无人知是荔枝来。唐代杜牧的《过华清宫》，令岭南佳果荔枝青史留名。

"百果之王"荔枝永远都不缺少关注度，每年端午前后，荔枝成熟时节，当仁不让成为流量王。

翠亨新区总规划面积 230 平方千米，约占中山市总面积的八分之一，因其占地面积大，是中山市荔枝种植面积最大的镇街。翠亨新区荔枝种植面积最大的村是白企，超过翠亨新区荔枝种植面积的三分之一。说中山荔枝看新区，新区荔枝看白企，似乎并不为过。

一

端午前夕，翠亨新区（南朗街道）策划 2023 年文化旅游系列活动，计划举办白企首届荔枝美食嘉年华，请我帮忙想想主题。我脑海里立即跳出"伟人故里"和"客家"两个关键词。白企位于孙中山先生故乡翠亨新区，与翠亨村一山之隔，又是中山客家文化的典型代表，端午之际以荔枝美食为媒广邀天下客，这不就是"伟人故里客家情"吗？巧合的是，白企首届荔枝美食嘉年华最终以"伟人故里·客家情"为主题，与我的想法不谋而合。

借着筹办白企首届荔枝美食嘉年华，我翻开白企村荔枝账本，惊讶地发现，白企村是中山最具代表性的荔枝村。

中山市 23 个镇街中，荔枝种植面积最大的，是总规划面积占全市八分之一的孙中山故里翠亨新区，因为地域面积大，翠亨新区荔枝种植面积向来领先。而白企村因为地处五桂山区，山地面积大，荔枝种植条件得天独厚，荔枝种植面积占了翠亨新区的三分之一。

2023 年，翠亨新区荔枝种植面积 2435 亩，其中 909.3 亩在白企村，占了翠亨新区荔枝种植面积的 37%。以荔枝园数量计，翠亨新区有荔枝园 69 个，其中 20 个荔枝园在白企。白企荔枝的品种八成是桂味。

桂味算得上荔枝中的珍品，闻起来和吃起来都有一股淡淡的桂花香

石排湾农庄大厨甘建航现场烹制荔枝柴脆皮烧肉和荔枝糯米糍（余兆宇／摄）

味，因此得名。

追溯白企荔枝种植史，不乏百年荔枝树，但大规模种植发生在20世纪八九十年代，白企人主要种植桂味，还有部分糯米糍，这是市场的选择。

聊天中得知，合里片余屋自然村有三棵有些年头的荔枝树，可能有百年历史，但具体种植时间没有人说得清楚。

当天白企首届荔枝美食嘉年华间隙，我跟着白企籍中国烹饪大师余敬科，寻去合里片区余屋自然村，找到三棵有些年头的荔枝树。它们就在靠近南合路的余屋村口，都在村民余志雄家和余敬科家之间，其中一棵是村民小组的，就在余志雄家隔壁；另两棵是余志雄家的，立在余敬科家门口路中间，用花坛围裹起来。

我正在现场察看时，年约七旬的澳门乡亲余泽文路过。问他荔枝树的历史，他说小时候这三棵荔枝树就有了，摘过这些树上的果实。

后来问余志雄，他说家里两棵荔枝树是爷爷种下的，有过百年历史了。

余敬科说，以前村民房前屋后种了不少荔枝树，后来村里人建房时挖掉了一些荔枝树，这三棵荔枝树在村口，得以保存下来。

二

厨师村遇上荔枝村，会碰撞出怎样的火花？毕竟，20 天荔枝采摘期转瞬即逝，白企农庄大厨岂会放过这个一年一度的黄金期！

白企首届荔枝美食嘉年华现场，白企农庄大厨亮出荔枝菜，以荔枝入味，这是当天的重头戏，被安排在活动主会场太空帐篷下，锅灶有序摆开，七组大厨携拿手菜，现场烹制，争夺四个金奖和三个特等奖。

参赛大厨的身份让我对本次活动刮目相看。红记农庄余敬科、余志雄师徒组合，一个是中国烹饪大师，一个是曾经的五星级酒店行政总厨；乡下农庄甘作舟曾长期担任阿峰餐饮店鲍鱼房主管；甘记农庄甘华强早在 2011 年就获得中式烹调师高级技能职业资格证书。

当天，大厨现场烹制脆皮合里鸽、荔枝山楂酸甜骨、荔枝柴烧鹅、荔枝柴脆皮烧肉、酥脆妃子笑、荔枝糯米糍、荔枝红腰豆芦笋炒虾球、脆奶荔枝、椰香荔枝盒子、酸甜荔枝虾球、荔枝芝士球等。

一份荔枝山楂酸甜骨，余敬科和余志雄选用多肉排骨，上鸡蛋粉炸好备用，山楂加白醋、茄汁、红糖，调好汁煮好上，荔枝拆肉后下，保留了荔枝的鲜味。他们凭借荔枝山楂酸甜骨和脆皮合里鸽获得特等奖。

石排湾农庄甘建航与拍档一起烹制荔枝柴脆皮烧肉，选用石排湾果场的荔枝和荔枝柴，用荔枝柴的烟火烧出特有香味。

贝里乡野农庄甘锦辉烹制荔枝芝士球。首先将荔枝去核，再用荔枝包裹芝士，芝士的咸味和荔枝果肉的甜味中和，合成丰富的口感。

圆山农庄甘颂华现场烹制荔枝红腰豆芦笋炒虾球。选用鲜活虾，放冰箱冷冻半小时，剥好虾壳的虾仁放点盐腌制半小时后冲水，荔枝剥壳去核后用淡盐水浸泡待用，芦笋削皮切丁，红、黄圆椒切条形点缀搭色。虾仁用干净布吸干水，放少许盐、糖、胡椒粉调味。起锅烧油后，将虾仁放进嫩油里炸熟倒出。烧开水先放芦笋、百合、红腰豆，轻轻飞下水倒出。放蒜片、姜角、葱白起锅、爆香，然后放前面飞水的芦笋、百合、红腰豆进去翻炒几下，放盐糖和少许鲍鱼汁，放进虾仁和荔枝肉，再加入适量生粉水勾个薄芡翻炒均匀后装盘。甘颂华说，这个菜以清淡为主，搭配非常好，又不太复杂，平常家庭都可以制作。

三

年轻的中山市华异种植园女主人范健淘，捧着"最佳人气荔枝王"牌匾，说种植园真正的主人是父亲范桂华，当天正在种植园摘果。后来才知道，种植园另一个主人是合伙人周志华。

当天的"最佳人气荔枝王"，依据现场收到的体验券数量评出，这是体验客投出的信任票。

会后，我跟着导航指引去了华异种植园，一个隐藏在白企片区范屋自然村后山的种植园，离当天嘉年华现场也就几百米距离。

到了华异，看到"中山市荔枝龙眼病虫害绿色防控技术试验示范区"横幅，宣示实施单位是中山市农业科技推广中心、广东省农业科学院植物保护研究所、中山市华异种植场。几个中年人正在大棚下修剪荔枝并包装，直接发给外地客户。

问主人范桂华在吗，正在大棚里炒鸡的穿粉色Ｔ恤男子说，范桂华刚刚走出不远，准备去吃饭。随后，他一个电话打过去，请范桂华返回。

回到种植园的范桂华，戴着一顶草帽，脸庞黑黝黝的，留下常年日晒雨淋的印记。算起来，从1997年租下这片地种果，到2023年已经

26 年了，62 岁的他也到了退休年龄。他说，正在炒鸡的穿粉色 T 恤男子是他的合伙人周志华，2020 年加入，周志华还单独经营着 50 亩的华星菠萝园。

我一下子想起来，我跟周志华见过面。两年前我跟着朋友去周志华经营的华星菠萝园，华星菠萝园位于灯笼坑自然村，当天吃过他现摘现削的神湾菠萝，探讨过当地水土适合神湾菠萝种植的原因。

我告诉他们华异种植园当天获奖的喜讯。他们说已经知道了，并告诉我，中山市农业科技推广中心两天前在这里召开了中山市 2023 年荔枝龙眼病虫绿色防控示范现场会，中山相关镇街农业技术人员、各镇街荔枝和龙眼专业合作社技术负责人、种植大户参会，特邀省农科院植保所专家讲解荔枝龙眼病虫绿色防控技术，推介华异种植园生态调控、物理干扰、生物防治、科学用药经验。

范桂华说，通过绿色防控技术集成和示范应用，荔枝病虫害防控效果达 90％以上，病虫损失率控制在 5％以下，化学农药使用量减少 25％以上，也就保证了水果品质。我一下子找到了华异种植园获奖的原因，破解了华异种植园"最佳人气荔枝王"的生态密码。

眼前这片种植园，是 1997 年种下的，种着 40 亩荔枝和龙眼，包括荔枝 32 亩、龙眼 10 亩，其中荔枝树约 700 棵，平均每亩地种植 22 棵荔枝树，依此推算，白企 909.3 亩荔枝，大约有荔枝树 2 万棵。

夜晚，华异种植园亮起一排排 LED 灯，像绿色卫士列阵，这是荔枝蒂蛀虫灯光干扰物理防控设施，防控荔枝头号大害虫，是生态种植的一部分，可减少荔枝蒂蛀虫 99％ 产卵量，荔枝花果期杀虫剂用量可减少 40％ ～ 60％。

行走在荔枝村白企，道路两旁，鲜红的荔枝伸向路边，逗引路人。许多人开着车来到荔枝园，一头扎进荔枝丛，站在树下先吃个饱，离开时大包小包拎回家。荔枝园主人说，基本不用自己上街叫卖，除了游客现场采摘，别的多发往外省了。

带着桂味荔枝离开白企，白企荔枝园主人说，欢迎明年再来。忽然觉醒，荔枝采摘期只有 20 天，一转眼就吃不到了。

☑ 村落风光
☑ 历史回眸
☑ 文化溯源
☑ 交流园地

扫码获取

　　山居生活并非人们想象中的世外桃源，那停留在文化人的文学想象里。深入客家人聚居的中山白企村，行走在如诗如画的山村里，问他们祖祖辈辈的事，他们说，以前的山区穷山恶水，山区人备受歧视。

　　只是，历史翻开新的一页，在珠三角，占据多数的广府人，与客家人、潮汕人融合发展，早已跨越地理和族群的边界。

第一节 "羊城暗哨"身后的人

"《羊城暗哨》主角王练原型梁初的直线领导是白企村徐刘人，还写了个人回忆录。"听到这个消息，我心头为之一振。

小时候在乡下露天看过电影《羊城暗哨》，对打入敌特内部，最终将25名特务一网打尽的公安人员王练钦佩有加。

电影中，一名代号209的特务被边防军捕获，他在供出与广州特务头子"梅姨"的联络暗号及地点后重伤死去。为将敌特组织一网打尽，公安人员王练冒名209，按地点先后与特务"小神仙"和自称"八姑"的女人接头，并与八姑以假夫妻身份活动。王练经过细心侦查，发现八姑要挟陈医生赴港参加所谓的"中国人民代表控诉团"，到联合国去公开诬蔑新中国。陈医生因自己有历史问题，面对特务的威胁准备一死了之，但幸被我方及时抢救过来，在我方耐心诚恳劝说下终于解除疑虑。他终于认清是非，转而协助我方破获特务组织。特务劫船开往香港，王练随八姑上了船，得悉梅姨原来就是八姑家的女仆刘嫂，梅姨也识破了王练的真实身份，并欲置王练于死地。我公安人员及时赶到，将敌人一网打尽。王练又冒着生命危险，在千钧一发之际将敌人启动的定时炸弹扔进海中。

这个故事源于一个真实的案子，被时任宝安县委副书记、著名作家陈残云采访加工后搬上银幕。王练原型并非公安人员，而是公安"特情"（卧底）梁初（后改名梁焕）。培养教育发展并指挥梁焕的公安人员正是徐展，时任深圳边防公安三十团侦察参谋。

一

作为《羊城暗哨》主角王练原型梁焕的直线领导，徐展被人熟知是因为2002年广州中级人民法院的一纸判决及随后的媒体报道，梁焕被摘掉特务、反革命的帽子，关键证人正是徐展。

得知徐展离休后回到家乡村庄白企徐刘定居，我决定探访这位从看不见的反特战线走来的幕后英雄，试图拨开一段历史的迷雾。

一个周六，我与村干部贺根强相约在徐刘自然村牌坊碰头，一起前往徐展家中。徐刘村民小组组长徐桂根随后赶到。

徐展家是一栋三层小楼，用院墙围起来，门口院墙上镶嵌了一块石质铭牌，主人给宅院取了个诗意的名字：寻芳园。走进园内，看到一个花草的世界，几棵果树散布在院墙边，分别是杨桃、黄皮、龙眼；几排盆景在院内列队，高低错落有致；院子临门一角的杨桃树下，主人围蔽出一个空间，角落里摆了一个笼子，一只上了年纪的乌龟缩在里面向外张望。

主人在院子里支起一把长方形遮阳伞，伞下是一张石头面圆桌，一家人坐在伞下纳凉，山风从院外徐徐吹来。

我在心里暗暗赞叹：好一个寻芳园。

眼前的徐展，坐在一张蓝色靠椅上，垫了一张紫红色坐垫，一根拐杖斜在座椅边。见了我们，他挂着拐杖站起身，指着院内的树木花草，说多是自己种下的，最老的一棵榕树盆景是从深圳带回来的，陪伴自己

40多年了。

这是一个把生活过成了诗的老人，已是90多岁高龄，尽管做过白内障手术，但耳聪目明，精神矍铄，看上去身体硬朗。

我想起他的回忆录，提出想看一看。他一转身进了屋子，拿出《寻芳记》和《芳草亭集》。《寻芳记》是1993年写的自传，《芳草亭集》是2020年写的诗集，书名跟他的宅名"寻芳园"一脉相承，他在书中以"寻芳人"自居。

迫不及待打开书页翻看，一张张陈年老照片，和着文字，将一个耄耋老人的人生和盘托出。

二

话题从写书开始。徐展说，写作的习惯持续了很多年，当年受《羊城暗哨》作者陈残云启发，知道了写作的诀窍。

1954年，罗定山等25人美蒋特务特大阴谋爆破、刺探情报反革命一案结案后，陈残云数次到深圳边防公安三十团找徐展等人调查了解整个案件，被梁焕的英雄事迹感动，以梁焕为原型创作了《羊城暗哨》，塑造了侦查英雄王练这一形象。梁焕做卧底的许多细节被搬上了银幕。如梁焕第一次到广州与广州潜伏特务联络员陈二妹（电影改名为八姑）在海珠桥边接头的经过：梁焕打入敌特内部，为掩人耳目，与陈二妹做假夫妻的经过。不同的只是，这个特大敌特案，敌特的阴谋是国庆五周年大庆前夕，策划在当时华南地区的政治、文化中心广州制造具有国际影响的"惊天大爆炸"，当时广州市的繁华地点——火车站、岭南文化宫、新华戏院、电厂、机场等处，都是他们的目标。

徐展说，因为保护"特情"梁焕的需要，当年他不敢将梁焕戴上特务、反革命的帽子的事告诉陈残云。正是这个案件，为梁焕守秘48年埋下了伏笔。

徐展从资料袋里拿出《请求复议判决定性申诉书》和《关于梁焕历史问题的证明材料》，说前者是他帮梁焕写的，后者是他 2002 年 2 月 1 日为梁焕写的，都提交给了法院。

在此之前，梁焕看到广东一家媒体 1999 年 9 月 13 日报道《苦寻八天寻到当年小英雄》。报道说，1954 年国庆前夜，一位羊城少年在国庆彩灯牌楼下发现台湾特务放置的定时炸弹，经过八天的寻找，该媒体的记者终于找到这位现时 55 岁做商人的小英雄张戎机。梁焕看过报道后，确认这个炸弹就是当年自己从深圳带到广州的六枚炸弹中的一枚，这枚炸弹的引信已经过技术处理，是不会爆炸的。

梁焕通过公开报道意识到，当年要自己严守的秘密已经解密了。梁焕当年在深圳做"特情"工作的见证人徐展等支持他站出来申诉，摘去特务、反革命的帽子，愿意出面为他作证，于是有了徐展的那份证明材料。

徐展在证明材料里还原了当年事件全过程。

1949 年 10 月 19 日深圳解放之后，时任公安三十团侦察参谋的徐展常驻深圳罗湖村、向西村，负责深圳河两岸敌情调查。他在出境耕作农民、搬运工人以及出海打鱼渔民等群众积极分子中，通过培养教育发展建立耳目、"特情"，以达到发现敌情、掌握敌情、打击敌特反革命阴谋破坏活动的目的。

1953 年，徐展将宝安县深圳镇搬运公司工人、生产组长、生产（工作）积极分子梁焕发展为"特情"，指令梁焕利用过境搬运身份作掩护，发现可疑调查对象。

不久，梁焕报告对岸火车站西侧得意楼伙食承包人张福智有国民党潜伏特务嫌疑，徐展布置梁焕相机接触，争取信任，打入敌特组织，摸清敌情，控制敌情。梁焕接受任务后，顺利经受住了张福智的多方考验，并被委任为交通联络员，负责张福智同广州市潜伏特务"国防部保密局"联络员陈二妹（女）之间的书信情报往来传递。

1954 年国庆五周年大庆前夕，张福智以为时机已到，指令梁焕利用过境搬运作掩护，用草袋（平时作披肩用）作包装，将美制 TNT 黄色海绵烈性炸弹、美制银灰色燃烧弹共六枚，秘密运过境送交广州市潜伏特务联络员陈二妹，行动指挥员为罗定山、屈金汉等人。上述炸弹、燃烧弹被梁焕带入境后，立即转交正在支援等候的三十团侦察参谋刘衍昌，并在徐展护卫下送达三十团侦察股，并专程护送至广州，由专业技术人员作技术处理（即排除爆破燃烧功能，并还原复制）后，才安排梁焕在严密布控下交给敌特分子，令敌特分子收到的是一堆盲弹哑弹，为将该案罪犯 25 人全部一举抓获创造了条件。

该案侦破之后，由于敌我斗争形势十分尖锐复杂，考虑到梁焕会因此遭受报复性暗杀风险，同时梁焕继续"特情"工作需要隐蔽，决定不公开梁焕身份，要求他将原名梁初改为现名梁焕，全家秘密迁入广州市，"特情"工作关系同时转入广州市公安局。

当年徐展因破案立功，被当时的中南军区兼第四野战军授予二级侦察模范，但该案审结公布判决书时，将梁焕列为"投案坦白"特务，"免于刑事处分"。当时徐展很感慨，认为这样的保密处理，实在令梁焕委屈，也成为自己的一块心病，希望有朝一日需要时能为梁焕作证，便把 1955 年 3 月 20 日公布判决结果的《南方日报》保存下来，而且 48 年来与梁焕保持私人往来，目的是知道他的住处，一旦需要，就为他作证。

由于人事更迭，机构变动，广州中院对梁焕一案内情并不清楚。据知情人讲，这时化名为陈凡的女同志，因为患病，丧失了部分记忆能力和语言能力，致使这一案件难以改正过来。

2003 年 1 月 10 日，广州中院刑事审判庭作出判决：撤销本院（1954）年市字第 1830 号刑事判决中对原审被告人梁初（现名梁焕）

的反革命、特务的定罪及免于刑事处分的处罚；宣告原审被告人梁初无罪。

徐展夫妇说起梁焕恢复清白的一件旧事。他们到梁焕家中看望，梁焕为表示感谢，从慰问金中拿出 3000 元送给徐展，徐展一时无法退回。第二天，徐展夫妻离开广州返回深圳，梁焕的儿子送他们到车站，临别时，徐展将封装好 3000 元的信封递给梁焕的儿子，嘱他将一封信带给父亲，巧妙地将感谢金退回去了，梁焕的儿子没有察觉。

三

1954 年，中华人民共和国成立仅五年，徐展就成为深圳边防公安三十团侦察参谋。1990 年，徐展从深圳市旅游集团公司旗下春园贸易公司副经理任上离休，离休后享受处（县）级的政治、生活待遇。

这样的人生履历，意味着他有着不平凡的经历。

问他的军旅生涯，他从里屋拿出一本中华人民共和国残疾军人证，编号为粤军 B003035，显示残疾性质"因战"，残疾等级"七级"。

说着，他撸起右臂袖管，露出肘部，两个弹孔凹陷下去，说是被八二炮弹炸伤的，弹片从肘部内侧穿入，从外侧穿出，巨大的冲击力将右臂震断。救治中，医生为他刮骨疗伤，刮平骨头，治疗持续了两

"羊城暗哨"身后的人徐展右臂留下弹孔（程明盛／摄）

三个月，康复后留下了肌肉疲劳症，后来写字、用筷子都不够力气，右臂至今伸不直。

那场战斗发生在解放东莞的战斗中，中华人民共和国成立第六天，正值中秋节，距离 10 月 17 日东莞解放还有 11 天。那天，他们的部队正在大岭山与敌人交战，卧倒的三人同时被炮弹炸伤，所幸都没有牺牲。

老干部离休荣誉证上，记载着他 1948 年 6 月参加革命工作。他说，那是自己经由香港地下党介绍回来归队的时间。其实，自己早在 1944 年就参加了中山人民抗日义勇大队，后来因为队伍移师粤北五岭地区，地方组织疏散而隐蔽待命。1947 年他在香港与中共中山支部取得联系，参加"中联"活动，1948 年被安排到惠（州）东（莞）宝（安）地区参加解放战争。所在部队后来成为东江纵队一支三团，继而变成粤赣湘中队一支三团，中华人民共和国成立后成为中国人民解放军中南军区兼第四野战军公安十师，系边防军，守在罗湖桥头，是我国第一代深圳公安边防。

《芳草亭集》里，徐展在一张少年时的照片边记载：1941 年在香港目睹被日军侵略的惨状，1942 年回乡后又备受日伪的白色恐怖统治。

他说，少年时的亲身经历，激起他的满腔怒火和抗日报国之志，逐步走上革命道路。

1960 年，徐展从部队转业后，被安排到筹建中的云浮硫矿厂，他自诩"剥掉荒山万层皮，掏取矿石千万吨"。1981 年，徐展重回深圳，任职于春园贸易公司，直到 1990 年离休，自称做了十年打工皇帝。2003 年，他的寻芳园在家乡村庄落成，从此他归隐田园，与山川花草为伴。

捧读他的《芳草亭集》，听他讲述 2020 年年届九旬续写自传时，提笔忘字，需要字典相助，稿子多次修改抄正。还因老年性神经手颤，白内障术后重影，右手肘伤残遗下肌肉疲劳症，往往字体走形，缭乱到连自己也无法辨认，只好反复纠正，仅圆珠笔芯珠子就磨掉七颗，稿纸用掉 90 本，终于完成回忆录，以个人的历史印记留住了一个时代的剪影。

不禁想起全冰雪《一站一坐一生：一个中国人 62 年的影像志》里的主人公叶景吕，每年都去照相馆拍摄一张个人肖像，用这些照片，编制了一部跨越晚清、民国与中华人民共和国的个人影像自传；又想起以逾八十高龄、历时四年写作完成《巨流河》的齐邦媛，用两代人从巨流河到哑口海的故事，带领读者穿越百年、横跨两岸，回到历史现场。

对徐展先生添了敬意，想把他留在我的影像里。于是，我请徐展先生站在陪伴他 40 多年的榕树盆景前拍张照，他拄着拐杖从椅子上站起来，走到盆景前，深情注视着。

临别时，徐展先生又一次站起身，拄着拐杖站在院门口，目送我们离去。

第二节　三代万元户

跟白企人谈改革开放初，许多人说余屋自然村人余木桂（人称桂叔）是第一批万元户。当面向他求证，他说那是他的父亲余天彩，那时自己还是一个刚从中山纪念中学高中毕业不久的养殖帮手。当年，合里片区还叫南朗区合里乡，合里乡第一次表彰万元户，余木桂的父亲光荣入选。

桂叔家带着历史记录走来，也就有了标志性意义。我试图追溯他及其家庭的过去与现在，看见三代万元户的家庭传承，一家人用几十年乡村耕耘诠释了勤劳致富，只是，新生代月收入就过万了。

改革开放后首批万元户之家余木桂夫妻（程明盛／摄）

一

　　第一次见到桂叔，是在合里村老人活动中心，他骑着电动车进来，头戴一顶牛仔帽，穿一件红、蓝、灰多色条纹短袖 T 恤，外面罩一件蓝色背心，见了面，脸上的笑溢出来，热情地打招呼，请我有时间去农庄坐坐。一转身，他就开着车离开了。

　　第二次见到桂叔，是跟着朋友去他的农庄吃午饭。他戴着牛仔帽，穿着雨鞋和防水围裙，正在池塘边的网箱里用网兜捞鱼，说是吊水鱼，买回来后三四个月不喂料，一条鱼瘦下来一斤多。后来端上来的清蒸大头鱼身，又滑又嫩又甜，跟平时吃的鱼不同。

　　饭后，看着店里的客人都散了，我想着找他聊天，寻去厨房，他的儿子正在忙活，说桂叔出去了，要三点多钟才回。

感觉他一直在忙着，寻一个周末，下午三点多钟，估摸是他晚餐前稍闲的时刻，直接去了他的农庄。他和太太正在农庄门口的菜地摘菜，在塘头花圃浇花。菜地里散发着鸡粪的味道，他说种菜不用化肥农药，就用养殖场的干鸡粪做肥料。一眼瞥见花圃和菜地都埋着白色水管，他说养鱼、浇花、种菜都用山泉水，是从后山引回来的。

农庄路口，不断有人开车过来，打开车尾箱，取出水桶，将一口井的盖子移开，用水井里的桶打水，装进自己的桶里。桂叔说，那是一口三四百年历史的老井。井口用水泥砌了一圈，井内壁露出斑驳的红砖，清澈的井水照出蔚蓝的天空和周围的树。

走到厨房里，桂叔骄傲地说：“厨房里几乎没有苍蝇。”

我有些不相信，定睛看了好一会儿，的确见不到一只苍蝇，但见灶台边的墙面上，瓷砖擦得锃亮。靠近侧门的熟食窗口，桌面上看不到熟食残渣。

一切都井井有条，看得出来，主人对卫生的追求到了苛刻的程度，一天要花大量时间搞卫生。

对这家人肃然起敬，他们的生活过得精致，却都是靠双手换来的，有点理解桂叔何以总是忙着。

二

在厅里寻个位置坐下来，听桂叔讲故事，话题从第一批万元户开始。

“我1979年高中毕业就没在集体出过工，第二年开始跟着父亲养鸭子，第三年开始孵鸭子，我找隔壁泮沙（村）的老师傅学的。”

他说，父亲20世纪70年代就在集体养鸭，父亲是师傅。改革开放后，父亲带着一家人搞副业，利用村里的小塘养鸭，后来扩大到后面的河边。

桂叔回来后，学着养母鸭，自己人工孵化鸭苗。孵鸭子要配种，一只公鸭配 10 只母鸭，他记得那时一只鸭苗 5 角钱。他刚开始养了 100 只母鸭和 10 只公鸭，就养在门口的池塘里，孵鸭子的本钱是父亲的。

开始时在家门口那口近一亩的池塘里搭棚孵鸭，后来每年扩大，搬到河边孵鸭。

当年桂叔家既养鸭，又种沙葛，既要种养，又要销售。许多时候，用载重自行车载着鸭或沙葛，两边各挂一个箩筐，后座上放一个箩筐，有 100 多公斤重，带着被子行李，下午骑两小时车到城区，借宿在刘震球家里，第二天一大早到榕树头沙岗墟叫卖。

桂叔这样描述他当年的养鸭生涯。养鸭十多年后，从 1992 年开始，桂叔开始 20 多年的养鱼生涯。

他先在隔壁长攸连租了 12 亩鱼塘，在这里养了 16 年鱼。后来在横迳新村和树坑村民小组交界处租下 47 亩连片鱼塘，四口塘连在一起，既养鱼又养鸭。养鱼后，养鸭也没放弃，只是不再孵鸭，改为养蛋鸭。不料，有一年遇到天灾，天降冰水，养的 9 万条罗非鱼全部冻死，损失几十万元，那一年血本无归。感觉养鱼风险太大，五年租期满后，鱼塘没再续租，转而在自家门口开了农庄。

三

回到家门口开农庄的关键原因是，在外做厨师十年的儿子余旭源结婚了，很快有了孩子，孩子需要父母陪伴。他对儿子说，回来开个农庄吧，不要再出去了。

十年里，余旭源跟着村里的大厨余霭廉、余敬科一起学艺，走南闯北，石家庄、贵州、天津，走过许多地方，练出一身好厨艺。

桂叔农庄 2016 年 3 月开业，用的是"桂叔"这个广为人知的名称，只是这个名称没法注册，改用了木桂农庄，但招牌仍用桂叔农庄。他将门口的旧瓦房改建成厨房，门口搭起餐厅，厅里摆下八张桌子，三间房摆下四张桌子，树下摆下六张桌子，厨房边缘也能临时摆下四张桌子。

没想到的是，桂叔农庄一夜之间火了。桂叔说前两年天天爆满，每天迎客 60 多桌，余旭源跟堂弟掌勺，一家人投入进去。有时实在太累了，就休息两天，开着车出去放松一下。

开农庄的最初两年，当地农庄很少，合里片区只有虾佬农庄、山村农庄、乡下农庄。这两三年，当地农庄数量突然暴增，仅合里片区就有13 家农庄，竞争开始加大。所幸，当地游客越来越多。

当天中午，农庄迎来了 6 桌客人。清明节时，一天迎客 20 多桌。

在农庄停留的时间里，看这一家人都没闲着，似乎总有干不完的活。

桂叔说，自己有高血压，吃了 14 年药。只是，看他永远停不下来，感觉不到年已 62 岁的他身体有什么异样。他有点心疼儿子，儿子每天晚上忙到很晚，早上六点要去市场买肉，还要送上一年级的女儿上学，第二个孩子也在几个月后出生。

不知不觉，一个小时时间过去了，一家人开始在厨房进进出出，开始为晚餐客人备料。我不便继续打扰，起身告辞。

古井边，又一拨取水的客人来到，桂叔看着他们打开井盖，来人也不招呼，一看就知道，他们是常客，已经习惯了。

第三节　白企历史证人

白企没有村志，宗谱记载少之又少，23 个自然村只有一个完整保存的宗祠。走读白企村，需要脚下功夫，最大限度接触白企人。

"谁算得上白企村的历史证人？"

向白企村宣传委员贺根强抛出这个问题，他带我去了田心自然村，

白企历史证人刘国民讲述村史（程明盛／摄）

找到曾任合里村党支部书记的刘国民。他生于 1936 年，到 2023 年已 87 岁。

一

寻去田心自然村刘国民家，他家房子正在重建，他住在位于田心村 23 号的大儿子家。

见了面，他将屋檐下的座椅挪出来，斟上茶，一转身进了里屋，拎出一袋证件和照片，里面有他担任合里大队党支部书记的通知，有担任合里乡、南朗镇人大代表的证书，有被授予"光荣在党五十年"荣誉留影。证件显示，他 1957 年就加入中国共产党，

一份盖有广东省人民委员会印章的回乡生产证明书尤其引人注目，背后信息显示，发证单位是广东省水利电力厅基建工程公司火电工程处

人事股，称"该同志评二级管路安装钳工"，发证时间是 1962 年 6 月 15 日。回乡生产证明书是一张灰色纸，对折后断成两截，被主人塑封后固定下来。

这份证明书背后，藏着刘国民一段丰富的人生阅历。

刘国民 8 岁时父亲去世，中华人民共和国成立后，13 岁的刘国民才走进学校。1956 年，他提前结束学业回到生产队务农，当年带着 20 多人到广州科研所学习种桑养蚕，回来就在南朗办起当地最早的桑蚕基地。

第二年，他递交了入党申请书，一年后成为预备党员。当时，一些工厂来招工，刘国民一门心思想学一门技术，靠技术挣钱养家，为母亲分忧，供两个弟弟读书。

1958 年下半年，他去广州学钳工。三个月学徒期间，每月 18 元工资，他省吃俭用，给母亲寄回 5 元。学成之后，面临去向选择，留在广州是绝大多数农村青年的心愿。组织上找他们谈话，希望他们到最边远的地方去参与社会主义建设，刘国民被选为发言代表。轮到他上场，他发言的主题是"到社会主义建设最重要的地方去"。

1959 年 2 月底，刘国民带着 40 多名学徒，去了韶关工地做技工。迎接他们的不是建好的工厂，而是开荒种地的重任。他们住的是农民的破旧房子，首先要解决生活问题，心理预期跟现实相差太大。第二天一早，带去的 40 多个学徒跑掉了一半，刘国民留了下来。他们连续几个月开荒种地。1959 年 10 月，刘国民被评为优秀学徒。

1961 年，刘国民考上了一级技工，工资涨到每月 40 元。次年，刘国民被广东省电力公司派去茂名、广州的变电站，后来又考上二级技工，工资涨到每月 47.5 元。

1962 年上半年，刘国民作为先进生产者，被调回家乡南朗工作，带着这张回乡生产证明书，被任命为合里大队民兵连长兼生产队记分员。

二

刘国民的童年是在兵荒马乱中度过的，抗日留下的最重要物证是被日寇烧毁后重建的房子。

说到这栋房子，刘国民带着我从院子右侧的小门出去，旧房子就在隔壁，有近 80 年历史了，墙身斑驳，已经空置多年。房子左侧靠近新房位置，是一幢三层碉楼，右侧是一幢三间两层楼房。站在这幢大宅前，想象当年低矮狭窄的村屋，知道这在当年称得上豪宅，是刘国民的大爷爷刘顺 1945 年从檀香山回来修建的，跟一年前被日寇烧毁的大宅格局相近。

可以想象，房子被焚毁给这家人带来的苦难和精神创伤。

老房子被焚毁时，刘国民还是一个 8 岁的孩子，他的父亲刘北奇去世了，母亲带着几个年幼的孩子东躲西藏，跟这幢房子一起被焚的还有刘震球家的连片房子。

刘国民家被焚的房子和焚毁后重建的房子都是大爷爷刘顺回家修建的。刘顺早年去美国檀香山打工，挣到了钱，回家建了祖屋。这间祖屋，青砖砌墙，用瓦盖顶，高大气派，引人羡慕。

刘国民回忆当年跟着母亲逃难归来，看到房子被焚后的景象。右边三单元两层楼房，是青砖瓦屋，二楼是木板房，容易着火，火烧起来，连同面墙一起塌了下来。左边的三层碉楼，楼顶是混凝土，非常牢固，下面全是四方石块，只有二楼同样是木板楼，这碉楼就只烧坏了二楼，楼顶和面墙屹立不倒。

这幢楼里，住着爷爷奶奶、大奶奶，还有几个没成家的叔叔，共十多口人。没有房子住，一大家人只能全挤在没烧到的厨房里。

1945 年下半年，大爷爷刘顺听说家里遭了灾，再一次回来，张罗重新盖房。他吸取之前房子被烧塌的教训，不再用木板，也不盖瓦，墙壁用大石块，楼上和屋顶用水泥和钢筋，即使火灾也不至于墙倒屋塌。

我们来到旧楼院子里，在碉楼与厨房之间的院墙边，刘国民掀开一块木板，露出一口老井，这里是他们多年的饮用水，建房时就修好了，常年供邻里打水，直到横迳水库供水后才停用。

三

一份南朗公社党委会 1982 年 4 月 2 日发布的任职通知，记录了刘国民走上合里大队党支部书记的起点。与他一起任职的还有四位同志，他是"班长"。在担任合里大队支部书记之前，刘国民 1975 年被村民选为生产队长。

在原合里村核心区，至今保存着几栋建筑，包括合里会堂、合里村老人活动中心、合里学校，多是原合里村发动各界捐资修建的。

合里村老人活动中心刻碑记载了当年捐资情况。1991 年，各界人士捐建合里福利基金会会址，田心村刘务忠、雷淑荷伉俪捐助 11.8 万元建设合里乡门楼。

重建合里学校，是刘国民心心念念的事，不仅因为合里学校的前身合水口里学校是一所有着光荣革命传统的学校，而今年久失修，还因为少年聪慧的刘国民，小时候因为家乡落后，家庭贫困，13 岁才得以入学，最终学业被中断。他跟其他乡亲一样，秉持客家人耕读传家的传统，希望每一个孩子都能接受良好教育。

合水口里学校由刘震球的父亲创办。中山沦陷后，共产党员刘汉洲在以学校校长身份掩护工作时，动员了刘震球、凌子云、刘连金、甘金水等 20 多个合水口里青年，组织成立了民兵集结队，配以枪支维持村治安。1938 年底，中共中山县四区区委委员谭桂明带抗先队员到合水口里乡宣传抗日，学校就是主要的宣传阵地。中山抗日先锋队在合水口做了许多工作，群众的抗日热情很高，乡中青年刘连金、凌伙坤、凌锡麟、凌记成、甘清、甘钊等受到影响，参加了抗先队，被编入中山县抗先队第十七分队。后来因为战乱，学校停办了不短的时间，中华人民共和国成立后学校才恢复。

改革开放后，每遇乡贤回村，刘国民就提出改建合里学校。1990年，合里人得圆好梦，占地面积6345平方米、建筑面积为965平方米的新校舍落成，乡亲捐赠98万元。

在合里人民会堂看到，这个留下深刻集体印记的建筑，而今作为中山市南朗镇广昌纸品厂厂房，还在发挥余热，年租金五万元。

四

在刘国民家停留的时间里，他的大儿媳的母亲进进出出，他们在一个屋檐下生活很久了。

正说着话，刘国民的二儿媳要出门，骑着电动车离开时，跟他招呼一声："阿公，我出去一下。"

在东莞工作的小儿子，每次回来都给他一些钱，尽管他一再推辞，说自己还有退休金和老干部补助。

他养育了三儿两女，他说没有打过孩子，孩子也很孝顺，都很尊敬他。他说，在四川读大学的小孙子，没说过一句粗口。

在他们家，有一只养了七年的白鸽，不知从哪里飞来的，到了家里就不肯走了，被一家人收留下来，当作宠物养。

这是一个家教很好的文明之家，透过细节，能看到一家人的教养。刘国民保持了不打牌、不赌钱的习惯，每天都去市场转一转。多次到他家里寻访，他都不在，年已87岁的他，是个闲不住的人。

他对现在的生活很满足。他掐着指头算了一下，家里买了七台小车，三个儿子、两个孙子和两个孙媳妇都有车。他说以前房子不够住，两个儿子一间房，连床都没有。这几年，他多跟二儿子一家住在一起。

2023 年，二儿子的房子拆了重建，他搬去大儿子家住。他说很享受现在的生活。

第四节　原来你是这样的客家人

山居生活并非人们想象中的世外桃源，那停留在文化人的文学想象里，深入客家人聚居的中山白企村，行走在如诗如画的山村里，问他们祖祖辈辈的事，他们说，以前的山区穷山恶水，山区人备受歧视。开国少将谢立全在《珠江怒潮》里，就曾留下五桂山区客家人"过去世世代代受到平原地区官僚政客、恶霸地主的欺诈和歧视"的记录。

只是，历史翻开新的一页，在珠三角，占据多数的广府人，与客家人、潮汕人融合发展，早已跨越地理和族群的边界。只有深入族群内部，看他们为人处世，感受他们融在血脉里的精神基因，才能读懂不同族群的异同。

一

行走白企村，村里一口口古井旁，永远不缺驮着水桶前来打水的村里人，还有外面来的取水者。水井旁不设护栏，水井口没有上锁，水井无人守护，对所有人开放，却被主人收拾得干干净净。

打水人到了井边，挪开井盖，抓过一旁的水桶，抓着井绳，将桶抛进井底，拽紧绳子，再提起来一点，然后斜着使劲放下去，等桶装满了水，再提上来，灌进随身带来的水桶里。

探访客家人，见面的第一件事，似乎永远是沏一壶茶，用的多是山泉水或井水，主人热情地请客人品一品、嗅一嗅。

那天到白企籍第一名厨余剑锋家做客，进了客厅，主人并不坐长座椅，而是直上角落茶台，请我落座。孙子在一旁的长座椅上蹦蹦跳跳，余剑锋的太太从里间出来，带着孙子离开客厅。我开始没有明白过来，疑惑了一下，偌大的客厅里，为何不围着茶几坐下。旋即恍然大悟，客家人的茶是在茶台上现泡的，以示尊重。

在村民后院见过，贴墙堆放着劈好的干柴，多是荔枝木，筐里存着引火的枯叶，旁边立着钢灶。客人来了，主人用钢灶煮水、煲汤。

后来在田心茶室看到，桌上摆着黄褐色的煮茶炉，炉内烧着荔枝炭，上面的陶罐里煮着茶，或者烤着红薯，客人围坐在一起海阔天空般畅谈，我一下子找到了围炉煮茶论英雄的映像。

二

曾任秘鲁中华通惠总局理事、利马同升会馆主席的黄伟强准确地记得，1993 年他离开秘鲁时，利马有超过 5000 家中餐馆。开办中餐馆，或到中餐馆打工，是许多客家人到国外的第一份职业。开办中餐馆者面临的最初考验可能是创业资金不足。

黄伟强 1987 年 10 月到秘鲁，刚下飞机就接手了"美心"餐馆，半年后买了一家 300 多平方米的店，装修改造后取名"相国餐厅"，资金是通过月子会取得的。

黄伟强当会头，共 20 人入会，每人每月拿出 2000 美元，一次性筹得 4 万美元。随后的 19 个月，每个人有一次用钱的机会，需要用钱者采用暗标形式出标，就是承诺利息，价高者得，得会人出利息。入会者可以找人代供，月子会的结果往往是，最后得会的人得利最多。

月子会是在外客家人最原始的资金互助形式，成员参会自由，基金自定，每月必缴，轮月享受，轮到该月享受时，可以使用全部资金，起到经济互通有无、资金集中使用的作用。

这样的制度设计，需要的是信用。黄伟强说，客家人的月子会里，有人提供担保，很少出现问题，在客家人中流行至今。

客家人的月子会，跟温州人的草根金融异曲同工，就是帮助创业者解决起步资金难题，背后是客家人的信守承诺。

跟秘鲁华侨华人交流，不少人说起这样的经历，偶尔到异国人餐馆吃饭，结账时发现忘了带钱包，店主大方地说，改天再来付钱，他们相信中国人。

黄伟强说起到秘鲁接手的第一家店，推出了"游客到秘鲁第一餐免费"服务。问他游客做不成回头客怎么办，他说，要的是口碑。

他清楚地记得，有一次，一家中资公司员工去秘鲁考察市场，到店里吃饭，聊天中他知道对方第一次来秘鲁，告诉对方这顿饭免单，对方一脸疑惑，觉得不可思议。

说这话时，黄伟强的太太打趣说："免单要经过我同意。"

三

在余屋、南面、长攸连三个自然村交界处榕树头见到红记农庄主人余志雄时，他正在厨房里忙活着。没有人知道，他曾担任五星级阳春东湖国际大酒店行政总厨，带着一个厨师团队，除了 1.2 万元月薪外，还有分红。2018 年，母亲身体欠佳，为了照顾年逾七旬的父母，他毅然放弃高薪岗位，回到家乡一家海鲜酒家担任总厨，每天两次赶回家中，照顾父母。

1981 年出生的他，已是两个孩子的父亲。他的第二个孩子降生不久，母亲中风卧床，他再次放弃总厨职位，回到家中，一边照顾家小，一边就近打工维持家用。

2022 年，他送走了老母亲。问他为何不找个人照顾老人，他说老人年纪大了，三几天要去看一次病，自己照顾父母才放心。这是一个孝顺的客家男人，有了家庭的羁绊，就跑不远了。

在白企接触的不少厨师，都有相似的经历，大多父母年纪大了，孩子需要父母陪伴，便结束四海为家的生活，回到老家附近工作。有的自

红记农庄主人余志雄给鸡喂食（程明盛／摄）

己开一家农庄，将都市厨艺带回乡村。

余志雄这次创业，得到了余剑锋、余敬科两位师傅的鼎力支持，演绎了一段师徒创业佳话。

早在1996年，余敬科就带着15岁的余志雄去了珠海海洋皇宫大酒家，次年去了中山潮州城，手把手教他学艺，从水台杀鱼开始，余志雄学艺一年就成为厨师，逐渐成长为全能厨师。余敬科说他悟性很好，学东西很快，是自己的爱徒。后来的很多年里，余志雄带着厨师团队开疆拓土，四处扩张，师徒之间彼此信任。

四

在白企见到田心里民宿主人何志强，他说自己是梅州客家人。跟巧艺盆景主人彭圣城聊起来，他说自己祖籍陆河县，也是客家人，后来迁居台湾，是到台湾的第六代。

两个客家人殊途同归，都选择了白企这个客家人村落，像冥冥中的命运安排。语言相通、山水相亲、人文情浓，让他们彼此相依。

在巧艺盆景，66岁的彭圣城独自一人生活，太太和四个孩子都留在台湾，身边没有亲人作伴。问他会不会寂寞，他却说，做自己喜欢的事情，感到很充实。追问他为何不跟家人一起生活，他语出惊人："孩子大学毕业就滚出去，父母不用管，娶妻买车是他们自己的事。"

这像极了接触的一些客家人，孩子创业，父母给他们借款，拟或参股，而非无条件支持。

问他："孩子在哪里工作？"

他给了我一个出人意料的答复："我的孩子全部进工厂。"

我一下子怔住了，有些接不上话，不知接下来怎样继续话题。

转而跟他交流台湾职业教育规模比例，得到的信息是，学生初中毕业后开始分流，一半接受普通高中教育，一半接受职业教育，跟大陆教育差不多。

他似乎听出了我的疑虑，主动说起自己的孩子：一个本科、两个硕士、一个博士。他说，最小的孩子正在台湾交通大学攻读博士，已经二年级，还有两年毕业，学的是工业工程管理，毕业后想进入教育界发展。一个儿媳妇从美国归来，工作之余兼职做翻译赚点外快。

到这时，我确信，他的孩子都很优秀，受过良好教育，择业时有更多选择，即使进了工厂，也能从事技术方面的工作。

于是，跟他说起大陆一些大学毕业生不愿意到工厂工作。

他似乎受了触动，说出了自己的担忧："看到满大街跑美团的，都是年轻人，真是浪费时间。"

他建议："要辅导年轻人就业。"

听到这里，心有所悟，他说出了客家人的心声，道出了众多客家人的人生抉择，就是提前做好职业规划。

结 语

客家文化根与魂

Conclusion
The Root and Soul of
the Hakka Culture

我是谁？我从哪里来？我要去哪里？这是哲学的三大终极追问。

以血缘为纽带的宗族关系，是中华民族千百年来最稳定也是最具有向心力的群聚关系。一个个宗族，经由修谱，不断追寻来路。

从走读白企村开始，我就有一个愿望，希望经由白企人认识客家人这个特殊群体，寻找客家文化的根与魂。

一

从城区出发，走翠亨快线转南朗快线，转入白企村路段，南贝路、西村大道、南合路的三个路口是白企三条山沟出入口，南朗快线几乎成了白企村与外界的分界线，也是山区与平原地区分界线。

三条发源于五桂山区的河溪，灌溉沿途村庄后流入大海。然而，客家人与广府人在山里山外做了选择，先来的广府人住在山外平原，后到的客家人住在山里。

从地名就能分出里外之别，贝里河流经山沟段被叫做贝里，贝里河流出山区后叫贝外，跟贝里片紧邻的自然村叫贝外村；合水河流经山沟段被叫做合里，合水河流出山区后叫合外，跟合里片区紧邻的自然村叫合外村。

与贝外村交界的白企贺屋自然村记载，太祖贺文蔚从广东紫金县迁居中山南朗贝头里李屋，后觉得此处不好，又搬到广府人聚居的张家边河棚头住。由于当地人多，客家人少，常受人歧视，又搬回贝里与贝外交界处。

如果记录准确，意味着部分客家人尝试过迁出客家人聚居的山区，但融入广府人领地并不容易。

审视客家人的迁徙史和迁徙路线，这是一个特殊的族群，是汉族的一个分支。但他们与农耕民族安土重迁的传统不同，西晋永嘉之乱开始的1700多年里，历经五胡乱华、黄巢起义、靖康之耻、南宋灭亡、湖广填四川等，客家人为躲避战乱，一次次南迁，从黄河流域到淮河流域，从长江流域到岭南和闽南，主要聚居在福建省西北部、江西省南部、广东省东北部。

客家人遵循着乱世进山避祸的传统，其实也是寻找生存空间的无奈选择，不得不向生存环境相对较差的山区索取资源。无山不住客，无客不住山，成为客家人生存境遇的真实写照。

洪秀全等客家人领导的太平天国运动的失败，还有清末的土客械斗，催生了客家人外迁和出走海外。

二

查找客家人族谱，它们都特别强调客家人的中原血统。

资料记载，白企合里片区最早立村的大塘自然村，始建于明天顺年间（1457—1464），主要为刘姓，从广东紫金迁此。明末清初，刘姓人从大塘村迁田心；另一部分刘姓人迁到白虎头定居；清雍正年间（1723—1735），又有一部分刘姓人迁至饼铺定居。白虎头和饼铺两个聚落与田心村相邻，且原籍均为紫金，定居后人口较少，20世纪60年代三村并称田心村。

继续追溯广东紫金刘氏来源，迁入紫金各地刘氏均为兴宁刘开七之子刘广传的后裔，有长、二、三、四、六、八、十、十一等八房后裔，先后迁入紫金。

原合里村支书刘国民保存的兴宁《刘氏宗谱》记载：溯我刘氏，自大始祖源明公起，历经四千三百多年，始于陶唐，显于三代，著于春秋，盛于汉室，派衍中山，望著涿郡，积庆洛阳，蜚声闽峤。

白企第一大姓是甘姓，族谱记载源自河源紫金。《渤海甘氏宗谱岭南广东分支》记载迁徙史略：

> 甘氏源出渤海，发迹江夏，继迁福建、江西，后移粤东。
>
> 紫金为甘氏肇粤始祖驻足之地。入粤前，甘氏原居福建汀州府宁化县石壁都葛藤坑。至唐僖宗年间，黄巢起义（公元878年），迁江西赣州府信丰县居住。至明洪武四年（1371），一百一十八世甘青海同母崔氏由赣入粤。

行走白企，偶然得到华侨华人和港澳台同胞编撰的家谱，有的以英文写成，看得出来，华侨华人经过几代人繁衍，新生代多不懂中文，却并不影响他们寻找来路。

从夏威夷带回黄亮家英文家谱的甘红芳说，夏威夷知名眼科医生李医生（英文名 Louis Lee），外婆 Lucille Wong 是白企灯笼坑人，在当地有一个大家族。李医生编撰族谱，每次聚会都找到甘红芳，了解外婆家族的信息。甘红芳转而求助八旬"秘鲁鞋王"黄仲儒，帮李医生寻根。黄仲儒热情地向李医生及家人发出邀请，李医生的孩子曾远赴秘鲁，向黄仲儒当面求证。

三

我跟白企人打交道，没有听到对懒汉、闲人的抱怨，许多年轻人刚出校门，就跟着同乡外出学艺。

印象很深的是，改革开放后白企合里片区第一个大厨余剑锋，在十里挑一的选拔中胜出，进入中外合资的翠亨宾馆当服务员，辗转进入厨房。为了向香港厨师学艺，他每天下班后留下来帮厨，赢得了香港厨师的信任。他感慨，那时学半年相当于现在学五年。

改革开放后白企第一批万元户之家，余天彩、余木桂、余旭源一家三代本色不改，信奉一技傍身走天涯。不少白企籍厨师走遍半个中国，四处偷师学艺。

这些年，不少白企籍大厨回归乡里，在家乡合伙办起农庄，说起回归的原因，大多是为了孩子教育，希望在孩子求学阶段一路陪伴。

早在1993年，秘鲁侨领黄伟强的小儿子黄国力三岁，夫妻俩带着黄国力回到家乡，让黄国力在家乡接受了完整的幼儿园、小学、中学教育，高中毕业后考入美国亚利桑那大学，继而考入密歇根州立大学法学院。

追踪华侨华人和港澳台同胞新生代，绝大多数接受了良好的教育。他们延续了客家人崇尚和重视文化教育的传统，这是客家人才辈出的精神基因。

行走白企，一处处公共建筑上，刻着许多捐款捐物者名字，其中以旅外乡亲和港澳台同胞居多。芳名录背后，是一个族群崇善向上的美德。

白企流传着归侨刘震球的抗日故事，他放弃美国产业回乡，变卖家产支持抗日，以私塾为抗日宣传主阵地，组建民兵集结队抗日，后编入珠江纵队，散尽家财。

在中山市博物馆内的中山华侨历史博物馆里，看到白企灯笼坑籍黄子纶写给弟媳刘氏和侄子黄焕生的长信，称筹集钱款，嘱咐家里人为村中学校置办铜鼓喇叭，修复本村损坏的道路，字里行间能读出浓浓的家国情怀。

白企像一本打开的客家书，常读常新，总也读不完。于是相信，自己跟客家有一段不了缘。

后记

客家的大门是
这样推开的

Epilogue The Door to Hakka is Thus Opened

客家人被誉为"东方犹太人"，他们多生于苦难，有行走天下、移民世界的传统，分布在世界各地的客家人过亿。

有太阳的地方就有华人，有华人的地方就有客家人。

第一次确信南朗白企村是一个客家村，我产生了难以遏止的冲动，希望经由这个村，走近客家人群体，看他们的百味人生，听他们的心路历程，记录一个族群的心灵史。

我放下了别的田野调查，一头扎进白企，在近一年时间里，把可以用到的所有休息时间给了白企，终日游走于这片几乎没有工业的土地，穿行在山水之间，试图推开一扇扇门。

事不遂人愿的是，白企缺少文字记载，绝大多数自然村没有族谱，仅存一座完整的宗祠，需要走进白企人工作生活空间和情感世界，拼接碎片化信息，交互印证，寻找客家村及客家人的精神印记，打捞生命的价值与意义。

最初迎接我的是一扇扇紧闭的门。

在这个旅外乡亲和港澳台同胞人数远超本地人口的山村，一幢幢节日才能团聚的房子里，深锁着一个个家庭的秘密。问留守者，大多对门里的人和事知之甚少，甚至一无所知。

好不容易跟久居村外的人村内相逢，隐隐看到对方眼里的家乡人和事。我说出自己的想法，希望跟对方有一席长谈，不料，对方接个电话，说声抱歉，连电话号码也不留下，便匆匆离去。类似遭遇重复上演，我知道有一扇扇紧闭的心门，需要信任才能打开。

与绝大多数村庄一样，村里人是警惕的，在他们眼里，我这个带着窥探欲望的外乡人，莽撞地闯入他们的领地，在村屋之间游来荡去，试图接近每一个萍水相逢者，像一个不怀好意的精神密探。

我又是幸运的，客家人待人友善、崇尚真诚。

第一次接触曾任秘鲁中华通惠总局理事、利马同升会馆主席的侨领黄伟强先生，跟着他走进老宅，对院门内一棵鸡心柿起了好奇，追问一个个鸡心柿成熟的日子；跟着他散步到后山，寻到石场留下的巨大石坑；请他带着寻访祖籍灯笼坑的三任秘鲁中华通惠总局主席黄盂超、黄仲儒、黄华安旧居，探究每一个侨领事业成功的秘籍。一路走来，他说了一句意味深长的话："你不像我接触过的记者。"

就这句话，让他在后来的日子里，一次次拨通华侨华人的视频电话，一次次把华侨华人和港澳台同胞带到我身边，直至他的胞弟黄献兴夫妻从夏威夷归来，带回前"夏威夷种植王"黄亮英文家谱，将这个现有500多人的华人家族百年奋斗史呈现在眼前。5月18日国际博物馆日，他把现任秘鲁中华通惠总局主席陈金海带到中山市博物馆郑藻如旧居，感怀郑藻如创办秘鲁中华通惠总局的初衷，讲述曾任秘鲁中华通惠总局主席的灯笼坑籍"秘鲁鞋王"黄仲儒先生的知遇之恩，由此，串起了秘鲁中华通惠总局的百年精神传承。

跟灯笼坑籍中山市律师协会原会长黄东伟探究祖籍灯笼坑的华侨华人和港澳台同胞数量，我引述《中山村情》记载，说2015年祖籍灯笼坑的港澳同胞109人，祖籍灯笼坑的华侨华人147人，他立即给了一个不可思议的眼神。随后，他与灯笼坑各个家族联系，逐个统计各家族现有移居海外和港澳台的人数，得出的结论是黄朝安家族现有500多人，其中黄亮一支五世同堂就有 200 多人；黄长根家族超过 100 人散布在美国、秘鲁、中国澳门；黄伟强家族在美国和中国澳门就有 20 多人。灯笼坑人都说，有四个灯笼坑村，包括本地、中国澳门、秘鲁、美国。以灯笼坑籍第一代移民家庭及其家族成员估算，移居澳门的灯笼坑人有 300 多人，移居秘鲁的灯笼坑人有 300 多人，移居美国的灯笼坑人有 500 多人，连同中国香港、加拿大、巴拿马、厄瓜多尔等散居的灯笼坑人，大约有超过 1300 人。

跟着老一辈白企人走近侨二代、侨三代，试着走近华侨新生代群体，跟黄国力取得联系，看到一批跟他一样的年轻人，受过良好教育，却在研究生毕业后投身商海，放弃法学院梦想去开店。看到陈金海的大儿子陈伟明，从世界著名的哥伦比亚大学硕士毕业，留在美国联合利华公司工作两年后，却放弃美国工作回到秘鲁，接手卡里蒙公司经营管理。从白企籍华侨华人新生代身上，分明看到一代人的人生抉择。

因为工作关系，我的调查只能在周末假期完成，白企村宣传委员贺根强放弃许多休息时间，把我带到一个个白企人面前，现场充当翻译，将我听不懂的客家话转换成普通话。许多次，我还没来得及储备交流对象信息，尚未梳理出采访提纲，已经跟对方面对面。所幸，人与人的交流，很大程度上是信息交互的过程，自己对白企和客家的了解越多，跟对方交流的深度就越深，跟对方交流的广度就越广。跟着贺根强找到改革开放初的万元户之家，听余木桂说起高中毕业后跟着父亲养鸭种薯，每天用载重自行车驮着三个筐和被子行李，骑行三个小时到城里沙岗墟等地叫卖，先到放弃美国产业回国抗日的爱国人士刘震球家里过夜，许多年里刘震球的家变成家乡农人叫卖土产的驿站，看到一个爱国爱乡者崇高的精神境界。我跟着贺根强寻访位于徐刘自然村的三丫沉香种植园主人谢士学，听谢士学说沉香种植园的十年坚守，说园内古树的艰难保护。当年届古稀的谢士学说最终将把古树捐给村里，我知道，一个生态村的坚守，离不开一些仰望星空的人，他们听从内心的召唤。

寻访白企客家菜，追溯农庄主人的学艺之路，大多始于中学毕业，跟着本村大厨走南闯北。追问详情，多数人指向一对叔伯兄弟，习惯将他们当亲兄弟。循着指引找到余剑锋与余敬科的家，是一个院子里两幢一模一样的双胞胎洋楼，看上去跟亲兄弟无异。深究下去，余剑锋改革开放之初被选入中外合资的翠亨宾馆，跟着香港师傅修成厨师，带出余敬科，后来到深圳创办阿锋餐饮，成为深圳市餐饮商会执行会长，是深圳餐饮界举足轻重的人物，也批量带出家乡徒弟，仅兄弟俩亲自带出的徒弟就有上百位。徒弟又带出一批徒弟，而今白企籍厨师超过400人，许多白企人到海外和我国港澳台地区的第一份职业是厨师。

在白企村偶遇采草药的黄建群，知道他家院子里种满草药，以为奇人，不料，他却把目标指向自己的启蒙者——移居澳门逾四十年的贺照由老人，说老人跟儿子在澳门开着客家凉茶铺，常常回家上山采药，带回澳门做原料。循着白企乃至五桂山自然保护区中药材资源搜寻，找到产学研结合的南药种植园，进入白企生态农业圈，看到一个因白企山水资源而聚的产业群体，看到60后大学生卢锐洪夫妻辞去公职到白企创业，带着海归女儿卢楚琪破解现代农业世界难题的理想。

跟着横迳新村村民小组副组长凌海伦巡村，我第一次走进村边的幻园露营地，看到树林、湿地、河流构成的生态景观，经过前媒体人、海归沈垒一套自然加减法，幻化出一个自然天成的世外桃源。随后知道，他的幻园不只有这一处，还有另一处，最新的一处已经选址，分别取名林间泊、风之谷、清凉界，单看名字，就引人遐思。从幻园出发，深入白企三条山沟里星罗棋布的乡村体验游项目，看他们睁大一双双求知的眼睛，听孩子跟大自然对话，感受他们从大自然中汲取的养分，打开了对白企山山水水的想象空间。

跟着《行走古村落》作者甘观凤行走家乡白企，见证她策划组织的首届白企村客家粄制作比赛，看28位客家人在镜头下制作客家美食，热情地邀请现场人士品尝。听同为客家人的邻村翠亨村党委书记、村委会主任甘国威说，翠亨村也将举办客家粄比赛。随后，白企村党总支书记、村委会主任甘社建说，白企村还想举办客家菜比赛、荔枝美食嘉年华、露营文化活动。我知道，客家村白企的文化激情已经被点燃，人是地方传统文化的灵魂。

我的同事廖薇、谭桂华、陈慧、明剑、文智诚、夏升权、易承乐等，透过我传递的信息认识了白企，对客家文化起了好奇，一头扎了进去，他们打捞的历史记忆，给我带来了许多惊喜。廖薇寻访得到黄亮家的英文家谱，海归的她竟一字一句将家谱翻译出来，给我分享。廖薇接触到中山市博物馆征集到的侨批里有灯笼坑华侨华人侨批，第一时间告诉我，便有了我与博物馆研究人员寇海洋的深度交流，进而将灯笼坑侨史放到中山乃至中国侨史里进行审视。

调研客家人期间，接触的不少华侨华人尤其是新生代不太懂中文。许多资料只有英文版，中文资料对方也看不太懂，交流和阅读出现了障碍。就读于华盛顿大学的"00后"留学生程晨阳，利用身在美国、英语基本功扎实、研究人文社科的综合优势，主动参与课题研究，当了助手，协助联络华侨华人，跟新生代交流沟通，不厌其烦查找并翻译中英文资料，丰富了观察思考海外客家人、海外中国人的视角。书稿完成后，程晨阳认真审校书稿，纠正涉英文和英译汉部分，有时为一个单词反复推敲，并欣然为书稿翻译英文目录，像做一件神圣的事情。

我的前同事、知名画家贺学宁，知道我在调研白企村，通过中山知名文化人楚风告诉我，她正在用画笔描绘白企灯笼坑，愿意免费给我的书使用，我一时有些手足无措。贺学宁著有《南国花影》，曾推出《诗经》插画展等，在艺术的天空里自由行走，她的作品蕴含着自然的美、人性的美，正是拙著需要的。跟学宁联系，她说正在读我的书，感动满满。我更想说的是，艺术是永恒的，信任是无价的，无私是最美的。

拙著希望借助一个客家山村，小角度切入，表现客家人的精神特质，这样的调查与书写是否能得到客家人认同，我首先想到了"世界客都"广东梅州。拙著初稿完成后，参加广东新闻业内活动时，先后偶遇梅州日报社副总编辑钟伟光、梅州日报社副社长钟勇，跟他们说起拙著，希望听听他们对拙著的意见，也希望通过他们联系客家文化研究权威，听听专家学者意见，他们不约而同地推荐了中国作家协会会员、广东省政府省情专家库专家、深圳市客家文化交流协会会长、深圳大学客座教授、硕士生导师杨宏海。

试着跟杨宏海先生联系，他要求看完整作品，我将电子版书稿发了过去。一段时间后，他告诉我，眼睛不太好，去印刷厂印出一份书稿，带回家方便阅读。

我心生内疚，当初忽略了一个细节，没有将书稿印出来寄去。

不久，一篇洋洋洒洒5000多字的序言呈现在眼前，杨宏海先生读出了书稿中的众多细节，读懂了我对客家群体的观察和思考，只是，他出于客气，没有对作品中的不足提出批评。

六卷本《客家民俗文化集粹》主编陈嘉良在读过《客家魂：广东白企村人文图谱》书稿后，找到了共鸣，立即与本人联系，希望在他负责的梅州日报副刊版面上转载部分篇目，他说"我们的版面一直有一个大客家的概念"。

到了设计封面阶段，挑选书名字体时，我和出版社一致希望"客家魂"三个字显出力量感，表现出客家人的精气神，试过许多字体都不太满意，我和出版社想到请书法家帮忙，找到中国美术家协会会员、中山书画院院长廖学军先生。了解作品创作过程和主题后，廖学军愉快地答应了，说写几个款给我和出版社挑选。第二天一早，他就将几份题字发过来，我感动不已，再三致谢。这时，他带来了一个令人感慨的信息：

"我是本土客家人，有这个机会也是缘分。"就这句话，让我回想起调研中碰到的客家人，都有他这样的热忱，烙印着客家人的精神基因。

一部《客家魂》，是白企人在我眼前上演的人间活剧，从这个意义上说，这本书是白企人为我写的。

掩卷长思，回溯一段时间里走过的路，恍然惊觉，自己就这样一步步推开白企人虚掩的门，进而走进客家群体的灵魂深处，通过他们管中窥豹，看到一个过亿族群的精神图谱。

透过白企看客家人，是一个因白企而起的执念，我想用一本书告诉世人，客家人无愧于"东方犹太人"的尊称。

带一本书去白企，等着客家人的审视，我想找到一把打开客家人精神世界的钥匙，跟更多客家人交流，寻找客家人生生不息、四海为家、爱国爱乡的精神基因。

2024 年 5 月 18 日

村落风光

云游中山白企
山清水秀，欣欣向荣

历史回眸

重温峥嵘岁月
英雄儿女，矢志不渝

扫码追寻

一个村庄的
迁徙史

文化溯源

探秘客家文化
筚路蓝缕，勇于开拓

交流园地

分享阅读感受
以书会友，志趣相投